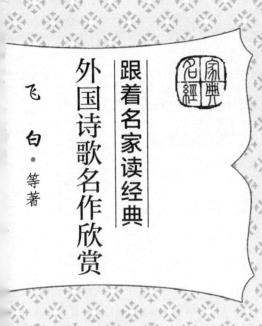

跟着名家读经典

外国诗歌名作欣赏

飞 白 等著

图书在版编目(CIP)数据

外国诗歌名作欣赏/飞白等著.—北京:北京大学出版社,2017.9
(跟着名家读经典)
ISBN 978-7-301-28479-7

Ⅰ.①外… Ⅱ.①飞… Ⅲ.①诗歌欣赏—国外 Ⅳ.①I106.2

中国版本图书馆CIP数据核字(2017)第153832号

书　　　名	外国诗歌名作欣赏 WAIGUO SHIGE MINGZUO XINSHANG
著作责任者	飞　白　等著
丛书策划	王林冲　周雁翎
丛书主持	邹艳霞
责任编辑	邹艳霞
标准书号	ISBN 978-7-301-28479-7
出版发行	北京大学出版社
地　　　址	北京市海淀区成府路205号　100871
网　　　址	http://www.pup.cn　新浪微博:@北京大学出版社
微信公众号	科学与艺术之声(微信号:sartspku)
电子信箱	zyl@pup.pku.edu.cn
电　　　话	邮购部62752015　发行部62750672　编辑部62767857
印　刷　者	北京中科印刷有限公司
经　销　者	新华书店
	787毫米×1092毫米　32开本　13.25印张　215千字 2017年9月第1版　2017年9月第1次印刷
定　　　价	48.00元

未经许可,不得以任何方式复制或抄袭本书之部分或全部内容。
版权所有,侵权必究
举报电话:010-62752024　电子信箱:fd@pup.pku.edu.cn
图书如有印装质量问题,请与出版部联系,电话:010-62756370

序

中华民族历来重视阅读经典。从春秋时期孔子增删"六经",到秦吕不韦组织编纂《吕氏春秋》,从南梁萧统组织编选《昭明文选》到清人吴楚材、吴调侯编选《古文观止》……这些经得住时间考验的伟大作品,大浪淘沙,洗尽铅华,传承着中华民族最弥足珍贵的思想感情,被一代代人记诵。这些作品刻在了我们民族的"心版"上,丰富和滋养了我们的民族精神。

意大利知名作家卡尔维诺说:"经典是那些你经常听人家说'我正在重读',而不是'我正在读'的书。"经典之所以成为经典,必是以其经得住咀嚼的内涵,有益于读者的。著名美学家朱光潜先生谈到读书时，说："读书并不在多，最重要的是选得精，读得彻底。与其读十部无关轻重的书，不如用读十部书的精力去读一部真正值得读的书；与其十部书都只能泛览一遍，不如取一部书读十遍。"中外两位先哲谈到的都是经典的精读，谈的都是如何让阅读"心版"上的印痕更深。

而经典的精读实在不是一件容易的事。经典也意味着过往，过往就与正在读书之人有时空之隔膜。

那么，什么样的方法能让我们更容易、更有效地阅读经典？从黛玉教香菱作诗的故事中，我们可以体会出，跟着名家读经典、读名作可谓是一条读书捷径。

名家是大读书人，他们的阅读体验值得借鉴。在浩如烟海的书籍中踽踽独行，摸索读书之路，难免进入狭窄的胡同，名家的读书导引就是我们不见面的名师的教诲。阅读经典时遇到的许多难点，也许就是阻碍读书人的一层窗户纸，一经名家点破，便会有豁然开朗之感。

20世纪80年代，大型文学鉴赏杂志《名作欣赏》的创刊，正是暗合了当时人们澎湃的阅读经典的热情。一批闻名遐迩的名作家、名学者、名艺术家们推荐名作、赏析名作，古今中外的名作经典,经萧军、施蛰存、李健吾、程千帆、王瑶等名家的点化,高格调的名作和高质量的析文相得益彰、水乳交融,极大地浇灌了如饥似渴的刚刚走出文化禁锢的读书人的心田。《名作欣赏》也由此成为中国名刊。几十年来,我们一直坚持这一办刊传统,力邀全国名家,精析经典名作,为中国人的文学阅读尽了一份力,发了一份热。

《名作欣赏》创刊三十周年庆典大会上,新老办刊人和新老读者都觉得将《名作欣赏》三十余年的文章精编出版,是一件有益于读者的大事。编选工作十分浩繁,我们也知难而上,未敢懈怠。经取精提纯、镕裁加工、分类结集、有序合成,2012年"《名作欣赏》精华读本"丛书由北京大学出版社出版。出版五年来,重印数次,为读者所珍爱,这是我们喜出望外的。细细想来,也正是经典的魅力、名作的魅力。

民族的自信源自文化的自信,时下,中央电视台的两档节目《中国诗词大会》《朗读者》出人意料地受到人们的欢迎。这实际是民族文化自觉和经典的浴火重生,也是中华民族经典的光辉照映。沐浴着天时、地利、人和的春风,北京大学出版社对"《名作欣赏》精华读本"进行修订改版,并增加了插图,丛书名改为"跟着名家读经典",更好地契合了这套书的本意,更具有文化品位。这既是对国家阅读战略的呼应,也是对亿万读者阅读经典的有效补充,必然会被更多的读书人发现和珍视。

让我们一起来加入"全民阅读"的阵营,拥抱文化复兴的春天。

赵学文
《名作欣赏》杂志社总编辑

目录

方 平	盘旋曲折寄深情 兼谈十四行诗的艺术特点	1
杨德友	歌颂美、艺术和神性的诗歌 读米开朗琪罗抒情诗十首	11
杨武能	狂飙突进的号角 关于歌德《普罗米修斯》及其他颂歌	39
高 健	难拾的坠欢 难收的艳魂 读拜伦的《记得当年我们分手》	57
朱炯强	余音袅袅 缠绵不绝 谈济慈《秋颂》的艺术魅力	71
袁可嘉	风暴中的祈告 读叶芝的《为吾女祈祷》	79

胡家峦	"白昼带回了我的黑夜"	87
	读弥尔顿的一首悼亡诗	
辜正坤	千古卓绝——莎翁	99
	莎士比亚十四行诗名篇赏析	
何功杰	失却灵魂的现代人	125
	赏析奥登的《无名的市民》	
飞 白	诗的境界与音乐的交响	137
	漫谈马拉美代表作《牧神的午后》	
郑克鲁	抒情诗高峰上一丛艳丽的鲜花	153
	雨果《静观集》中的组诗《给女儿的诗》	
郑克鲁	凄苦和颓唐的怪味	169
	《恶之花》中的爱情诗	
王守仁	蕴含着淡淡哀愁的象征	197
	勃洛克名诗《俄罗斯》欣赏	
顾蕴璞	千彩诗笔绘百感	207
	试析叶赛宁《我不叹惋、呼唤和哭泣……》的艺术特色	
谷 羽	心潮激荡写初恋	219
	普希金情诗四首赏析	
顾蕴璞	以童心犹存的激情展开想象的翅膀	239
	莱蒙托夫抒情诗选赏	

王以培	冬天的月亮 阿赫玛托娃五首诗赏析	269
吴　笛	用文字写出诗歌"雕像"的诗歌建筑师 评沃兹涅先斯基的《凝》	281
吕同六	咫尺短篇写乡思 析"诗翁君王"邓南遮的抒情诗《夏日谣曲》	291
方　平	视野宽广　匠心独运 弗罗斯特两首佳作的赏析	299
曾艳兵	循环反复　盘根错节 浅谈艾略特的《荒原》及其解读	307
苏福忠	将精神与物质融入诗中 爱默生的两首名诗赏析	327
伊　甸	观察的精确等于思考的精确 读史蒂文斯《观察黑鸟的十三种方式》	337
飞　白	诗意浓郁　狂放不羁 哈非兹的加泽尔诗四首评析	349
杨德友	精雕细刻　出人意料 诺奖女诗人申博尔斯卡诗作赏析	365
唐晓渡	巨大的幻想和深刻的哲理错综交融 博尔赫斯《虎的金》鉴赏	383

侯传文	诗与思的审美结合	395
	细读泰戈尔《诗选》三首	
伊　甸	诗境辽阔　意象交错	407
	特朗斯特吕姆诗歌鉴赏	

盘旋曲折寄深情

兼谈十四行诗的艺术特点

方 平

作者介绍

方平(1921—2008),上海人。原名陆吉平。1949年以后,历任上海文化工作社、上海文艺联合出版社、新文艺出版社、人民文学出版社上海分社编辑,上海译文出版社外国文学编辑部主任和学术委员,上海师范大学客座教授,同时担任中国莎士比亚研究会副会长等社会职务。

推荐词

一首好的十四行诗往往要求能描绘出一个思想感情的转变过程(或者发展过程),这多少和我国旧体诗的七绝、五绝相类似。绝句讲究构思和布局,要求在四行诗句中写出起、承、转、合,这样诗歌就有一个深度,就有回味,耐人咀嚼。十四行诗体更是讲究构思和布局,要写出层次、写出深度、写出饱满的立体感来;开头的起句和最后的结句,不应处于同一思想感情的平面上。从起句到结句,已经历了一个起承转合的过程。

十四行诗的故乡在意大利。它原是配合曲调的一种意大利民歌体,后来才演变为文人笔下的抒情诗。文艺复兴时期著名的意大利诗人彼得拉克(1304—1374)采用这一诗歌体裁,写下了著名的歌颂爱情的诗集。到16世纪,英国一些诗人把"十四行"这一诗体从南欧移植过来,在英国诗坛上风行一时,而以莎士比亚的歌颂友谊和爱情的《十四行诗集》(1609)成就最高。以后英国历代的重要诗人像弥尔顿、雪莱、济慈等都写过十四行诗。

十四行诗的格律很严谨,变化较多;但是写好一首十四行诗,并不是按照格律,凑满行数、凑齐韵脚就算数了。在艺术手法上它有自己的要求,正是这种独特的艺术手法才构成了十四行诗歌艺术的主要特点。

一首好的十四行诗一般往往要求能描绘出一个思想感情的转变过程(或者发展过程),这多少和我国旧体诗的七绝、五绝相类似。绝句讲究构思和布局，要求在四行诗句中写出起、承、转、合，这样诗歌就有一个深度，就有回味，耐人咀嚼。十四行诗体更是讲究构思和布局，要写出层次、写出深度、写出饱满的立体感来；开头的起句和最后的结句，不应处于同一思想感情的平面上。从起句到结句，已经历了一个起承转合的过程。我想从莎士比亚的《十四行诗集》中举出一首，第29首诗，来做个例子。这是很有名的一首诗，在构思和布局上很有代表性，很能说明十四行诗的艺术形式和艺术手法间的相互关系。

莎士比亚的十四行诗体的结构，很像西洋音乐中"奏鸣曲"的三段体，每段四行，留下最后两行构成一组双行骈韵句作为结尾。现在看看第29首诗的具体内容吧。

开头四行情绪很低沉，既悲叹自己身世飘零，又怨恨自己生不逢辰。这第一段是"起"：

> 当我受尽命运和人们的白眼，
> 暗暗地哀悼自己的身世飘零，
> 徒用呼吁去干扰聋聩的昊天，
> 顾盼着身影，诅咒自己的生辰，

接着，他暗中把自己和别人相比，而自惭形秽，觉得处处不如人家，更增添了空虚惶惑的心情。这第二节是写他的自卑感，是"承"：

> 愿我和另一个一样富于希望，
> 面貌相似，又和他一样广交游，
> 希求这人的渊博，那人的内行，
> 最赏心的乐事觉得最不对头；

他正在自怨自艾，心情沉重，不知如何是好的当儿，忽然想起了"你"的可贵的友谊，于是精神顿时振作起来，这第三段是"转"：

> 可是，当我正要这样看轻自己，
> 忽然想起了你，于是我的精神，
> 便像云雀破晓从阴霾的大地，
> 振翮上升，高唱着圣歌在天门：

这样就引出最后两句结尾，这时诗人意气风发，神采飞扬，诗句的音调十分高昂明亮，和开头的抑郁消沉、自怨自艾的阴暗心情，恰好成为一个对照：

一想起你的爱使我那么富有，

　　和帝王换位我也不屑于屈就。

　　这样，在总共十四行诗句中，完成了一个思想感情的转变过程。诗人写自己从消沉到振作，从忧郁到舒畅，从自卑到自豪，正是反衬出爱情（或友谊）的精神力量，虽然并无一句赞词，却正是对爱情（或友谊）的最好的歌颂。整首诗的布局，起承转合，轮廓分明、线条清晰；最后一结，概括诗意、点明主题，又十分醒目，形成了全诗的警句。一首诗最怕写得平淡空泛，而这首诗波澜迭起，层层推进，最后形成一个情绪上的高潮，给人留下深刻的印象。

　　这首十四行诗，艺术形式和艺术手法，以及思想内容间的相互关系，十分协调，可以看作西方古典诗歌艺术的一种典范。

　　白朗宁夫人的十四行情诗集，在英国文学史上历来被认为可以和莎士比亚的《十四行诗集》相互媲美。伊丽莎白·巴莱特（1806—1861）是英国19世纪著名女诗人。她本是一个残废的病人，她的青春在生与死的边界上黯然消逝。当诗人白朗宁闯进她的生命中来时，只见她可怜瘦小的病模样，蜷伏在她的沙发上，贵客来都不能欠身让座。可是疾病和愁苦并没叫白朗宁望而却步。他深深地爱着她的诗歌，也始终如一地爱着她本人。在他的热情鼓舞下，她对于人生逐渐有了信心，产生了希望，她的健康状况同时在飞快地好转着。她终于不再拒绝她情人的求婚，敢于拿爱情来报答爱情。她获得了新生的幸福，于是写下十四行情诗集，倾吐了自己内心深处的痛苦、挣扎、感激和爱情。44首十四行组诗，构成一个整体，记录了一段不平凡的爱情。

跟"莎士比亚体"十四行诗相比较，白朗宁夫人的十四行诗在结构上犹如单乐章的协奏曲。段落的划分并不明显，就连诗句也常常"跨行"（换行时不能切断），有一种连绵不绝之势；但是诗的内在感情并不凝滞，仍然可以让人感知在流转、在起伏、在跳荡。不妨拿第32首"当金黄的太阳升起来"一诗为例：

当金黄的太阳升起来，第一次照上
你爱的盟约，我就预期着明月
来解除那情结、系得太早太急。
我只怕爱得容易，就容易失望，

> 引起悔心。再回顾我自己，我哪像
> 让你爱慕的人！——却像一具哑涩
> 破损的弦琴，配不上你那么清澈
> 美妙的歌声！而这琴，匆忙里给用上
> 一发出沙沙的音，就给恼恨地
> 扔下。我这么说，并不曾亏待
> 自己，可是我冤了你。在乐圣的
> 手里，一张破琴也可以流出完美
> 和谐的韵律；而凭一张弓，真诚的
> 灵魂，可以在勒索，也同时在溺爱。

本来，女诗人一再拒绝她情人的求爱，总觉得她的情人太好了，她配不上。现在她总算答应了，却还是信不过这不相称的爱情会是天长地久的。她只觉得这份礼物对她是太厚、太重了，她受不起。这是个梦，太美的梦啊。正像昙花一现之后就是凋落，这一场春梦，经不起无情的现实生活一碰，是注定要破灭的。在金黄的阳光下，爱情立下盟约；银白的月亮照见，这基础脆弱的盟约便会给解除了（全诗的第一个主题：疑虑）。

她惴惴不安，因为她是一只破琴，只能发出哑喑的声音。谁会拿这样一只破琴去应和爱情的美妙的歌声呢。一听到发出沙沙的声响，破琴就会给厌恶地扔下了（第一主题的发展：绝望）。

可是谁能想到，一只破琴落在乐圣的手里，竟忘记了它只会发出沙沙的破声。听，和谐动听的旋律从琴孔里流出来了（惊讶，这是全诗的第二个主题）！

满天疑虑，现在全都消散了，她已不是原来的她，而是一个得到点化的新人了。爱情在祝福她的同时，也在改造她，所谓点铁成金——正像一位小提琴圣手用一张弓在爱抚琴弦的时候，同时又在勒索，硬是叫破琴唱出了它从来不知道的动人的歌声（第二主题的深化：信仰）。

从爱的疑虑到爱的信仰，从动摇到坚定，从幽怨到欣悦，女诗人在内心经历的这一段不平凡的过程，通过十四行诗这一特殊的艺术形式，曲折地表达出来了。

以上两个例子都说明，一首十四行诗要求有深度、有布局，有思想感情上的盘旋曲折和起承转合，要求在相对小的体积内包含较大的诗的内容。这样，诗创作就必须苦心经营，写得精练含蓄、情绪饱满，避免写得太松、太薄、太直，一览无余。我们的前辈诗人曾作过努力，想把十四行诗这朵花移植到我国的新诗的园地中来，冯至同志的十四行诗集，当时得到很高的评价。在今天百花齐放的诗坛上，十四行诗体这一外来的艺术形式是否能发挥它的生命活力，我说不上来，不过我认为，十四行诗的艺术手法，的确有它可取之处，对于我们的诗歌创作，应该是具有借鉴意义的。

歌颂美、艺术和神性的诗

读米开朗琪罗抒情诗十首

杨德友

作者介绍

杨德友,1938年生,北京市人。1956年肄业于北京外国语学院,波兰语专业;1961年毕业于山西大学外语系,留校任教;任山西大学外语系教授,硕士生导师。1982—1985年在美国南卡罗来纳大学作访问学者,研究比较文学与比较文化。有译著《论基督徒》、《未来千年文学备忘录》、《托尔斯泰与陀斯妥耶夫斯基》、《俾斯麦回忆录》(第一卷)、《关于来洛尼亚王国的十三个童话故事》等出版。

推荐词

米开朗琪罗的诗歌大体是关于四个方面的内容——对美的热爱、艺术、老年和上帝,但这几个方面又常常是互相交错、互为补充的。他对美的热爱主要体现在他对男人和女人的人体美的赞颂,这不仅见于他的雕刻和绘画,而且更详细地体现在他对具有天赋人体美的友人的态度上。对他来说,人类之美是一个整体,无论是女性的美丽,还是男性健美和英俊,美是一种恩惠,是坎坷生活中的光明。

米开朗琪罗·波纳罗蒂（1475—1564）是意大利文艺复兴时期最伟大的艺术家和诗人。他勤奋无比，在雕刻、绘画和建筑三方面都取得巨大成就。他很长寿，漫长的一生充满了痛苦和欢乐。近五百年来，他的艺术杰作和诗歌令各国、各时代的人民倾倒。遗憾的是，我国读者还没有很多机会欣赏他的诗。这里选译的十首诗和评析，也只能让读者对他的诗歌创作有一概略了解，所谓管窥蠡测吧。

米开朗琪罗一生共写诗和诗歌片断343篇。体裁多为十四行诗和抒情长诗。在他生前，他的诗已经广为流传，受人喜爱。在少年时期，他曾在美迪奇家族的"柏拉图学院"听到诗人和学者谈诗、诵诗，培养了对诗歌的兴趣。后来他研读过但丁的作品和古希腊、罗马诗人和学者的作品，并注意到了关于诗画关系的讨论，意识到了文学与艺术的关系。他一生都注重诗，写诗，而且有感即发，随时写作。

　　他需要诗。他感到诗是交流媒介，有助于表述思想感情，同时写诗也是为抒发精神的追求和痛苦。在他的晚年，情况尤其如此。

　　他的诗歌大体关于四个方面的内容——对美的热爱、艺术、老年和上帝，但这几个方面又常常是互相交错、互为补充的。他对美的热爱主要体现在他对男人和女人的人体美的赞颂，这不仅见于他的雕刻和绘画，而且更详细地体现在他对具有天赋人体美的友人的态度上。对他来说，人类之美是一个整体，无论是女性的美丽，还是男性健美和英俊，美是一种恩惠，是坎坷生活中的光明。因此，他对美的颂扬和情爱常常汇合为一，但绝无世俗的情欲之嫌。人体美吸引了他的全部注意力，所以他很少注意其他的美，如风景美。他的诗还表现了他在艺术创作过程中的感受，如关于雕刻《大卫》、《夜》，关于绘画《创世纪》的诗。关于老年和上帝的诗占有重要地位。他的大部分诗是在1530年（55岁）以后写的。许多诗都表达了他对死亡的思索。他是一个虔诚的天主教徒，这时他更多地想到拯救、上帝和耶稣基督是自然的。肉体的死亡他不惧怕，他所担心的是灵魂是否能够得到拯救。

米开朗琪罗诗歌的主导思想是柏拉图主义和文艺复兴时期兴起的新柏拉图主义。柏拉图认为世界是一种神性理性的不完美的模仿，是上天的原型或理式的影子般的抄录，因此，诗人模仿的是这种类象，作品是模仿的模仿，和真理隔着三层。新柏拉图主义哲学家认为，正因为诗所"抄录"的不是自然，而是神性的原型，所以诗是最值得尊敬的模仿形式。这派哲学家之一菲奇诺首先使用"柏拉图式的爱情"这一词语说明精神态度。这一爱情观念被发展成为这样一种理论：形体美是灵魂内在优雅和精神美的外在表现，而这种精神的映射则是上帝本身光辉灿烂之美的一种延伸。因而，一般地说，进行柏拉图式精神恋爱的人对其情人或爱人外形美的倾心和崇拜的条件是这种美反映出美的所有者的灵魂和最终的神性。世间人的美即上帝的影像，即神性。这样恋爱的人脱离尘世间的肉体欲望，追求对至福真观（在天国得以觐见天主）的观照。这样一种态度贯穿了中世纪晚期和文艺复兴时期的许多抒情诗和情诗。米开朗琪罗在青年时代饱受这种传统的教育，其影响广泛见于他的诗歌。这一点的确是理解他的诗歌乃至艺术杰作的一把钥匙。

文艺复兴时期意大利诗歌深受但丁和彼特拉克的影响，

而米开朗琪罗的同时代人阿里奥斯托又把诗歌语言推向一个高峰。人文主义艺术家崇尚古代文化，脱离人生及其冲突，在诗歌中寻求愉快。米开朗琪罗却不如此，他在诗歌风格和精神方面和但丁有共同之处。他的诗雄浑有力，有重量，比喻突兀，出人意表，有大理石般的沉稳感，或纪念碑式的庄严。他自己的心灵就是笔下诗作的主体，所以很少旁征博引、讲究典故。例如，他常用铁锤和顽石的形象，十分新颖。他的灵魂进入诗歌，酷似古希腊文学的核心——命运和基督教的信仰。他虽然说自己"不是诗人"，自己的诗"不在行、猛烈而粗糙"，但是文学史家们公认他是文艺复兴时期最伟大的诗人之一。

他的诗虽曾广为流行，但正式出版是在1623年，而且遭到篡改和歪曲，到1863年和1897年才出审订本，恢复了本来面目。他的诗在他的祖国意大利长盛不衰，在世界各国也广有读者，各国名诗人都十分喜爱，亲自译介，如英国的华兹华斯、美国的朗费罗、奥地利的里尔克等。

在我国，米开朗琪罗的诗译文只见于个别诗选和关于他艺术作品的论述之中，而且译文似乎对原诗诗歌形式未予充分考虑；把十四行诗译成现代自由诗体，似有不妥之虞。本文作者在译他的十四行诗时没有遵从他采用的彼特拉克十四行诗韵脚，即abba abba cde cde，而尽可能遵从中国古诗韵律，或一韵到底，同时尽可能让每行字数一致；抒情短诗的翻译，也力求一韵到底。这样做是力求保持诗歌的形式，以利于读者接受。形式对诗来说依然是重要的。

> 大卫把投石器紧握
> 拉弓人是我。
> 米开朗琪罗。
> 参天巨柱被损破。[①]

米开朗琪罗大约在1502年写了这首诗；写在为雕像《大卫》画的一张草图（现存巴黎罗浮宫）上。他于1501年到1504年创作《大卫》。大卫是古代以色列建立王国后的第二个国王，古代以色列民族最杰出的英雄，原为牧儿，曾用投石器杀死了侵略祖国的非利士人巨人歌利亚。大卫也是诗人，他的挚友约拿单战死之后，他曾作《弓之歌》抒发友情，以示悼念。弓和箭是彼特拉克派诗人们喜爱的形象。米开朗琪罗

---

① 本文中赏析的诗均为本文作者翻译。

是爱国者，歌颂大卫是为表达统一祖国的强烈愿望。他十分热爱大卫，"拉弓人是我"，要用弓来保卫祖国，进行战斗；显然也借"弓"来间接表示视大卫为挚友。"参天巨柱被损破"，必定是指祖国河山破碎，乾坤期待重整，很可能又指雕刻《大卫》（5.5米高）所用的6米高巨石：据瓦萨里的《米开朗琪罗传》载，巨石曾被一个名叫西蒙尼的雕刻家破损，而米开朗琪罗在设计和雕刻《大卫》时巧妙地避开了破损部分，完成了这件伟大的作品。因此，可以认为这一句表明了他创作这一巨大雕像的决心和匠心。米开朗琪罗可能在气馁时刻觉得每种艺术都有局限性，而需要另一种艺术抒发胸怀，这首最早的诗是这一见解的证明。

致比斯托亚的乔万尼

我患有甲状腺肿大，疼痛难当，
就像伦巴底的成群老鼠一样
我几乎把大量的脏水都喝光
肚子连着下巴，绵延一路膨胀。
络腮胡子朝天，项背挂在双肩，
高挺起鸡胸脯，这是我的尊颜。

你看,从画笔上滴下颜料点点,
我的脸像地板,涂得色彩斑斓。

我的左右髋骨都已挤进腹部,
一坐下来就正好和驼背相反;
既然不能平视,走路就瞎胡窜。
脸面胸腹皮肤紧绷,几出破绽,
后背上下的绉皮又缩成一团;
挺胸弯背。像亚述拱顶的半圆。

挺肚弯背,浑身污垢,
连我的思想也都脱离了脑壳:
一支绳子枪扭弯,射击好不了。

守住我濒死的绘画,
乔万尼,和我日益衰落的名誉:
这地方很坏,何况我不是画家。

从1508年到1512年,米开朗琪罗在罗马梵蒂冈西斯廷教堂天花板上创作《创世纪》,总面积超过600平方米,人物有几百个。全部工作都由他一人完成。瓦萨里在关于他的传记中说："他工作时极为辛苦，脸必须向上，所以损害了眼睛。在那以后的几个月中间，他必须把信放在头上方，昂首阅读；看画也是这样。"他在1510年写了这首十四行诗，又增补了六行，诗稿右下侧还作一草图，画出自己脸面朝天作画的姿势。在这首诗里，诗人以幽默、夸张的口吻描写自己，用了许多似乎粗俗丑陋的字眼，如：甲状腺肿大、老鼠、鸡胸脯、驼背，等等，但是在这类描写之后，我们可以清晰目睹他的极度劳累，而且，这种苦工还要延续两年。在附加的六行的前三行中，他从躯体的损伤谈到精神的紊乱，是前者造成了后者："连我的思想也脱离了脑壳"，弯枪杆子无法使用。这未必是事实，因为大艺术家是绝不草率表现即使是极小的细节的，他当然要高度集中地思考。这样写是从反面衬托当时的含辛茹苦。在最后三行中，诗人说他的绘画要死去，名誉要衰落，因为艺术作品是模仿的模仿，而久存的是理式，这大概是他的柏拉图艺术观的反映。但是艺术家无不希望荣名久存，所以自然希求保护。"这地方很坏"，指他不情愿作画，工作条件恶劣，受阻颇多；这不是他应该来的地方，因为他不是画家。在此期间，他曾写过一个收条："我，雕刻家米开朗琪罗·波纳罗蒂，今收到西斯廷教堂作画部分付款五百杜加特。"当时米开朗琪罗正当壮年(33—37岁),所以这首诗的总体调子是乐观的。

> 这块那块每块顽石都在期待
> 我粗重锤子把人的面容引来,
> 但另有一位师匠指导我创作,
> 控制我的每个动作、每个节拍。
> 星外天外那高在天堂的铁锤
> 每一敲击都使他人和他自己
> 更加伟大光辉。而首创锤具者
> 也把生命赠给一切,永不止息。
>
> 既然那效力最佳最奇的敲击
> 从九天落下径直降临作坊里,
> 我就无需打锤,我锤子已飞离。
> 在这里我束手无策,笨拙无技,
> 无以再继。只等那神性的高师
> 赐我教诲,在尘世我孤独无依。

利奥纳多

她("锤子")在尘世的孤寂中用自己的美德赞誉美德,没有人为她提供灵感。但是,在天上,她必定有许多同伴,因为只有热爱美德者才能在那里久居。因此,我希望她从天上完善我的锤子。

在天上,她肯定遇到了为她提供灵感者,因为在尘世作坊里全部美德都已受到赞美,她无从得助。

这首诗大约写于1528年。诗中既有柏拉图主义因素,也有基督徒的情感。这是米开朗琪罗的真实的声音。"人的面容",美,蕴藏在每一块大理石之中,诗人之所以能够用锤子将它挖掘出来,是因为"另有一位师匠指导我创作",这可能是他的已故的友人。但是,"首创锤具"、"把生命赠给一切"者,从"九天"之上把"效力最佳最奇"的技巧送到作坊里,这就是造物主上帝,如果这"神性的高师"不"赐我教诲",我就"束手无策"。我的锤子必须飞向上帝,汲取他的神力,才能完成工作。柏拉图主义认为,人创造的美只是"理式"的模仿,"理式"就存在每块大理石中,所以诗人才能将其揭示;但"神性的高师,是赐给生命的上帝,美亦他的创造",或者说,美就是上帝本身。这是基督教思想。

诗后面的利奥纳多可能是指米开朗琪罗哥哥的儿子,即当时刚刚九岁的侄子。该诗约在他哥哥逝世的1528年写成,用以向侄子追述他父亲的美德,因此,死亡的意念第一次出现在米开朗琪罗的诗中。在后记中,诗人说明"只有热爱美德者才能"在天上久居,希望有德者从天上帮助他。既然地上美德已被悉数赞美,那么,赞美神性美德——或"理式"时就只能求助于上帝。

在这首诗里,"锤"的形象是新颖的。米开朗琪罗毕生以极大的耐心和顽石周旋,因而这个形象对他十分亲切,屡现诗中。

> 啊,黑夜,甜蜜的时光,虽然暗黑,
> 你终于给劳作的人带来歇息。
> 谁赞颂你,谁就有识洞察明晰;
> 谁能向你顶礼,内心都不空虚。
> 阴影和微风把团团忧思输来,
> 你会把这缕缕思绪切割破碎;
> 你从最深坑穴轻易唤起智慧,

在这里,攻击无损睿智的光辉。

我多么渴望黑夜。啊,死亡的护卫,
消解灵魂和情感的痛苦疲惫
在舒适中终于制止人的忧虑,
你治愈肌肤,恢复疲弱的呼吸,
拭去泪水,驱散腰酸背痛劳累,
艰苦奋斗的绝望也悄然消匿。

米开朗琪罗在1535—1541年间写过几首描写黑夜的诗,以这一首和下一首最为著名。1535年以前,米开朗琪罗完成了《暮》、《晨》、《夜》、《昼》、《布鲁图斯》等著名雕像,1536—1541年,则正在创作西斯廷教堂前壁200平方米的巨画《最后的审判》,当时早已年逾花甲。辛勤的艺术家已经时常抱怨周身疲惫、精力不足,夸张地说每工作一天就得休息数日,每当工作完毕腰酸背痛,来不及脱衣,甚至连鞋也不脱就倒在床上休息。诗人喜爱夜,在第三、四行诗中说,谁"歌颂"夜,向夜"顶礼"就有洞察力,就不"空虚"。夜不仅消除人躯体的疲劳,更有意义的是夜可以让人忘记烦恼,让"睿智"发出"光辉",因此,夜具有医疗的作用。本诗最后一行"艰苦奋斗的绝望也悄然消匿",的确表明艺术家决心努力工作下去,排除一切干扰,消除偶然来临的"绝望"情绪。而深夜也正在助以一臂之力。艺术家活到老、工作到老的意志的确令人肃然起敬。米开朗琪罗注重躯体与灵魂的二元性,认为精神的医疗与恢复是和躯体与感官的休息与放松同等重要的。

中外诗人描写夜的诗可谓多矣,然而,越是受欢迎的题材越不易写好。米开朗琪罗熟悉这个题材,因为他有丰富的生活经验和感受。

> 正因为太阳不用光明的双臂
> 拥抱这阴冷而又潮湿的大地,
> 人们才把它另一面叫做"黑夜",
> 而对第二种太阳则毫不熟悉。
> 但是黑夜脆弱,一把闪耀火炬
> 能夺走它的生命并揭去外衣;
> 黑夜多愚笨,一声枪击的轨迹
> 也会让它流血不止,悸动不已。
>
> 如果黑夜肯定是某一种产物,

> 那无疑是太阳和大地的女儿,
>
> 太阳给它生命,大地让它留驻。
>
> 凡赞扬它品质的人都有错误:
>
> 它漆黑一团、不知所措又孤独;
>
> 向它宣战,只需萤火虫光一束。

这一首和上一首齐名,也是献给黑夜的;黑夜被比喻为太阳和地球的女儿。黑夜来临,无所不包,但是,"一把闪耀火炬"、"一声枪击的轨迹"、"萤火虫光一束"都可以"向它宣战",令其"悸动不已",这几种细小的形象却是指人和人的行动的;人是光明,人必定胜利。在这里,米开朗琪罗似乎一反前诗对夜的礼赞,说"凡赞扬它品质的人都有错误",但是可以认为这两首诗内在的态度是一致的:夜虽然能给人的躯体和灵魂带来安歇和抚慰,但它本身是脆弱的。夜虽然美好,却解决不了人生的问题,人要得到真正的喜悦,要追求美、创造美,必须在白昼、在阳光照耀的时候努力工作,才能达到目的。研究米开朗琪罗诗作的学者弗莱认为,这首诗是他最成功的诗作之一:诗中的形象常常从宏观(太阳、大地)向微观("枪击的轨迹"、"萤火虫光")跳跃,光明与黑暗反复对比,这都使每一行诗意境十分清新,也十分有力。

> 米·波纳罗蒂的酬答
> 既然到处是危害、耻辱和悲哀,
> 就不如隐身大理石块中沉睡!
> 闭目不视,充耳不闻何等幸福,
> 不必唤醒我,说话勿粗声大气。

附:乔万尼·斯特罗齐称颂米开朗琪罗·波纳罗蒂的雕像《夜》

> 一位天使用大理石雕刻了《夜》,
> 你看她正在浓睡,酣畅而甜美,
> 她虽然浓睡,却显出勃勃生气,
> 不信请唤醒她,她会和你答对。

这首四行诗是极为著名的,米开朗琪罗写作此诗是为了回答友人斯特罗齐写的颂扬雕刻杰作《夜》的一首诗(见米诗之后附诗)。两首诗都写于1545年。斯特罗齐的诗仅仅是当时称赞这一强劲有力、感人至深雕像的几百篇颂词中的一篇，米开朗琪罗有时也欣然接受这类颂词，这是可以理解的。然而，这首诗出自好友之手，他就不能一笑置之，而做出这首酬答诗，虽然诗所反映的心情主要涉及十多年前的往事。米开朗琪罗在1521年到1531年设计、筹备、创作了《夜》，置于佛罗伦萨的圣罗伦佐教堂。在这一期间，佛罗伦萨城市共和国和教皇之间发生过战争，米开朗琪罗曾为保卫共和国充任防御工程总监，构筑防御工事。佛罗伦萨被叛卖、又遭瘟疫和饥荒，教皇的死和新教皇的上任、他们在艺术方面的出尔反尔、朝令夕改，在此之前不久达·芬奇（1452—1519）和拉斐尔（1433—1520）的相继逝世等等，都令米开朗琪罗在精神上受到困扰，备感痛苦。四行诗第一行反映的就是这种种因素造成的心境。其实，米开朗琪罗一生都多遭坎坷：艺术上不能随心所欲、受制于艺术保护人，又遭嫉贤妒能者的飞短流长和同行的闲言碎语，自己家中父兄不断加给的经济压力等等，直到他行将就木之时。尽管诗中流露出悲观的逃避主义情绪端倪，但他一生都是讲求行动、积极进取的，克服了种种困难，完成了伟大的艺术创举。诗中的情调也只是"一时情绪"吧。

你的灵魂降临尘世苦度岁月,

从天上来,还要归返升上天去,

就像一位光明天使,优雅美丽,

纯净人的思想,赠给世界荣誉。

你的赐赠令我感情炽烈、殷切

不仅因为你的面容英俊秀美:

爱情需要美德和它一起长在

而不需转瞬即逝的悲欢情怀。

新颖和大胆的事物与此相同,

大自然的整体都为它们尽忠

天上的全部源泉也为之欢庆。

通过尘世的美,我也能够看清

认识我的上帝;凡是高超反映

上帝的事物,我都热爱崇敬。

这是米开朗琪罗生前自选拟出版的105首诗的最后一首;诗是献给他的学生和挚友托马索·卡瓦利耶里的。米开朗琪罗在1532年57岁时认识了他,他当时22岁。师生之间真挚的友谊——崇高的忘年交——一直延续到1564年米开朗琪罗逝世。在生命的最后时刻，这位友人都一直看护着他。米开朗琪罗喜欢他，珍视他的爱谊，为他写了许多诗。他之所以钟爱这位青年，是因为这位青年极欲拜他为师学习艺术，还因为他受过良好教育、态度认真、尊敬师长，而且相貌出众，有古希腊运动员的那种健美体质。在艺术方面，他虽然成就平平，却是一个尊师的学子和模范的父亲。米开朗琪罗对他的美质的歌颂表现了他们友情的圣洁。

众所周知，诗人深受柏拉图式爱情的影响，认为尘世的人、托马索的美是上帝之美的体现，以后还要"归返"到上帝那里去。其次，米开朗琪罗还把尘世比做监狱，所以早晚要脱离，所以人是在"尘世苦度岁月"。诗的前两行开门见山，道出这一主题。接着赞美挚友像"光明天使"，令人精神爽快，令世界生辉。然后笔锋蓦地一转，说"爱情需要美德和它一起长在"，而不需注重世俗的"情怀"。后六行诗先说"新颖的大胆的"艺术得到"大自然"即理式映象的协助，这样"天上的全部源泉"即上帝也"为之欢庆"。在最后三行中，诗人说挚友的美帮助他看到了上帝的绝对的美；既然挚友的美可像明镜一样反映出上帝的美，我自然要"热爱崇敬"。因此，这首诗充分地表现出了柏拉图主义和新柏拉图主义的情爱观。这与其说是歌颂友人，不如说是借友人形象歌颂"理式"或上帝。

米开朗琪罗从青年时代起就不喜欢为他人制作肖像，无论是以绘画还是以雕刻为媒介。同样，在诗歌中，除了偶尔一般地提及人的眼睛之外，他从来不具体描绘眼睛的颜色、皮肤的色泽、脸型、体态等等，更遑论华丽多情的比喻。这是米开朗琪罗抒情诗与众不同之处。

> 最伟大艺术家的每一个意象
> 都蕴藏在粗糙大理石核心中，
> 只有为优美意象服务的双手
> 才能把这伟大的意象来索求。
> 你富神性却空虚，亲爱的夫人，
> 我所躲避的恶和所期待的善
> 都潜隐在你一身；我痛苦不堪：
> 我的艺术和期待的效果相反。
>
> 我万般悲痛，却不能谴责爱情，
> 不能谴责你的美和我的天命，
> 因为在同一时刻，在你心灵中

> 你怀有恻隐，又想到死亡，何况
> 我低微的心智虽然烈焰正旺
> 却只能诱引你的绝望和死亡。

这是米开朗琪罗写给维多利亚·科隆娜的一首诗。诗人在1536年和她结识；到1538年，友谊发展成为互相的爱慕和敬重，当时米开朗琪罗63岁，科隆娜46岁——她在1546年逝世。科隆娜青年时期参观过西斯廷教堂，对《创世纪》绘画和画家十分敬佩。她有高度文化素养，是颇有名望的诗人，但一生境遇不佳，晚年多想到死后的拯救。在她生前和死后，米开朗琪罗都写过不少诗献给她，这一首是最著名的。这首诗最集中地表现了米开朗琪罗的"意象"理论，但其根源是柏拉图主义。诗的前四行比他的其他诗更清晰地讲述了基本原理。这四行诗比关于《夜》的四行诗还要著名。米开朗琪罗的好友、当时名学者瓦尔基于1546年在佛罗伦萨学院专门讲演评论此诗。此诗又是文艺复兴时期在法国流传的他的唯一的一首诗。意大利学者，包括伽利略在内，都备加推崇。美国诗人朗费罗亲自将其译成英语。

这首诗写于1538—1544年间，米开朗琪罗已进入老年。

但是，即使在更早的诗中，他也间或提及死亡，认为生命越长，获得拯救的机会越小，似乎短促的生命反而可提供更大的安全感。他对死亡的态度出自他虔诚的基督教信仰。早在1530年（他55岁）之后，他已认为自己进入老年，这表现在他的诗中。但有趣的是，仅差两个星期他就活到了89周岁，从当时欧洲人的平均寿命看，这是极长的寿命了。另外，他还认为现时的善与恶的未来发展不可预测，而且善恶同行，相辅相成：

善不持续之处，恶亦不能持续，

司空见惯例证是善蜕变为恶。

可见，在他的观念中，善恶为一体，密不可分；二者结合起来则为一整体。他说在科隆娜身上"潜隐"着他"躲避的恶"和"期待的善"，显然是一番好意了。他只能从"富神性却空虚"（因为她的美是尘世的，不是美的"理式"，故"空虚"）的友人那里"诱引死亡和绝望"，这里的"绝望"和第八行呼应：艺术和艺术源泉上帝是有距离的。至于"死亡"，除上述有关叙述外，还因为科隆娜晚年病魔缠身，亦多谈到死亡。

这是米开朗琪罗写给他十分敬爱的美丽女友的情诗,很有代表性。这种情诗对一般中国读者来说恐怕是显得匪夷所思,然而,从米开朗琪罗的人情观、艺术观来看,则应该是顺理成章的吧。

> 正像中空的模具一件
> 等待熔化的黄金或白银。
> 然后被击破,从而展现
> 完美的作品;我也只能凭借
> 内心爱情的火焰把空虚填满
> 并满足对夫人你永恒之美的需求:
> 这是风烛残年的情感和心愿。
> 你的温柔和爱恋
> 注入我心田,通过这狭窄的空间,
> 为了把你完美的形象复现
> 我苦斗不已,却至死不如愿。

这是米开朗琪罗献给科隆娜的一首抒情短诗,在形式上和十四行诗有所不同。在这首诗里,米开朗琪罗又一次形象地展现了他艺术哲学的基本信条:艺术形象是先验地存在的。在这里,他的观念从雕刻和绘画扩大适用于金匠和银匠:正如采石场的大理石块等待着雕刻家释放其内部潜藏的形体那样,模具也期望着"熔化的黄金和白银"。在这首诗里出现了"火"的形象,金银匠的艺术固然舍火莫属,但诗人自己也被友人之美激发的火热感情支撑着、消耗着,尽管他晚年写给友人和情人的诗在语调上或许不如中青年时代那样奔放。

在诗中,诗人表明他"只能凭借内心爱情的火焰"把"空虚"("中空的模具"的比喻,或内心的憧憬)填满,虽然"风烛残年",来日无多,但这一夙愿依然强烈。诗人自己不久于人世,"空间"是"狭窄"的,但依然"苦斗不已",把她的"完美的形象复现",虽然"至死不如愿",因为她的美是神性的。诗人并没有真的为她造像,而是通过这些诗句颂扬她的美和抒发自己的感情。

米开朗琪罗的诗,就整体而言,对于理解他的全部艺术创作都具有重大意义,因为他的艺术哲学信念若无诗作作为旁征,恐怕久已泯灭。

> 我短促的生命已经走到尽头,
>
> 历经大海汹涌波涛,驾一小舟,

在人类共有港口和沿岸，人人
要总结自己的作为，无论劣优。
啊，到现在我才明白，我的艺术
愚蠢、生硬，远离它真正的源头；
我曾把艺术当作偶像和君主，
但艺术只带来悔恨，无法补救。

光明的爱情向往，是何等愉快，
我面临两种死亡，前景又何在？
第一种我确信，但惧怕第二种。
绘画和雕刻再不能抚慰、镇定
我的灵魂，它转向神性的爱，爱
在十字架上流血又拥抱我们。

1554年9月19日，米开朗琪罗把这首诗寄赠给他的传记作者瓦萨里。这时诗人已近80周岁。寄诗时还写了短信（见评介文章）表明他不服老，依然以诗抒发情怀。他已经辛勤创作了65年（从他15岁进入美迪奇家住宅算起），几十年之中，他忍受过种种痛苦，也享受到了创作和友情的欢乐。如今"生命已经走到尽头"，他要在死去以前做出总结，才发现他崇拜的艺术"远离它真正的源头",即上帝,或者"理式"。死已临近,肉体的死不足为惧,但灵魂是否要死去或可得救则令他不安。这是一位虔诚天主教徒必然考虑的大事。既然"绘画和雕刻再不能抚慰、镇定我的灵魂",那么,为求得拯救,则要想到上帝和上帝的爱,这就是上帝的儿子耶稣·基督。这首诗反映了米开朗琪罗老年时期的矛盾心情,他热爱生活和艺术,却又为灵魂的永生忧虑。诗的情绪和四年以前瓦萨里赠给他《艺术家列传》时他为答谢而作的那首诗不一样的(译文见《世界美术》1980年第3期第51—52页)。

狂飙突进的号角

关于歌德《普罗米修斯》及其他颂歌

杨武能

作者介绍

杨武能，1938年生，重庆人。1962年秋南京大学德语专业毕业分配到四川外语学院任教。1978年考入中国社会科学院研究生院，师从冯至，主攻歌德研究。先后任四川外语学院副教授、副院长，四川大学教授、欧洲经济文化研究中心主任。有译著《浮士德》、《少年维特的烦恼》、《格林童话全集》等三十余种出版。

推荐词

《普罗米修斯》、《伽尼墨德斯》和《致驭者克洛诺斯》等三首抒情诗都产生于德国的狂飙突进运动掀起高潮的1774年，是歌德一生诗歌创作中的精华之一。它们所产生的广泛而巨大的影响，使年轻的歌德成了当时德国人心目中的第一抒情诗人。

离开了心爱的姑娘弗莉德里克,歌德心情沉重地回到了故乡法兰克福。作为斯特拉斯堡大学法学系的毕业生,他于当年八月底便获准开设了一家律师事务所。这遂了他父亲的心愿,却很不合诗人的本意。不久,他便把事务所丢给父亲经管,自己却常去城郊作长距离的漫游。在自由自在然而却充满艰辛的漫游途中,歌德一方面平息缓和了内心的焦躁、紧张和不安,另一方面还用诗的形式记录下自己鲜明深刻的感受,写成了一系列以漫游为题材的诗篇。

差不多在写漫游者之歌的同时,在1771年年底,歌德还完成了在斯特拉斯堡已开始酝酿的历史悲剧《葛慈·封·伯利欣根》,在剧中塑造了一个反对封建专制、争取个性自由的斗士,一个强壮剽悍、英勇善战的所谓"力的天才"(Kraftgenie)。这些诗歌的创作,标志着他的思想与创作已进入狂飙突进时期。

在狂飙突进精神高扬的那些年代,年轻的歌德可谓意气风发,豪情满怀。他创作的题材突破了个人生活的狭小圈子,而构思一系列以历史上和传说中的伟人或英雄如穆罕默德、恺撒大帝为主人公的剧本。可惜的是只有《葛慈·封·伯利欣根》得以完成,其余都只留下了提纲、初稿或残篇。颂歌《普罗米修斯》(1774)便是同名悲剧残篇中的一段独白。主人公普罗米修斯是希腊神话里的泰坦族巨人伊阿珀托斯的儿子。为了造福人类,他窃取天上的火种带来人间,触怒了主神宙斯,被锁在高加索山上受尽折磨,但仍不屈服,后为希腊英雄赫拉克勒斯所救。在西方文学中,普罗米修斯成了人们钟爱的不畏强暴和乐于为大众的自由解放而献身的英雄典型。年轻的诗人歌德则借普罗米修斯之口,勇敢地向代表封建统治者的宙斯发起了挑战——

宙斯,用云雾把你的天空

遮盖起来吧;

像斩蓟草头的儿童一样,

在橡树和山崖上

施展你的威风吧①

可是别动我的大地,

还有我的茅屋,它不是你建造,

还有我的炉灶,

为了它的熊熊火焰,

你对我心怀嫉妒。

我不知在太阳底下,诸神啊,

有谁比你们更可怜!

你们全靠着

供献的牺牲

和祈祷的嘘息

养活你们的尊严

要没有儿童、乞丐

和满怀希望的傻瓜,

你们就会饿死。

当我还是个儿童,

---

① 宙斯手执霹雳棒,掌管雷电。

不知道何去何从,

我曾把迷惘的眼睛

转向太阳,以为那上边

有一只耳朵,在倾听我的怨诉,

有一颗心如我的心,

在把受压迫者垂怜。

是谁帮助了我

反抗泰坦巨人的高傲?

是谁拯救了我

免遇死亡和奴役?

难道不是你自己完成了这一切,

神圣而火热的心?

你不是年轻而善良,

备受愚弄,曾对上边的酣眠者①

感谢他救命之恩?

要我尊敬你?为什么?

你可曾减轻过

---

① 指宙斯。

负重者的苦难?

你可曾止住过

忧戚者的眼泪?

将我锻炼成男子的

不是那全能的时间

和永恒的命运吗?

它们是我的主人,

也是你的主人。

你也许妄想

我会仇视人生,

逃进荒漠,

因为如花美梦

并非全都实现?

我坐在这儿塑造人,

按照我的模样,

塑造一个像我的族类:

去受苦,去哭泣,

去享受,去欢乐,

可是不尊敬你——

和我一样！

在这首颂歌中，我——普罗米修斯，被压迫人类的代表，和你——宙斯，封建势力的象征之间，形成了尖锐的对立。我被大书特书，我的自立、自主、自救精神得到了充分炫示和颂扬，而你的权威和虚伪本质却遭到了无情的讽刺和蔑视。欧洲从文艺复兴而宗教改革而启蒙运动，到了法国大革命之前狂飙突进时期，新兴的资产阶级的阶级意识进一步觉醒，反封建的人文思潮空前高涨，狂飙突进运动的参加者们崇尚所谓"天才"，也就是那种独立不羁的富有创造力的自然发展的人。从《普罗米修斯》一诗中，我们似乎听见资产阶级的人的自我意识在高声呐喊；而在普罗米修斯这个崇高的形象身上，我们则看到了"天才"的耀眼的光辉。颂歌结尾处的"去受苦，去哭泣，去享受，去欢乐"，大声地、明白无误地宣布了一种新的入世的人生观，处于艰苦创业和奋发向上阶段的资产阶级的人生观；它与后来浮士德敢于上天入地和"把人间的苦乐一概承担"的精神，是一脉相承的。整个诗的节奏铿锵有力，格调粗犷，气势豪迈，寓深邃的哲理、崇高的思想于鲜明的形象和生动的比喻之中，因而产生了震撼人心的力量。在歌德一生数以千计的抒情诗中，《普罗米修斯》以富有革命精神和阳刚之美而出类拔萃，封建保守势力视之为离经叛道之作——人竟然不是上帝所造，竟然不敬畏神！——进步思想家却大加赞赏；经过舒伯特等谱曲，它被世代传诵。

德国的狂飙突进运动，在国内以哈曼①、赫尔德尔为思想领袖，从国外则深受荷兰哲学家斯宾诺莎的泛神论和法国启蒙思想家卢梭的"回归自然"主张的影响。尤其是卢梭的主张，由于适合资产阶级反抗现存的封建制度、秩序、礼俗的要求和个性解放的愿望，更是成了运动不成文的纲领中的第一个重要内容。歌颂自然，亲近自然，追求与自然的融合，都是狂飙突进的诗人们的共同倾向。歌德之热衷于漫游和写漫游题材的诗歌，其原因就在这里。但是，将这一倾向表现得最集中、鲜明而强烈的，却是他的《伽尼墨德斯》这首诗。

伽尼墨德斯是希腊神话中的美少年，为宙斯所喜爱，被宙斯接上天去做侍酒童子，得以永葆青春。诗人歌德创造性

---

① J. G. 哈曼（1730—1788），德国哲学家。

地改造这个故事,并让自己化身为美少年伽尼墨德斯,对着春天——爱人,放开歌喉,纵情歌唱——

> 你的炽热的注视
> 令我如沐朝晖,
> 春天啊,亲爱的!
> 带着千般爱,欢愉,
> 你那永恒的温暖的
> 神圣情感涌上
> 我的心头,
> 无限美丽的!
>
> 我真想张开双臂
> 将你拥抱!
>
> 我愿躺在你的怀中,
> 忍受思慕的饥渴,
> 让你的花和你的草
> 跟我的心紧贴在一起。
> 可爱的晨风啊,

请带给我焦渴的心胸
以清凉的滋润!
从那雾谷的深处,
传来了夜莺亲切的呼唤。
我要去了,我要去了!
去向何方?啊,何方?

向上!奋力向上!
白云飘然而降,
白云俯下身来,
迎接热诚的爱人。
迎接我!迎接我!
让我在你的怀抱里
飞升!
让我们相互拥抱!
飞升到你的怀中,
博爱的父亲!

这首诗成功地使用了拟人化或者说拟神化的手法,春天变成了美丽的爱人,大自然变成了博爱的天父,白云是天父的使者,清风、夜莺和自然界的一花一草全都充满了人性或者说神性,而诗人自己,也是充满神性的自然界的一部分,也是自然父亲的骄子。这种手法恰到好处地表现了歌德的泛神宗教观和哲学思想。

然而,使《伽尼墨德斯》一诗特别优美动人和不同凡响的,还是它那巧妙的构思和深邃的立意。歌颂自然、亲近自然、与自然融为一体的思想,层次分明地、形象而富有戏剧性地,在短短的几节诗中展示了出来,取得了巨大而强烈的艺术效果。尤其是那象征性的结尾,更有画龙点睛之妙而发人遐思、耐人寻味,不独使我们豁然开朗,一下子明白了诗题名"伽尼墨德斯"的含义,而且也获得了美感享受。比起同样是歌唱春天和大自然的《五月的歌》来,《伽尼墨德斯》在优美生动和感情炽烈的共同优点之外,还以含蓄和深刻见胜。我们必须发挥自己的想象力,才能真正理解它、欣赏它。而这样做是值得的。

与写升天堂的《伽尼墨德斯》恰好相反,歌德还有一首《致驭者克洛诺斯》却写到了入地狱。但这只是表面的矛盾,这两首诗以及前面的《普罗米修斯》从思想到形式都可以说和谐一致,相互补充,构成一个整体。1774年10月10日,歌德把来访问他的前辈诗人克洛普斯托克送到了达姆施塔特城，于驰返法兰克福的马车中即景生情，写下了《致驭者克洛诺斯》。可是克洛诺斯并非他面前的马车夫的名字，而是希腊神话中的时光之神，亦即宙斯的父亲①。在歌德的想象中，他成了人生马车的驭者——

  加把劲儿，克洛诺斯！
  快策马前驱！
  道路正通向山下，
  你要是迟疑踌躇，
  我便会头晕呕吐。
  快振作精神，不惧怕
  道路坎坷和颠簸，
  快送我奔向生活！

  气喘吁吁，
  举步维艰，
  眼前又要奋力登山！

---

① 克洛诺斯原文为Chronos，歌德译作Kronos。

> 快向上,别怠惰,
>
> 满怀希冀,勇敢向前!
>
> 站在高山上眺望,
>
> 四野生机一片!
>
> 从山岭到山岭,
>
> 浮泛着永恒的灵气,
>
> 充溢着永生的预感。

很显然,诗里写的不仅仅是歌德于归途中的经历和所见到的自然景物,而是记录了他对人生的思考,只不过他在思考时使用了象征性的诗的语言。人的生命是一种时间现象,所谓没有时间界限的永生纯属宗教的幻想;随着时光的流逝,死亡便会到来。有生必有死,生与死互为前提,死亡是生命的最后归宿,死亡又孕育着新的生命。因此,在诗人的笔下,人生的马车便由时间之神克洛诺斯驾驭着,人生的旅程的最后一站,人生的最后归宿,便成了死亡。这是大自然的铁的定规,我们无法更改它,而只能去把握和适应,使我们的生命更加充实,更有意义。

歌德在诗里描绘的旅途中的五个场景,实则象征着人生的五个境界：一，青年时代精力旺盛，前程远大，人生之车像在下坡，一般要不惧坎坷和颠簸，要勇敢地、毫不迟疑地奔向生活；二，中年时代已尝到生活的艰辛，但必须奋力向上，满怀希冀，相信人生之车终将登上山顶；三，进入壮年，事业和荣誉多半都已登上顶峰，人也能高瞻远瞩，对宇宙人生有了明澈的认识，对于他来说，宇宙万物都充满了灵气和神性；四，正如马车不能一个劲儿地行驶，没有休整，人也不能一个劲儿地奋斗，没有享受，因此就少不了爱情和美酒；五，正当可以真正地、尽情地享受生活之时，老已来临。"夕阳无限好，只是近黄昏。"怎么办？趁黑夜尚未到来，快兼程前行，奔向自己的最后归宿——死亡。

1774年，年仅25岁的歌德出版了小说《少年维特的烦恼》，一跃而登上欧洲文坛的王座。在这事业与声望都如旭日东升的时候，他心中充满希冀，渴望奔向充实的生活，决心去攀登人生的新的高峰，这都是很自然的，可以理解的。可与此同时，他在诗中已谈到老和死的问题，似乎就于情理不合而令人费解了。事实是，年轻的诗人这时也未真的感到老与死的威胁，而是面对西下的夕阳即景生情，对人生进行了哲学思考。作为一个哲学问题，死与生的关系的确是歌德从青年时代起就在考虑的,在一系列抒情诗中,在《少年维特的烦恼》中,在《浮士德》中,都有关于死的精辟的思想。对于歌德来说,死只是回到大自然母亲的怀抱,只是变(warden),而变又构成了发展和产生新的生命的前提①。至于《致驭者克洛诺斯》一诗的最后两节,把死亡之行写得兴高采烈、威武雄壮,就不仅表现了歌德的上述哲学思想,而且也洋溢着时代的狂飙突进精神,那就是生要充实、美好、轰轰烈烈,死要勇敢、豪迈、高高兴兴。

抒发自己对于包括死亡在内的整个人生的感想,这就是《致驭者克洛诺斯》含蓄、深刻而丰富的内涵。

《普罗米修斯》、《伽尼墨德斯》和《致驭者克洛诺斯》等三首抒情诗都产生于德国的狂飙突进运动掀起高潮的1774年,是歌德一生诗歌创作中的精华之一。它们所产生的广泛而巨大的影响,使年轻的歌德成了当时德国人心目中的第一抒情诗人。

在思想上,三首诗都充分肯定了人的价值和能力以及人生的意义,人成了自然的骄子;而代表压迫者的神——不管

---

① 这一点上,歌德的思想与我们鼓盆而歌的庄周似乎有相近之处。

是天上的宙斯或地府的冥王，都遭到了蔑视。个性解放和反对封建专制的人道主义精神和狂飙突进精神得到了高扬。通过这三首诗，我们还可以了解青年歌德积极进取的人生观，了解他那以泛神论为基调的复杂的宇宙观和宗教观。他相信宇宙万物——当然包括人都充满神性，但却不承认一个特定的主宰一切的神。对于研究歌德的思想，这三首诗无疑十分有价值。

在表现手法方面，三首诗有着以下共同的鲜明特点：

一、都创造性地运用了希腊神话的故事和典故，像普罗米修斯和伽尼墨德斯本来就是性格特点鲜明因而在西方受到人们尊重爱戴的英雄。这既赋予诗歌以庄严、崇高的气质，也加深了诗中的寓意。

二、一反以往结构整严、音韵节奏优美和谐的格调，也摆脱了质朴清新的民歌的影响，不追求每一节诗的行数和每一行诗的顿数的整齐划一，也不押韵，可谓完全的自由。然而正是这样的无拘无束，很好地适应了表现个性解放的狂飙突进的思想的需要，实现了形式与内容的有机结合。

三、都成功地使用了比喻和象征的手法，寓宇宙、人生的博大深远于眼前的具体事物，十分耐人寻味。

如果说，歌德在此之前以《塞森海姆之歌》为代表的抒情诗的优点是质朴、自然、热烈、优美的话，那么，《普罗米修斯》等产生于后一阶段（1771—1775）的诗又另有所长，那就是：自由、豪放、雄浑、有力。

有人称歌德的历史剧《铁手骑手葛兹·封·伯利欣根》为狂飙突进运动的"军旗"，我们则不妨称《普罗米修斯》等杰出的抒情诗为狂飙突进的号角，因为，正是它们奏出了这一反对封建束缚的思想解放运动昂扬雄壮的主调！

难拾的坠欢　难收的艳魂

读拜伦的《记得当年我们分手》

高　健

作者介绍

高健(1929—2013),天津静海人,资深翻译家。1951年毕业于北京辅仁大学外语系。1956年起任教于山西大学。曾出版过译著《英美散文六十家》、《圣安妮斯之夜》、《英诗揽胜》、《伊利亚随笔》、《培根论说文集》、《翻译与鉴赏》等。

推荐词

这是拜伦的爱情诗中最好的一首,并因它屡屡出现在几乎所有的英诗选本中而成为英美无人不晓的名诗。而且可以这样说,自这首诗发表以后这二百年来,凡是认真读过它的人没有不深深地喜爱它和不被它绝妙的诗艺与诚挚的感情所打动的。

《记得当年我们分手》是一首短小的抒情诗，写于1808年，也就是正当拜伦十九、二十岁时，属于他较早期的作品。内容写一个背弃了他的情人给他带来的痛苦。基本题材比较简单，诗并不长，句子特别短，但却是拜伦的爱情诗中最好的一首，并因它屡屡出现在几乎所有的英诗选本中而成为英美无人不晓的名诗。而且可以这样说，自这首诗发表以后这二百年来，凡是认真读过它的人没有不深深地喜爱它和不被它绝妙的诗艺与诚挚的感情所打动的。

那么试问它的好处，它的艺术魅力何在呢？它所以能享有这么广泛而经久的感染与诉诸力的原因又怎样解释呢？

这就需要进行分析，从这件艺术品的总的方面，从它的基本特征，从它与同类艺术的相联系中的纵向—横向性进行分析，而不应当只是枝节零碎的观察和评论。这样我们才有可能从更本质的方面说明一件艺术品有别于和优胜于它的同类物的主要原因。一件艺术品本身及其优异处的被察觉和被辨出，往往并不需要多大工夫。如果是一首短诗，一幅小画，一段不很长的音乐，它们的妙处的被察觉更常常是刹那间的事。但是要想把这种认识叙述出来，却要经过较长的时间、认真的思考与艰苦的努力。当一位友人把他的一首小诗读给我们来听，而在听的过程中就不断连连说"好！好！"的时候，诗中的佳处就在这俄顷之间已经被我们察觉出来，但是要想回答出这个好字背后的内容以及认为好的原因，怕是一两个小时也未必够用；这正如一秒钟内所想到的东西往往得一个小时才能说清。这是因为：在前一个阶段（察觉辨识阶段），我们用的是直感，而后一个阶段，我们用的是分析。这里所谓的直感，简单说来，就是指的这样一种认识能力、认识行为与认识过程，它以最简洁的概括方式（舍去一切枝节现象）、高度集中的综合手法（将人的全部思维能力与方法纠合到一起），并在极短暂的时间之内，将被考察的对象放置在与它有联系的同类物的群体中，放置在由这类事物组成的纵向的（历史的）与横向的（现实的）抽象框架中，然后用比较的观点以确定其位置，找出其特点。而所谓分析，就是依据直感所提供给我们的点的认识与最基本的线索，再一次返回到这种直感中去，对这种以高度压缩形式凝结成的直感本身所包蕴的具体内容进行细致深入的重新认识，然后将这种认识所得，较有条理地表述出来。因此，艺术品的全部鉴赏过程基本上包括两个阶段——直感与（直感的）分析。直感回答的是好（与不好）的问题，而分析回答的是好（或不好）在哪里，以及好（或不好）的原因。

根据我在上面提出的"直感—分析说"来解释《记得当年我们分手》，我认为这首诗的好处主要在于以下几点。首先，诗的篇幅不大但包罗的内容极其丰富，题材并不复杂但描写的现象绝不简单。诗写的是对一个负心的情人的伤痛与愤怒，具体情景则是他们之间一再痛苦的会面，以及在这次邂逅中作者自己的全部复杂心理过程，另外由于这一切正是在与当年心情和背景的对比映衬下写成的，所以诗的感染作用就格外强烈。当年话别的时候心情是那么沉重，分手的痛苦、再见的困难、脸颊的苍白、唇边的凉意、满面泪痕和无言相对的情景强烈地压迫着一对热恋着的情侣的心；而这惨然无欢的气氛，过分哀伤的心绪，这些回忆起来本身就有几分不祥之兆，令人暗中担心。更何况周围的景物也是那么忧郁,清晨的凉露瀼瀼,晓风袭来,拂面那么凄清,只能增添人的伤惋。于是诗人益发感到,原来今天的痛苦早已预伏在当年那次诀别之中,它不期果然成为现实,使人无法回避;但是由于酿成这种局面的原因并不在自己一方,而是因为对方毁弃了誓言,想要挽回局面已超出了他个人的能力。这就使作者不禁为之扼腕跌足,加上声名不佳,尤其感到无可奈何,以致使他抱愧深重,很难忍受。但如果单单这样,倒也罢了,而偏偏别人又好在他面前提他这位旧友的名字——她的不佳名声往往招来人们的议论,这对听话的人不能不是绝大的刺激,因而入耳有如刀割,有如丧钟,彻底凉透了自己的心,使他顿感周身战栗起来,深悔自己过去对这样一个不爱名节的人实在不该过于用情。但是由于人们并不知道听话人与被议论者之间的旧日关系——而且还是那么密切的关系,评论时候话语之间就难免会重了些,这对他的刺伤也就更大,以致使他听到后久久为这些感到痛苦,而那痛苦的程度几乎超乎言语所能表达。但是如果事情同样也就到此罢了,一切也许还稍好容忍些;随着岁月的流逝,旧日的创痛也总会渐渐消弭于无形。而偏偏命运又在捉弄,仿佛前缘未尽似的,偶然的机会又使他们遇到一起。碍于舆论压力,牵于个人荣辱,虽说彼此见着,但又不便公开会面,而是只能"暗中相见"——请注意,这暗中两字背后大有文章!这说明,事情已经达到如此地步,连见见面也只得背着人来进行了。旧友的重逢本应当是人生的乐事,但如今却成了一件见不得人的勾当,须要遮掩的丑事。这又该是多么令人伤心!而既见之后,彼此又都尴尬不安,极不自然,期期艾艾,无言以对,又因为至此一切已经不便明言,也不好再多说,一团郁悒压在心头,怎能不隐隐作痛。但是即使是在这时候,如果对方对自己过去的种种失检举动、负心作法稍稍萌生一丝悔心,微微露出一点歉意,这样,念在过去情分,作者对于一个终究肯于认错的朋友还是能从心底加以原谅的;尽管失坠的旧欢已经不可复得。可惜不行!对方对她过去的一切"竟像没事一般"。这样重归旧好固然再无可能,想要原谅也原谅不成,这对一个已经伤透了心的人又是何等沉重的打击!而这时诗人的心情也就可想而知了。但是即使到了这种地步,诗人还在想象如果将来再次见面,又将如何对待。不过这里诗人自己回答了自己提出的问题——还会默默流泪。好了,一首短短的小诗竟然包罗了这样丰富的内容,这在同类的作品中确实是罕见的。这是要说的第一点。

其次，这首诗又是充满着冲突与矛盾的，因而富于动态感，是具有表里不同层次的，因而富于立体感；是在结局上存在着不确定性的，因而给读者留下了充分想象的余地；而这一切又有必要结合着上文提到的复杂性与丰富性往下说。通过上面粗略的分析，这种复杂性与丰富性已被初步揭示出来，因而这里我们便不免要问：这种复杂性与丰富性说明或代表着什么？再有，造成这种情形的原因又在哪里？我认为，出现上述复杂性与丰富性的原因是因为作者的思想里面活跃着许多犹豫不决、动荡不定的东西，交织着不很明显而激烈的冲突与矛盾，存在着表里不很一致甚至截然相反的现象，并且由于这方面的不确定性而使人对这首诗里所表达的感情不是十分容易把握。但另一方面，一切又似乎是非常明确，非常固定。一读之下，诗给我们的第一个感觉是悲哀，是诗的作者对一个失足的旧好的无限的悲哀。但是请问为什么要这么悲哀？诗给我们的另一个印象是怨恚。但为什么又是这样？接下细读，我们又恍惚在字里行间发现了某些其他东西，其一便是悲哀怨恚之余，作者竟仿佛在那里面隐寄柔思，暗寓同情！请问这又是为了什么？这不是天大的矛盾吗？已经是早就决裂的人了，为什么对过去那次分手，以及那次分手时自己与对方的一切表情,一切细节,包括当日的天气等等,还做着那么深情的追忆?为什么对一个早已背弃了誓言的人还会这么眷眷难忘?为什么对一个对她自己负心行为竟像无事一般的人还会那样感到"痛苦难言"?为什么事已至此还在头脑之中作再次碰面的设想?为什么对这样一段实际上已根本不存在任何挽回的希望的旧事还是这么耿耿于怀,万难割舍?这一切岂不充分说明作者在这件事上内心充满着冲突与矛盾?什么冲突和矛盾呢?我想任何一位读者也会看出,这是情感上的冲突与矛盾——作者仍在爱她,而且那么强烈地在爱她;尽管她犯了那么多的错误,尽管她并不知错认错,并不悔改,也不在乎。这里表现出作者十足的痴情,而痴情总是很感人的。它好像传说里的蓉蓣那样,连心拔掉,也不死去。但待要认真这样去做,又不可能。社会舆论,都不允许,甚至荣誉感或自尊心等也会提出抗议,致使重归于好再办不到。退一步讲,即使抛开一切外界的议论与社会的压力不提,他自己的理智也会跑出来反对的,理智会告诉他,对于这样一个不讲友谊、不重感情、不守信誓、不矜名节而又丝毫不知改悔的人——这就是理智对他那位旧情人毫不容情的评语,明明白白地寄在诗里面的——

实在不应该在她身上浪费感情,更不必说再存什么重续前缘的苟且念头,这样做是可耻的。这样作者在理智面前又碰了壁。因而一腔积悃,郁悒心中,忧心忡忡,不能自聊。想要反抗,缺乏勇气;彻底顺从,又于心不甘;这时感情固然没有完全屈服于理智,理智也没有完全战胜感情,于是使诗人陷于无法解脱的苦闷之中,并给诗的结局带来了明显的不确定性。而这一切反映在诗里面则形成了如下一些特点:谴责,内心原谅,外表冰冷,内心火热;外表峻拒,内心欢迎;外表决绝,内心不死。外表和内心,表与里是不一致的。因而外表一面,内里一面,理智一面,感情一面;处处在极力压抑着难以制服的情感,而处处又不觉地泄露了那最隐秘的心声。以上便是这首诗的第二大特色。

读到这里,也许读者不禁要问:如上所说,这首诗里包蕴着的内容的确很不少,但是作者在写这篇诗时是否就曾想到过这么许多东西?我的回答也同样是,恐怕未必。以我个人想法,一位诗人在他实际濡笔伸纸之际,完全可能并不曾十分具体地想到过这一切东西,至于那进一层的深意,他更可能全未料到。但奇怪的是,诗成之后,超出于他原来考虑到的东西却完全有可能便包含在那里面。这样经别人向他指出后，诗人自己也会大感惊异。同样奇怪的是，一首诗的最准确和最佳的诠释者往往并非诗人自己——他自己反而有时说不清自己的诗——那里的意义更多的是靠别人（首先是读者）才被发掘出来。诗篇里所写进去和所反映出的东西往往多于诗人所曾想到的东西。诗比诗人更为伟大。这主要是因为诗的创制过程与论文的写作过程不同；前者是直感式的，后者是分析式的。不过有一点却几乎是可以肯定的，即是一个人所能写出的东西必定是他所能感受和体验到的东西，尽管这些在写作之际和在写作的前后未必直接想到，或清楚充分地意识到。但是通过直感，一位诗人完全可以在无意之间高度概括了他平生的全部经验，因而使他的具体感受取得了普遍意义，以致足堪不朽，正如这首小诗那样。它恍如生活一般，真切动人，千载之下，犹有余情。

最后简单说说这首诗的第三个特点：这就是它风格上的高度凝练精致与绰约俊俏。这点主要来自这样一种绝妙的结合——内容上的极度繁富与形式上的异常简约。这点就不多说了。至于形式，这里特别指的是诗的音律的优美与语句的轻捷。此诗诗句在原诗中基本上是由每行具有两个重音的一长一短的两个诗行为单位所组成（长的一行中包含着一个扬抑抑的音步），这样，诵读起来时，长短相间，错落有致，别有一番意趣。另外特别令人感到奇妙的是，诗里短句由于音素少了一两个，本身就有着一点斩截、突兀与跌宕的意味和灵异的效用——似乎常被用来载负多少带有些谶语味的音讯，读来恍如天降不祥，竟有些令人微觉不安。但在其他情形下，那些短行对于长句则或如默契，或如对语，或如映衬，或如补充，或如加强，或者就简直代表着冷酷的现实、难测的命运；因而读来修洁冷峻，余韵无穷。诗的好坏当然主要取决于立意，但是韵律句法的妙用也会给它平添无限的美。

↘ 原 文

记得当年我们分手

记得当年我们分手，

不禁黯然流泪，

一想再见不知何年，

我们几乎心碎。

你的面颊苍白冰冷，

你的唇边更凉；
谁料那个不吉时刻
竟成今日悲伤。

那清晨的风露瀼瀼，
拂面那么凄清——
当时仿佛已预感到
我此刻的心情。
你的誓言早就抛弃，
你又声名不佳：
人们提起你的名字，
我也觉得愧煞。

人们当面谈起你时，
入耳真像丧钟；
回想当年不禁战栗——
何苦我太多情？
人们哪知我认识你，
而且还那么熟：
我会久久为你苦痛，

痛得倾吐不出。

今天我们暗中相见——
深感隐痛难言；
你对许多负心作法
竟像无事一般！
如果我们多年之后
重又陌路相会，
那时我将如何待你？
还会默默流泪。

(高健 译)

余音袅袅　缠绵不绝

谈济慈《秋颂》的艺术魅力

朱炯强

作者介绍

朱炯强,1933年生,浙江省海宁市人。1961年毕业于复旦大学英文系。历任中国科学院拉美研究所、中国科技大学、浙江师范学院及杭州大学外语系教授,浙江大学外国文学研究所名誉所长、英语国家文学和澳大利亚研究中心主任,中国外国文学学会理事,中国翻译工作者协会文化艺术翻译委员会委员。

推荐词

我们读完这首诗后,仍感到余音袅袅,缠绵不绝,达到一种曲已终而意未尽的艺术境界。正是这种声情并茂、情景交融于浑然一体的艺术感染力,给秋注入了新的生机,一扫世人往往对晚秋所抱有的伤感、悲凉的情调,忘却了秋风秋雨的肃杀景象。

《**秋**颂》是英国19世纪杰出的浪漫主义诗人约翰·济慈（1795—1821）最著名的一首抒情诗，和《夜莺颂》、《希腊古瓮颂》一样，历来脍炙人口，传诵不绝，被誉为是这位天才诗人的登峰造极之作。

《秋颂》写于1819年9月19日，当时，这位才华横溢的年轻诗人身患肺痨，已经病入膏肓，但他仍然笔耕不断。白天，他躺在屋里寻诗觅句；傍晚，便独自一人去户外散步，呼吸新鲜空气。其时正值晚秋，天气一天比一天转冷，而夕阳余晖下的田野，却色泽斑斓，显得暖融融的，这使苦于肺结核病折磨而特别怕冷的济慈感到舒适。眼前的这片金秋晚景宛如一幅暖色的风景画，使他感到万物成熟的秋季比郁郁葱葱的春天更为怡人，更加令人陶醉。此情此景，激发了诗人的诗兴，诗人欣然提笔，用33行诗句分成三节，谱写了这曲礼赞大自然秋声秋色的颂歌。

> 雾霭缭绕，硕果累累的秋，
>
> 和让万物成熟的骄阳结成密友；

秋冬携手的季节，黎明时总是晨雾缭绕，而黄昏，又总是暮霭笼罩。《秋颂》一开头，就用"晨雾缭绕"这四个字，点明了时间，概括了晚秋时分的自然特色。

接着，引出了第一节诗的主题：硕果累累的秋。秋天是成熟的季节，万物在阳光雨露的滋润、哺育下，结了丰硕的果实，等待人们收获。要论秋，当然不能忘掉太阳，把秋和太阳说成"密友"，是独运匠心的比喻，既合情合理，又生动别致，内涵丰富。接着，诗人把秋和太阳相提并论：

> 你们筹划用累累的果实，
>
> 挂满茅檐下的葡萄藤蔓；
>
> 红苹果把长满绿苔的老树压弯枝头，

这几行诗对秋色作了浓墨重彩的渲染。累累的果实，压弯的树枝，妍红的苹果，碧色的青苔，在紫葡萄藤和黄茅檐的衬托下，色彩绚丽，相映成趣，一派浓郁的秋色景象。

诗人抓住这几个在乡村屡见不鲜的镜头，把成熟的秋的信息传递给了读者。但诗人不是单调地、静止地描写秋,而是把秋和太阳比做大自然景色的两个设计师,这秋色是他们"筹划"的结果,这样,使本来静止的画面产生动感的艺术效果,让人们仿佛看见秋和太阳这两位好友正在走南闯北,忙忙碌碌一会儿把葡萄挂满藤蔓,让苹果压弯枝头,一会儿又替葫芦灌注浆液,给棒子甘甜的果肉。

诗人还嫌画面不够热闹,又增添了活动的背景,点缀其中:

……还有,还有,为了蜜蜂,

频频催开了迟放的花朵,

使它们以为日子将永远暖和,

迟放的野花在田野里随风摇曳,吐露芬芳,连那些已在夏天采足花粉、蜂蜜满巢的蜜蜂也记不清季节,仍在辛勤采蜜,飞舞在花丛之中。这样一来,大自然生机蓬勃的欢腾景象就更加跃然眼前了。

如果说诗的第一节宛如一幅五彩缤纷的秋色风景画,那么,诗的第二节乃是拟人化的秋的素描。

在这两节诗中,诗人不仅采用白描手法,清晰地勾勒出秋的种种形象,还运用了犹如今日电影艺术中跳格般的表现技巧,频频变换场景,富有动态地表现了秋的巡礼。这不仅深化了诗的主题,也让读者似乎亲临其境地目睹着秋时的情景。但诗人又不想让读者见到忙乱纷繁的秋收场面,因此,呈现在我们眼前的秋——拟人化了的秋,有时"无忧无虑地坐在打谷场";有时静静地"躺在田垄上",而且沉沉睡去了;在榨酒机旁,也不性急,只是站在那里默默观望着。也许,诗人想借此告诉读者,今年五谷丰登,秋对此十分满意,甚至流露出有点儿陶然物外的神态。秋也没有因为丰收而显得大手大脚,她十分珍惜辛勤培养出来的点滴果实,所以,也加入了拾穗人的行列,头顶着满满的谷袋,昂首趟过小溪,以便送进谷仓。

诗人通过这四种拟人化的形象,分别用"坐"、"卧"、"走"、"站"四种不同的姿态来描绘秋,从艺术上看,别出心裁的画面上有动有静,字字传神,惟妙惟肖;而在内容上,诗人赋以秋的这四种化身,都是劳动者的形象,表达了他们辛勤劳动后喜获丰收时恬静的心境,从而也表明了诗人自己对劳动人民的共鸣共融的思想感情。

在歌颂秋天的时刻,势必令人联想起孕育生命的春天。

济慈又何尝不是这样,因此他马上一转笔锋,在诗的第三节一开始就情不自禁地自问起来:

春歌何在?嗳,春歌何在?

但他立即意识到,虽无春歌,却身处秋境,没有必要为逝去的春日伤感,因此,他随即写道:

你自有秋声,何必对春歌思念?

这时,诗人又极其巧妙地运用对比的手法,先以具体的环境来表现秋,烘托自己身处的是怎样的秋境:

夕阳透过云层,映照暮天,
把收割后的田野抹得红艳艳;

这是一幅多美的金秋夕照图!尽管挥汗收割了一天的农民已经携镰返家,田野里空无人迹,但秋给人带来的温暖舒坦的气氛却洋溢在这两行诗的字里行间。诗人似乎还感美中不足,又转而描写秋声,用大自然中特有的音响为秋进一步添姿加彩。于是,诗人的妙笔奏出了一曲秋声的大合唱,是一曲精心谱成的田园交响乐!它唤起人们的听觉器官,尽情领略晚秋发出的不同凡响的音乐之声,使我们读完这首诗后,仍感到余音袅袅,缠绵不绝,达到一种曲已终而意未尽的艺术境界。正是这种声情并茂、情景交融于浑然一体的艺术感染力,给秋注入了新的生机,一扫世人往往对晚秋所抱有的伤感、悲凉的情调,忘却了秋风秋雨的肃杀景象。不是吗?小飞虫还在轻歌曼舞,蟋蟀正引颈高唱,就连春来秋往的候鸟——燕子和知更鸟也贪恋秋色,上下飞旋,迟迟不肯离去。确实,身处在这样动人的秋声秋色之中,何必思念春歌,谁还愿意离之而去呢?

仅仅在人间度过25个寒暑的济慈,短促的一生中历尽磨难。在创作《秋颂》时不仅贫困不堪,且已病入膏肓,自知不久于人世,但他是个美的执著追求者,时时刻刻都驰骋着自己非凡的想象力,孜孜不倦地寻找美,追求美,并表现美。生命越是短促,就更需要乐观地倍加珍惜,越要用自己全部的感官去尽情享受这种大自然的"良辰美景"。《秋颂》就是诗人在探求这种美的生活感受中,在观赏残秋夕阳景色时所写下的光辉诗篇;而他那高超概括和表现秋之美的精湛诗艺,把英国浪漫主义诗歌的特色推向了一座新的高峰。

风暴中的祈告

读叶芝的《为吾女祈祷》

袁可嘉

作者介绍

袁可嘉,1921年生,浙江省慈溪人。诗人,翻译家。1946年毕业于西南联合大学外国语文系英国语言文学专业。历任中国社会科学院外国文学研究所助理研究员、副研究员,社科院研究生院教授、博士生导师,中国翻译工作者协会理事。出版有专著《西方现代派文学概论》、《现代派论英美诗论》、《论新诗现代化》、《半个世纪的脚印——袁可嘉文选》等。

推荐词

女儿是个女性,诗人就从美貌一事着手。他希望她长得俊,但不要太美,以为有美貌就一切足够,不再关心慈爱和真诚,以致最终"永远交不上朋友"。

《为吾女祈祷》是爱尔兰大诗人威廉·勃特勒·叶芝（William Butler Yeats，1865—1939）的一首著名长篇。诗作于1919年6月，在他女儿安·勃特勒出生（1919年2月24日）后约四个月左右。

这是一首在一场风暴的具体情景下激发出来的富有象征意味的诗。这场风暴首先是属于实际存在的自然世界的：叶芝当时住在一贯支持他的贵族朋友格拉高雷夫人的柯尔庄园附近的一所古堡中。那里有一条河汹涌流过，岸边长着许多榆树。第一二诗段就描绘了风暴来临时吹翻草垛、掀掉屋顶，河水呼啸，榆树长号的情景。

但这场"风暴"又是属于人类精神世界的，与第一次世界大战和十月社会主义革命后的西方社会的剧烈动荡有密切联系的。叶芝认为已经有了两千年历史的西方文明，如今气数已尽，即将为一种狂暴粗野的反文明所替代，两

百年后再过渡到另一种贵族文明。他在作于同年的《基督重临》中说:

> 一切都四散了,再也保不住中心,
> 世界上到处弥漫着一片混乱,
> 血色迷糊的潮流奔腾汹涌……

本诗所说的风暴就是这样一场现代的革命的风暴,因此"我心头有密密愁云/我边走边祷告"。他名义上是为女儿祈祷,实际上象征着为世人(至少是西方人)祈求:怎样在风暴中安身立命?这样,诗的意义就从个人的角度提高到全人类的角度,从一般的物质世界的水平提高到典型的精神世界的水平。这就是象征派诗的魅力所在。

女儿是个女性,诗人就从美貌一事着手。他希望她长得俊,但不要太美,以为有美貌就一切足够,不再关心慈爱和真诚,以致最终"永远交不上朋友"。这自然是老年人的智慧之言,也是诗人在情场逐鹿,一再惨败的经验之谈。为了证实这一道理,他在第四诗段以希腊神话为例。大美人海伦因美貌为斯巴达国王墨涅拉奥斯选中,但此人极其平庸,海伦最后与巴立斯私奔。爱神维纳斯,相传自海中诞生,她可以随心所欲，却挑了跛脚铁匠伏尔甘为夫。叶芝由此得出结论，美人往往无福——"漂亮女子吃肉/总得有可怕的包拉伴着/丰饶角由此断送个干净"。"丰饶角"在本诗中是一再出现的一个象征体：相传希腊天神宙斯幼年以吸羊乳长大，但以羊角象征丰饶或幸福。

那么叶芝希望于女儿的又是什么呢？"我主要祝愿她深明礼仪"。请注意，这里的"礼仪"不仅是知礼明义，而是与下文的"习俗"一样，象征贵族文明的特点"纯真和美"的品质。叶芝从艺术家的需要出发，认为只有贵族阶级本身拥有财富，深明礼义，才能产生伟大的统治者和廉洁的政府，才能保护艺术，使艺术家有闲暇来创造艺术。这种观点使他屡屡歌颂以第6世纪拜占庭为代表的贵族文明，认为那时精神与物质、文艺与政教、个人与社会得到了和谐统一，具体表现为纯真和美：礼义和习俗。（见著名的姐妹篇《驶向拜占庭》和《拜占庭》）可见，叶芝诗中的"礼仪"和"习俗"是贵族文化的两大表征，包含多重的丰富的意义。

第五六诗段开始，叶芝着力描写他所谓"礼仪"和"习俗"。先是从正面发挥，强调并不很美的女子赢得人心是靠智慧和好心肠,他祝愿女儿像桂树在可爱的地方植根永栽,像红雀美妙地在枝头欢唱,接着从反面来对照,把"理性的仇恨"和"偏见","狂傲和怨仇"来和"纯真和美"对比。这个反证涉及一个具体的人和事,必须在此交代一笔。

1889年1月20日叶芝会见了毛特·戈尼,一位毕生献身爱尔兰民族自治运动、风姿绰约的女活动家。叶芝一见倾心,深陷情网长达15年,不能自拔。戈尼坚持暴力革命,她和丈夫一同参加了1916年复活节起义,事败后,丈夫被处极刑,她本人也被囚于狱。叶芝对复活节起义是赞扬的,但他对暴力革命是始终反对的。第七八诗段所说的"我爱过的那种头脑"、"我赞赏过的那种美貌"、"最可爱的女人"就是指毛·戈尼;所谓"仇视"、"偏见"、"郁愤积胸"就是指戈尼的武装革命思想。叶芝不无偏见地把毛特作为对立面,希望女儿不要学她的样,而要"一切都合乎习俗、礼仪",因为"纯真和美"是靠它们长的。这首诗思想上的弱点是明摆着的。

这首长诗在艺术上是很出色的。全诗写得从容不迫,一气呵成,读起来很流畅,很雄辩。在严谨的八行体格律中

（每段八行，大体每行四顿，韵脚排列为aabbcddc），既表达了为女儿祈祷的激情，又有对人对事的议论，对人生的体验和对时代的沉思，思路非常开阔，形象丰富繁复但又全诗连贯，主题突出，首尾呼应。在严正的结构中表现出活泼的想象，在具体的描写中隐含着象征的意义，真正显出是一位成熟的现代诗人的大手笔。

叶芝是个现代派诗人，但他是以与传统诗密切相结合为特色的。他一贯用格律体，从不用自由体。但他诗里的现代色彩又是极鲜明的。首先，他表现的是现代人在时代风暴前的思想感情，不管它们正确与否，它们是现代西方人真实的感受。诗的语言是洗练的口语，是当代英国人的生活语言，但并不是拖泥带水，而是简明利索的；意象和比譬也是现代化的，肉感中有思辨，如"没问题，漂亮女子吃肉/总得有可怕的包拉伴着"，意思是说"美女往往无福"，这个比喻既给读者以物质感，又引起他的思索；又如说毛特"因为她偏见存在胸中/把丰饶角和种种德行……/换来了老风箱，怒吹狂风"；这也很贴切可喜，因为那时毛特已不再年轻，却仍在鼓吹武装斗争，就像一只老风箱在怒吹狂风。诗中对神话故事的引用，也有扩展读者想象，使诗歌内容各臻丰富的作用，也具有现代派诗艺的特色。全诗从头到尾保持风暴与桂树、丰饶角对抗的主导形象，使诗篇在重复的形象变化中主题始终突出，这更宣示出叶芝从整体上掌握住诗篇的极大功力。从情思、结构、语言到格律，这首名作都有值得我们鉴赏的地方。

"白昼带回了我的黑夜"

读弥尔顿的一首悼亡诗

胡家峦

作者介绍

胡家峦，1938年生，安徽合肥人，1962年毕业于北京外国语学院英语系。1981年获北京大学文学硕士学位。历任北京大学外国语学院院长、英语语言文学系教授、博士生导师，全国中美比较文化研究会会长，英国文学学会副会长，中国翻译工作者协会理事。出版有译著《历史的星空：英国文艺复兴时期诗歌与西方传统宇宙论》、《英语诗歌精品》、《英国名诗详注》、《斯宾塞诗选》、《欧洲小说的演化》、《现代主义》、《英美散文经典选》。

推荐词

十四行诗在文艺复兴初期的意大利就有先例。不过那些诗歌大多直抒胸臆，情感比较强烈，弥尔顿则表现了不同的志趣。在这首诗中，他的情感是克制、平和的，音调是缓慢、庄重的。这是17世纪英国清教革命时期人文主义的特点。这个时期的人文主义与文艺复兴前期的人文主义不同，它带有宗教生活的严肃气氛，突出爱情的真纯圣洁，强调感情应受理智的支配。这个特点在弥尔顿的这首诗中表现得尤为明显。

1649年，在英国发生了历史上破天荒的大事：英王查理一世被革命人民送上了断头台。国内外封建势力惊恐万状，相继对新生的资产阶级革命政权大肆污蔑和攻击。逃亡欧洲大陆的查理二世怂恿法国著名的拉丁文学者撒尔美修斯撰写了《为英王声辩》一书，公然斥责英国革命政府处死查理一世为非法。该书具有极大的煽动性，它不仅混淆英国国内的视听，而且影响国际舆论，对新生的英国共和政权造成了严重威胁。当时担任英国革命政府国务会议拉丁文秘书的约翰·弥尔顿（1608—1674）挺身而出，奋笔疾书，在1651年发表了闻名全欧的杰作《为英国人民声辩》，有力地捍卫了新生政权。撒尔美修斯被驳得体无完肤，理屈词穷，不久便羞恨而死。但是，弥尔顿也因劳累过度，终于在1652年双目失明，为革命献出了对诗人来说比生命更加可贵的视力。弥尔顿几乎以超人的毅力承受着这一沉重的打击,对革命事业始终不渝。王朝复辟后,在全盲的状态下,他用诗歌作为武器继续战斗,完成了《失乐园》、《复乐园》和《力士参孙》三部不朽诗篇,热情地歌颂当年伟大的斗争,表现了对复辟王朝的仇恨,反映出革命战士英勇不屈的精神。

然而,在弥尔顿的个人生活中,失明还不是他唯一的不幸。就在他全盲的同年5月,他的妻子玛丽·鲍威尔在分娩三天后去世。1656年,弥尔顿与凯瑟琳·伍德科克结婚。凯瑟琳于次年10月生了一个女儿,但新生的婴儿六周后夭折,凯瑟琳也在1658年2月亡故,双目失明和两度丧偶,自然给弥尔顿带来极大的悲痛。他在后期作品中曾多次宣泄了失明的痛苦,但却极少流露丧偶的悲哀。只有在下面这首按照意大利十四行诗体写成的小诗里,我们才能看到他对亡妻的情真意切的悼念:

> 我仿佛看见去世不久的圣徒般的妻
> 回到了我身边,像阿尔塞斯蒂从坟墓
> 被朱庇特伟大的儿子由死亡中救出,
> 交还她欣喜的丈夫,虽然她苍白无力。

> 我的妻，由于古戒律规定的净身礼
>
> 而得救，洗清了产褥上斑斑的血污，
>
> 这样的她，我相信我必能再度
>
> 在天堂里无拘无束地细细瞻视，
>
> 她穿着和她心灵一样洁白的衣袍，
>
> 脸上蒙着面纱，但我好像看得真切，
>
> 爱、温柔、善良在她身上闪耀，
>
> 任何人脸上显不出这样的喜悦。
>
> 但是，唉，正当她俯身要和我拥抱，
>
> 我醒了，她逃了，白昼带回了我的黑夜。[1]

据推测，这首诗大约写于1658年。但是，弥尔顿在诗中究竟悼念他的哪一位妻子，现在已无可稽考。多数评论家认为是悼念他的第二位妻子凯瑟琳的，因为弥尔顿与她结婚时已经全盲，从未见过她的容貌，这才有诗中"脸上蒙着面纱"的词句。但也有人认为是悼念他的第一位妻子玛丽的，因为真正死于产褥的是玛丽，而不是凯瑟琳。这两种说法的根据显然都不够充分。不过，这首诗到底悼念他的哪一位妻

---

[1] 译诗参考了杨周翰的译文。见杨周翰著《十七世纪英国文学》，北京大学出版社，1985年，第197—198页。

子,毕竟是无关宏旨的。值得深入研讨的乃是这首诗所表现的独特的思想情感和艺术魅力。

诗的主体是描述一个梦境。全诗篇幅虽短,但结构完整,层次分明:前十二行叙述诗人梦见亡妻由地府返回阳间的欢乐情景,最后两行描写诗人梦醒后的悲痛心情。通过梦境的描述来缅怀亡人,寄托哀思,这在西方诗歌中并非绝无仅有,文艺复兴初期的意大利十四行诗里就有先例。不过那些诗歌大多直抒胸臆,情感比较强烈,而弥尔顿则表现了不同的志趣。在这首诗中,他的情感是克制、平和的,音调是缓慢、庄重的。这是17世纪英国清教革命时期人文主义的特点;这个时期的人文主义与文艺复兴前期的人文主义不同,它带有宗教生活的严肃气氛,突出爱情的真纯圣洁,强调感情应受理智的支配。这个特点在弥尔顿的这首诗中表现得尤为明显。诗人以"我仿佛看见"开始,叙述了他那恍惚迷离的梦境。在梦境中,他把目光始终投射在他妻子的形象上,一刻也没有转向自己,丝毫不曾流露内心的激动。同时,他又把妻子形象置于神圣庄严的氛围之中,通过一系列内涵丰富的璀璨比喻,委婉曲折地表达了他对亡妻的热情赞颂和深切悼念。

在比喻的选择和安排上，诗人的确是匠心独运的。我们看到，第一个四行里包含着一个希腊传说。帖撒利王阿德弥塔斯在与阿尔塞斯蒂结婚的当天，忘记向女神祭献，因此要被女神处死，除非他的父母或妻子中有一人愿替他死。阿尔塞斯蒂为救丈夫，甘愿牺牲自己。她刚死不久，朱庇特之子赫克利斯便赶来营救，与死神搏斗，终于把她从地府夺回阳间。第二个四行里涉及一个犹太教典故。根据《旧约·利未记》所载的摩西戒律，妇人生子必须在33天后、生女必须在66天后举行净身礼。耶稣的母亲玛利亚生了耶稣后，就是按这条戒律举行了这个仪式的。在第三个四行里，诗人将他妻子所穿衣袍的洁白与她心灵的纯洁相比，暗示精神与形体的统一，强调灵与肉的完满结合，明确地表达了基督教观念。这些精心选择的比喻表现出弥尔顿艺术创作上的一个显著特征，即把西方两大文化传统——希腊传统和圣经传统——有机地结合在一起。这两大传统的结合，既能体现希腊文化的绚丽多彩，又能突出圣经传统的圣洁崇高。两者相辅相成，可以更加充分地表现基督教人文主义者的情趣、企望和追求。值得注意的是，在弥尔顿看来，圣经传统高于异教的希腊传统，而在圣经传统中，基督教观念又高于犹太教义。诗人正是根据这种信念、按照"异教—犹太教—基督教"的层次来安排诗中几个比喻的，其目的显然是想取得使诗的内涵逐步深化、力量渐次增强、形象不断升华的效果。

但是，这首诗中三个来源不同、似乎毫不相干的成分，究竟是怎样有机地联系在一起，又是怎样表现诗人的思想感情的呢？

从逻辑结构上看，这三部分的联系是顺理成章的。诗人的亡妻像阿尔塞斯蒂那样，刚从地府返回阳间，因此显得"苍白无力"。这一"苍白无力"的形象极其适合净身礼的场合，因为净身礼是在妇女分娩不久后进行的，这时她尚未恢复血色，依然"无力"，而且举行这一仪式时，她还必须身穿"洁白的衣袍"。外表的洁白使人联想到心灵的纯洁，即内在的美德："爱、温柔、善良"。显而易见，诗人一方面从他妻子的外貌描写到内心，使其形象不断深化，另一方面又按"异教—犹太教—基督教"的层次排列比喻，使其精神不断升华，最后达到完美的境界，从而表达了诗人对亡妻的最崇高的赞颂和最真挚的悼念。

从深层含义上看，全诗渗透着"爱"的精神，正是这种精神把全诗结为一个和谐的整体。"圣徒"是为爱而自我牺牲的形象。阿尔基斯蒂出于爱，甘愿替丈夫去死。朱庇特之子赫克利斯暗示上帝之子耶稣，耶稣正是为了爱人类而自我牺牲的。接着，净身礼又引起耶稣的母亲玛利亚的联想，玛利亚常被视为爱与正义的化身，尤其在中世纪，她曾是圣徒们崇拜的对象。这一切都体现出人与人之间、人与神之间的爱。爱是渗透一切、无所不在的宇宙原则。它是人类欢乐的源泉，也是抚慰痛苦灵魂的圣膏，它是世界和谐的基石，也是人类最崇高的品德。因此，在"爱、温柔、善良"中，诗人首先强调的是"爱"。"爱、温柔、善良在她身上闪耀"，这既表明诗人的妻子活在尘世时就已具有的美德，又暗示这些美德在她升入天堂后变成了发光的、永恒的品质。我们看到，诗人不仅把他对妻子的怀念和赞美的情感全部注入他所刻画的形象之中，而且使她的形象变成了爱的化身，理想的象征，他所向往和追求的目标。

在最后两行诗里，诗人骤然笔锋一转：美好的梦境和光辉的幻影顿时消失。"我醒了，她逃了，白昼带回了我的黑夜。"急切的语调表明希望的破灭。诗人重新意识到严酷的现实：妻子已离别人世，自己也双目失明。幻景化为现实，欢乐转为悲痛，光明变成黑暗。这种突然的转折、鲜明的对照、大起大落的手笔,深刻地揭示出诗人内心的极度悲哀。尤其耐人寻味的是:"白昼带回了我的黑夜。""白昼"原是慰藉、欢乐、希望和光明的象征,但对诗人来说却成了"黑夜",成了一片茫茫的黑暗。黑暗意味着什么?在《力士参孙》中,诗人通过主人公之口说:"呵,黑暗,黑暗呀,黑暗,在正午烈日的强光里,/无可挽回的黑暗……/虽在光天化日之下,犹如在阴森的境地,/半死不活,/被埋葬在坟墓里;……"参孙的这番话就是这首诗中"黑夜"的最精当的注脚,它意味着死亡和坟墓!在这里,诗人以悲痛欲绝的音调结束了这首凄切哀婉的悼亡诗。

但是,如果再深入观察一下,我们也许会觉得,从某种意义上说,这首诗还不能到此为止,因为诗中隐含着一种循环的模式:(一)诗人梦见他的亡妻从地府返回阳间,经过净身礼,获得再生,进入天堂,从而形成"地狱—天堂"的模式;(二)诗人梦见天堂幻景中的爱妻正要"俯身"和他拥抱时,他"醒了",回到了人间,回到了无异于"坟墓"的黑暗深渊,这又形成"天堂—地狱"的模式;(三)诗人意味深长地透露了这一希望:

> 这样的她，我相信我必能再度
>
> 在天堂里无拘无束地细细瞻视。

这就暗示诗人坚信他与妻子必将在"天堂"重聚，坚信他的梦想和追求必将在未来美好的世界里成为现实，坚信他必将和他的妻子一样，冲出地狱，获得精神再生，重新飞升光辉的"天堂"，美好的乐园。诗人似乎又把我们带回到诗的开头，带回到"地狱—天堂"的模式。总之，诗人经历了精神的翱翔、灵魂的旅行，最终将达到崇高的目标。

在但丁的《神曲》中，我们第一次看到了人类灵魂的旅行。诗人用第一人称叙述了他到地狱深渊的游历，随后迂回穿过炼狱飞升到上帝那里。探求的诗人下落地狱，其目的乃是为了重新获得天堂。[①] 弥尔顿在《失乐园》中再现了但丁的这个模式。亚当和夏娃被逐出乐园时，大天使米迦勒向他们展示人类未来的前景：他们必须经过长期的艰苦考验、坚定信仰，获得精神再生，最后就必能重返乐园。弥尔顿之所以再现但丁的模式，因为这个模式能够最充分地表达他的政治信念，即17世纪英国革命者虽然由于思想的堕落而导致革

---

① 参见吉列斯比著《欧洲小说的演化》，胡家峦、冯国忠译，生活·读书·新知三联书店，1987年，第58页。

命失败，失去了"乐园"，但只要他们像亚当和夏娃那样，坚定信仰，经过长期的思想磨炼和改造，获得"再生"，他们也同样能够重返乐园，在英国建立人间的天堂。仅就这个具有深远意义的模式而言，弥尔顿的这首短短的十四行诗，已明显地预示他在王朝复辟后所完成的伟大史诗《失乐园》了。

千古卓绝一莎翁

莎士比亚十四行诗名篇赏析

辜正坤

作者介绍

辜正坤,1951年生,北京大学外语学院世界文学研究所教授、博士生导师,历任北京大学文化文学与翻译研究学会会长,国际中西文化比较协会副会长,中国莎士比亚研究会副会长,《外语与外语教学》杂志顾问等。出版有专著《中西诗比较鉴赏与翻译理论》、《互构语言文化学原理》、《中西文化比较导论》、《莎士比亚研究》,译著《老子道德经》、《毛泽东诗词》、《元曲一百五十首》、《易经》及汉译本《莎士比亚十四行诗集》等。

推荐词

莎士比亚不仅是伟大的剧作家,也是伟大的诗人。辜正坤先生的赏析文章洞烛幽微,既见出了莎氏的细腻诗心,又见出了东西文理的殊途同归之处。

第18首（A）

或许我可以用夏日来将你作比方，

但你比夏日更可爱也更温良，

夏风狂作常会摧落五月的花蕊，

夏季的期限也未免太不够长。

有时候天眼如炬人间酷热难当，

但转瞬又金面如晦常惹云遮雾障，

每一种美都终有凋残零落之日，

或见弃于机缘，或受挫于天道无常。

然而你永恒的夏季却不会终止，

你美的形象也永远不会消亡，

死神难夸口说你在它的罗网中游荡，

只因你将借我的诗行共百世流芳。

只要人口能呼吸，人眼看得清，

这诗就长在，使你万寿无疆。

（辜正坤　译）

第18首（B）

试问，或可将君比夏日？

更温婉多丽质；

五月娇蕾，难堪无情风急；

夏日赁期苦短，只在瞬时；

或天眼开处，灼热愁难敌；

又常见它金容失色暗蹙眉。

叹尤物万种多凋敝，

有无常天道，难测天机；

惟君长夏无终期；

芳容如旧，永无消退日；

纵阎罗设网，网不住花颜如玉；

只为有不朽诗行凭君寓：

但只要人世不泯人眼在，

借我诗句，青春永随君身寄。

（辜正坤　译）

第18首（C）

我或许可将你比成春季[①]？

但你比春日更可爱也更温和；

五月的娇蕾难逃狂风袭击，

春光苦短呵，其奈若何！

天眼如炬有时灼热难当，

那一副金面又常遮密雾浓云，

仙姿秀色终难免色褪香亡，

只做了机缘或无常天道的牺牲。

但你永恒的春季却不会消残，

你那芳容丽色也绝不会凋败，

死神难令你在它的阴影中流连，

只因你长与这不朽的诗行同在。

只要人口能呼吸，人眼看得清，

这诗就永存，叫你永葆青春。

(辜正坤　译)

[①] 英国是北方国家，伦敦的纬度比我国哈尔滨还高6度，所以英国夏季是最明媚的季节，相当于我国的春季。故此处将原文summer's day（夏季）译成"春季"。

这是莎士比亚的代表性诗作之一,几乎各家选本必加选注。由于选注,由于译风各异,可以从不同角度欣赏莎诗,故此处用A、B、C三种风格译了此诗,供读者品尝。

莎学专家爱德华·胡勃勒(Edward Hubler)认为,莎氏此诗主要讴歌三个方面:(1)诗歌的威力;(2)爱友的美色;(3)爱友的天性。(见胡勃勒《莎士比亚十四行诗臆解》,普林斯顿大学出版社,1952年,第80页)国内学者认为此诗"有一种朝露似的新鲜,情调优美而又有足够的思想深度。其主题是表达唯有文学可以同时间抗衡,文学既是人所创造的业绩,因此这又是宜告人的伟大与不朽……大胆地表达了英国文艺复兴时期人文主义新思想"(《英国文学名篇选注》,王佐良、李赋宁、周珏良、刘承沛主编,商务印书馆,1987年,第93页)。

此诗的艺术技巧精湛,历来为人称道。诗以"夏季"作喻,并以莎氏惯用的设问形式起首,语势颇委婉,是欲擒故纵之法,第一行提出问题,第二行并不直接回答问题,只说是对方比夏季更可爱、温和。设句已奇,答语更妙;一个"更"字,藏无限温柔。"可爱"指爱友的美色,"温和"则指爱友的"天性"。以下九行诗均围绕这两点着墨。指责夏季之不佳处，是损不足以奉有余之法，以略衬爱友之"更可爱、温和"。英国由于其地理位置偏北，其夏季在较大程度上相当于我国春季；是英国最明媚妍好的季节。以春季喻指情爱的事，中外古今同理。例如汉语中即有"春心"、"春情"、"春容"、"春雨"、"春意"、"春人"、"春颜"、"春闺"等数十种说法，可见是套话，要借套话翻出好诗，无异是要化腐朽为神奇，非大手笔不能翻此境界，胡勃勒认为此诗起首数联使诗人赢得了"不求工而诗自工"的盛名。我以为莎诗并非"不求工而自工"，而是"欲求工则必工"。"一般认为，任何一个诗人，纵有莎氏的诗才，也绝不会使用诸如'夏季'、'可爱'之类陈腐的套语做出这种比拟"。（见胡勃勒上书第79页）可见莎氏确是推陈出新的高手。莎氏自己就说过"要竭尽全力从旧词出新意"（莎士比亚十四行诗第76首）。此诗不言夏季（春季）之佳，却力陈夏季之不佳，此意一出，使人顿感诗人笔力不凡。人皆曰夏日妍好，而在莎氏眼中却有五月的狂风作践娇蕊，有如火的烈日当头照射，加上时期短暂、阴晴无定，算不得完美。诗人一唱三叹，哀天道之不测，叹无常之必然，红褪芳凋，香消玉殒，诗境愈演愈悲，似乎已无法收拾。此为抑,为顿。然而第九行"但你永恒的夏季却不会衰落",却如红日喷薄而出,诗境顿然一开,原来极写夏日之不佳,全为这一行诗所铺垫;自然界的夏天是短暂的,你的(人的)夏天却是永恒的;自然界的花草都会凋残,而你的芳容秀色却永不会凋败;夏季都会变老,而你却会永远年轻;自然界都有种种缺陷,而你(人)却完美无缺,连死神都奈何不得。诗到此已曲尽抑扬张弛之道,算是第二层转折,似乎又写到尽头了,然而第十二行"只因你长与这不朽的诗行同在",如霹雳一声,叫人为之一震;自然界的夏季纵然美妙,然而爱友的青春美貌再美妙,却妙不过诗人自己的不朽诗作。所以诗人最喜欢的看来还是诗人自己或自己的诗作。说这是歌颂自己的诗,我看也是讲得通的。因为爱友的青春与美貌只有借寓在诗人的诗行中才能超生:"只要人口能呼吸,人眼看得清,这诗就永存,叫你永葆青春。"诗到此进到第三层,亦即最后一层:真正伟大且永恒的是诗人的不朽诗作,即文学可与时间抗衡。诗以人比夏季开始,而以人胜自然作结,是典型的人文主义思想。诗意曲折三转,开合承继,妙合自然。元代杨载云:"诗不可凿空强作,待境而生自工。或感古怀今,或伤今思古;或因事说景,或因物寄意;一篇之中,先立大意,起承转结,三致意焉,则工致矣。"(杨载《诗法家数》)由莎氏此诗,可见东西诗法不谋而合者颇多,故借鉴西诗,更有助于体察中诗之妙,赏诗者幸勿忘此。

第29首

奈时运不济,又遭人白眼,

恨世道难处,独涕泪涟涟,

呼唤,徒然,巨耐这聋耳的苍天!

又顾影自怜,只叹命乖运蹇。

我但愿,愿常怀千般心愿,

愿有人才一表,有三朋六友相周旋。

愿有如海学识,有文采斐然,

私心儿偏不爱自己的看家手段,

妄自菲薄如我呵,堪叹!

忽念转君处,喜境换情迁,

正曙染星淡,如云雀蹁跹,

离浑浑人寰,讴颂歌一曲天门站。

但记住您柔情招来财无限,

纵帝王屈尊就我,不与换江山。

(辜正坤 译)

人有三欲:食欲、情欲、权欲。具体到世事上来,便是对钱财、性爱与权利的想望与追求。三欲苟能全部满足,而又不妨害别人,则日子当然过得红火。可叹的是人生多艰,往往只能程度不同地满足这些欲望,故未能最佳程度满足的欲望就处于一种压抑状态。有抑必有扬。如此欲不能满足,则转而求得他欲的满足,这满足的他欲即处于一种扬的状态。所以三欲是相通相补、相斥相吸,互为表里、互为转化的。

莎氏这首名诗,即是例证。以莎氏的才具纵无哈姆雷特扭乾转坤的抱负(《哈姆雷特》第一幕,第五场,第216行),但依附高门以伸其志的雄心还是有的,如频频向扫桑普顿伯爵献诗即是例证。然而莎氏毕竟门户低微,攀龙附凤之术也不甚通,单靠写点艳诗的笔杆子功夫,岂能成大气候?所以在伦敦城里闯荡了一番,不过混了个略有名气的戏子,改编了几个剧本,也被同行看成抢饭碗的人,惹得"大学才子"罗伯特·格林大为光火,骂莎是"暴发户乌鸦",是"跑龙套"的角色。而莎氏是自命要写出与天地同寿的不朽诗行的人，竟对格林的咒骂装聋作哑，使了个骂不还口的招数，很使后世的评论家们摸不着头脑。流行的看法是说莎氏胸襟阔大，没把格林的嘲骂放在眼里。我看当年的莎老弟（时年28岁，比格林小6岁）还没有这么大的气度。忍辱不答者，一因慑于格林这个学界名人而自惭形秽；二因莎氏聚敛财富的本领远胜格林。格林的剧本很不卖座，而莎氏的《亨利六世》在当时的票房收入却最高，格林穷困潦倒而死，不能说与莎氏的"抢饭碗"毫无关系，故莎氏难免有某种负罪心理；三因格林即已丢了命，纵然临终前说了几句过头话，生者亦不当看得太认真；四因莎氏当时确也聚了一点钱财，食欲问题可望获得小康程度的解决，故在权欲（此处指"荣誉感"等。参阅拙文《三欲原动力论》，《北大研究学刊》1988年第4期）方面似可以略做些让步，然而莎氏心中的愤懑想必越积越深，其根源自然不止上述情节。须知自1585年到1592年间，莎氏必定受过不少颠沛流离之苦，有人说他当过乡村教师，有人说他在达官贵人家里当过差，有人说他当过兵，做过水手，张扬得最厉害的说法是说他偷了路希爵士的鹿，只好东躲西藏，进了伦敦。可惜的是这些说法至今没有一个完全考证清楚。但综观这些传言而推断莎氏曾在人们的"白眼"中度过一段"身世飘零"的苦日子却是无疑的。以莎氏这等绝顶聪明的人而要受如许坎坷之苦,那怀才不遇的屈辱感觉自然酿成满肚子的不平之气。"物不平则鸣",于是鸣出这首呼天抢地、悲切惨怛的揪心之作。"奈时运不济,又遭人白眼。"竟是一开门便作诉苦状,有这样写诗的么?不容你不看下去。接下来"恨世道难处,独涕泪涟涟"。不唯有诉苦声,且伴有诉苦泪,声泪俱下必致声情并茂,然而西方诗人与中国传统诗人流泪的动机和方式是颇值得考究的。西方诗人,例如这位莎翁,是哭笑自便的,或潸然泪下,或号啕大哭,都随心所欲;而且多半是哭自己的身世,身后的遭遇,不会借了什么招牌或名义,再有板有眼地哭。如莎氏十四行诗中的第30首、第31首、第42首、第44首及第143首中的哭,均属于这种情形,虽然哭得颇见脆弱,全无一点英雄气概,但是哭得很直率、坦白,流的也是真泪,懒得花工夫去摆正姿势,哭出个光辉形象来。哭相或许不雅,但却是真人的真哭。中国不少传统诗人则往往要借点名目才哭得成章法,不是忠君就是凭吊怀古或送行之类,多是为别人,很少纯粹为自己,例"风雨孤臣泪,乾坤逐客心"(董俞《和王南州听杨太常弹琴诗》);"缟素易水上,涕泣不可挥"（王粲）；"江声不尽英雄泪，天地无私草木秋"（陆游《黄河》）；"眼底山河，楼头鼓角。都是英雄泪"（刘仙伦《念奴娇》）；"使行人到此，忠愤气填膺，有泪如倾"（张孝祥《六洲歌头》）；"世间万物抵春愁，合向苍冥一哭休。四万万人齐下泪，天涯何处是神州"（谭嗣同《有感一章》）。中国诗人一哭，长袍大袖一遮，哭也要哭出个美模样。"倩何人，唤取红巾翠袖，揾英雄泪。"（辛弃疾《水龙吟》）瞧，还有漂亮姑娘为你温温柔柔地擦眼泪，这等哭状，颇具诗意，何乐而不为呢？中国传统诗人的很大一部分哭声，可以一言以蔽之：假。这种假哭，不惟骚人墨客十分擅长，就连老百姓也大多会两手，君不见旧时的哭丧者么？那不是哭，而是唱，有板有眼，不少做媳妇的就是借了这哭道将平时的积怨全掏出来，多为哭，实为咬牙切齿的骂，明眼人一听就明白个中就里。

而这位大诗人莎士比亚却没有念过哭经，所以还按他的哭法自行其是，哭犹未了，竟至叫起来："呼唤，徒然，叵耐这聋耳的苍天！"这已是哭得跺脚了。但有什浅用？聋子老天爷听得见么？大约哭久了，哭累了，或许声音也哭嘶哑了，这才又"顾影自怜，只叹运乖命蹇"。很有点无可奈何的泼妇味,在咱们中国文人面前,莎士比亚可谓斯文扫地了,但是恕我直言,这形象很真实,作为艺术品,这一点正至关重要。

可怜巴巴的诗人接着历数自己的心愿,"我但愿,愿常怀千般心愿",实际上也就是诉说他心目中的好时运。"愿有人才一表,有三朋六友相周旋。"模样长得要帅,又每天有胜友如云,高朋满座,就如战国时的平原君一样,养着食客三千。"愿有如海学识,有文采斐然。"冯友兰先生云:"良史必有三千长:才、学、识。学者,史料精熟;识者,选材精当也;才者,文笔精妙也。"(冯友兰《中国哲学简史》,北京大学出版社,第1页)看起来,莎翁是要三者皆长。因为学历不深,常有被人讥为浅学之虞,所以对这方面的要求颇切。但莎氏学问纵不渊深,文采却无须旁求。故此行诗译文特难工,疑有误,而各家译本似均不甚切,且有出入,权译如上。"私心儿偏不爱自己的看家手段。"这山望着那山高,人情之常。这里的看家手段,大概指的是会演戏、编剧本、写情诗吧。诗到此,情绪张力已大缓,远不如开首那么悲痛欲绝了。好像是一个哭诉的人,诉说之间渐忘了哭,说得兴起,有时还会破涕为笑。"妄自菲薄如我呵,堪叹！"自我解嘲了。人不能老是悲哀，退一步想，可聊以自慰的方面还有的是。于是哭诉诗就此打住，仿佛一曲音乐要变换节奏的交接处预示着新的高潮："忽念转君处，喜景换情迁。"突然想到爱友，情况立刻起了大变化，转怒为喜了，转得奇特，诗境为之一开。接下来，情绪节奏愈来愈快，"正曙染星淡，如云雀翩跹"，云雀一出，"显示诗人从郁结的情绪中解脱出来，因为振翮云雀必使诗人回想起当年浪迹伦敦的艰辛岁月"（胡勃勒《莎十四行诗臆解》，第122页）。"离浑浑人寰，讴颂歌一曲天门站。"心境之开脱超逸达于极点：由天门处俯视下界，浑浑人寰，何其小哉！诗情一泻千里，直如长江大浪夹泥沙奔腾而下，势不可遏。与此前的惨号声、低哭声、喁喁私语声大异。至"讴颂歌一曲天门站"处，如何再续下去，极为棘手。如果再高，琴弦或许会崩断，如果又低下去，则读者心中会有不满足的感觉。恰如打嗝似的，气到喉头，如果不畅快地迸吐出来而中途溢散，会叫人说不出的难受。故最后两行，实在是力重千钧，全诗成败，在此一举。然而前面已说过，莎诗的末两行必是点睛之笔。"但记住你柔情招来财无限／纵帝王屈尊就我／不与换江山。"好家伙！连皇帝爷爷都不放在眼里了！果然不负所望！莎士比亚采取了不降低音高，然而大大增强乐音力度，并伴以和声的办法，在气势上显得恢宏，宛如弦乐中突然注进了铜管乐和闷雷似的大鼓声，交响而成震撼人心的终场曲。其艺术效果与读者的预期心理弦弦相应，使人感到胸腔里似乎无处不舒坦，无处不熨帖。

本文开篇所论及三欲，此诗结尾刚好和盘托出："财无限"（食欲）；"柔情"（情欲）；"帝王"（权欲）。不过此处的"财"是虚指，"帝王"（权欲）只是"柔情"（情欲）的转化形式。功名既然难就，必转而求得其他形式的发泄，以获得某种理解与同情，于是性爱（同性或异性）遂成为主要寄托。胡勃勒认为："友谊通常被看作是诗人所受各种疾苦的补偿。表达这种主题的最佳诗作，当推莎十四行诗第29首。"（《莎十四行诗臆解》，第122页）这种补偿论，以此释人类一切行为，无不为然，而莎氏的全部创作均可解释为三欲的不同表现形式，如有不信者，试以此法解他诗，必中。

第66首

不平事，何堪耐！索不如悄然去泉台；

休说是天才,偏生作乞丐;

人道是草包,偏把金银戴;

说什么信与义,眼见无人睬;

道什么荣与辱,全是瞎安排;

童贞可怜遭虐待,

正义无端受阉埋;

破腿权势,反弄残了擂台汉;

墨客骚人,官府门前口难开;

蠢驴儿自命博士驭群才;

真真话错唤作愚鲁痴呆;

善恶易位呵,恰如小人反受大人拜。

似这等不平何堪耐,不如一冤化纤埃,

待去也,呀!怎好让心上人独守空阶?

(辜正坤 译)

根据莱斯利·哈特逊的推测,此诗估计创作于1596—1603年之间,即莎氏33至40岁之间,是莎诗中的精品,历来备受推崇。例如刻尔纳就认为此诗是"莎氏十四行诗中的一颗明珠,诗中没有一个字在今天不具有丰富的含义;整首诗是如此地不受时间的限制"。葛瑞哥亦认为这首诗是莎氏十四行诗中"最动人心弦、最美的一首",是"一首不可超越的诗",然而著名批评家圣茨伯利却力排众议,认为此诗是莎氏全部十四行诗中"最虚伪的一首"。对同一首诗,看法截然相反,本不足怪,因为评者评诗的目的及其在立体认识坐标系统中所处的角度、层次各有不同,其结论也就理所当然地不一样。历史地看,则每一种结论都是值得借鉴的。

这首诗含义十分明显,极写诗人愤世嫉俗,宁愿一死以避浊世("悄然去泉台"),无奈六根难除,情丝难断,为防心上人"独守空阶",只好忍辱偷生。

这首诗所影射的时代是史称英国黄金时代的伊丽莎白一世时期(1558—1603)。这是一个辉煌灿烂的时代,亦是一个残酷的时代。一方面由于地中海航道的改变,英国战胜西班牙后夺得了海上霸权,进一步刺激了英国工商业的发展,圈地运动使资本主义深入农村,不断加剧的对外贸易和海外掠夺,使英国资本主义获得空前规模的高速发展。另一方面,伴随着资本主义原始积累而来的社会弊病,诸如流离失所的农民和城市贫民,由于冷酷的金钱关系造成的社会道德的沦丧,新旧贵族与王权之间的无情倾轧,等等,都成了不少人文主义作家抨击的对象。莎氏这首诗正是对种种不公正、不人道的社会现象做了真实的描绘和艺术概括，尤其是对当权者的倒行逆施和官府的专横进行了有力的揭露，并为人类的尊严受屈辱而大鸣不平。这种痛心疾首的抗议之音在莎氏的其他作品中亦不时可闻，如前面介绍过的第29首就是一例。又如哈姆雷特那一段著名的台词："……谁甘心忍受人世的鞭挞和嘲弄，忍受压迫者的虐待、傲慢者的凌辱，忍受失恋的痛苦、法庭的拖延、衙门的横暴，做埋头苦干的大才，让作威作福的小人一脚踢出去？"（《哈姆雷特》第三幕一场）正是这种愤世嫉俗的怒火与无可奈何的感伤在无数读者中引起了共鸣，故此诗饮誉甚隆，名家选本、注本、评论多加褒扬。从艺术角度来看，此诗确有诸多不凡处。如起句就十分突兀。"不平事，何堪耐！"令闻者驻步，心中不禁一动。"索不如悄然去泉台！"则如头悬利剑，令人心中一凛：何等仗义之士！这种开篇手法，宛如说书人手中的惊堂木，一板拍下，听众为之屏息。然而如何不平？且听诗人道来。天才沦为乞丐，草包穿金戴银，信义无人理，荣辱瞎安排，虽是不公道，一股怒火似还可以强压；到了童贞遭横暴，正义受阉埋，跛腿权势反把壮士弄残之际，则是积愤如填膺，非吐不可了！然而吐之何易？"官府门前口难开"。到此诗思忽一折，似浪遏飞舟。既然"蠢驴儿自命博士驭群才"，纵有辩才如刃，"哪里去告它，哪里去诉它"，自认倒霉算了。须知，说老实话者总是要吃亏的，"真真话错唤作愚鲁痴呆"，识相者还是少管闲事为佳。第十二行"善恶易位呵，恰如小人反受大人拜"，则是千声万声一锤定音的结论性诗行。以上十二行诗中，有十行句法结构十分整齐，每行前冠以连词"and"，给人一种千丈瀑布自天而降不容中断的感觉，这正是怨愤不平的文字所必有的排比特点，可惜译文未能传达出（也无法传达出）此种句法结构。第十三行"似这等不平何堪耐，不如一死化纤埃"明显照应第一行，整个看起来宛如一字长蛇阵而又首尾衔接，所谓起承转合，接应得天衣无缝。诗意到此，似已完全写尽，作者笔酣墨饱，骂得慷慨淋漓，一位壮士引颈就义的形象呼之欲出。然而诗人如阵前主帅，令旗一招，阵势立变："待去也，呀！怎好让心上人独守空阶？"将前面的文字似乎全部抛开，演了一场空城计，原来诗人还不会去死，因为他还舍不得心上人。于是正冒冷汗的读者缓了一口气，总算不会看到惨案发生了。这最后一行，是诗人的撒手锏，意在语出惊人。乍一看，全在意料之外；细想想，则又在意料之中。然而诗有庄谐之别，如莎氏此诗则是前庄后谐，前十三行均甚深感世人，第十四行却似戏言，宛若号啕大哭之人忽然破涕为笑，以自我解嘲之法自安自慰，颇有点黑色幽默味。故赏诗者据此一行，将莎氏褒为天才亦可，贬为庸才亦可，推为豪杰亦可，讥为小丑亦可。因为"诗无达诂"，诂者苟能自圆其说，均可以姑妄信之。话者愈多，诗意愈丰。刻尔纳说，葛瑞哥说，或圣茨伯利说，其实都各有所据，合而成多向互补。评者认识角度，层次一变，审美标准自一变，其结论自然也就不同。可见赏鉴莎诗宜多向评估（参阅拙作《论元文学与泛文学》，见《百家》1989年第1期），不当泥于旧说，甚或作茧自缚。解莎氏如此，解他类文学作品亦何独不然？

第129首

损神，耗精，愧煞了浪子风流，

都只为纵欲眠花卧柳，

阴谋，好杀，赌假咒，坏事做到头；

心毒手狠，野蛮粗暴，背信弃义不知羞。

才尝得云雨乐，转眼意趣休。

舍命追求，一到手，没来由

便厌腻个透。呀，恰像是钓钩，

但吞香饵，管叫你六神无主不自由。

求时疯狂，得时也疯狂，

曾有，现有，还想有，要玩总玩不够。

适才是甜头，转瞬成苦头。

求欢同枕前，梦破云雨后。

唉！普天下谁不知这般儿歹症候，

却避不了偏往这通阴曹的烟花路儿上走！

(辜正坤 译)

一切文学，推到极端，往往有两点最引人注目：纵欲性和禁欲性。文学之为文学，离不开一个情字；而情之最当推爱字；爱之最又当推性爱，性爱之根源不外一个欲字。东方人视中庸为至德，虽明知"食色，性也"(《孟子·告子》)，仍力主折中于纵欲与禁欲之间，但事实上往往偏重于禁欲，弄出成千上万不婚不嫁的和尚与尼姑来，"万恶淫为首"遂成为中国士大夫们时常胆战心惊地告诫自己和别人的金玉箴言。西方文化中，纵欲和禁欲，界限较为分明，两派往往能各得其时，但有主次之分。中古时期，偏重禁欲；文艺复兴时期，偏向纵欲。禁欲、纵欲自然都各有其利弊，而因人类在不同时期的价值标准不同，选取的程度也就有差别。莎氏此诗，极写人类辗转彷徨于欲海之中难于自拔之状，可谓入木三分。中国文学中，此类文字可与之比肩者，不妨推元人关汉卿之《不服老》。然二者在思想上亦有较大的差别。莎氏对纵欲之弊鞭挞甚切，描绘甚精，字里行间，出自真情，并非戏谑文学，尤其最后一联"呀，普天下谁不知这般儿歹症候，却避不了偏往这通阴曹的烟花路儿上走！"真正石破天惊之语，其中流露出人类无法控制自己天性的绝望情绪，痛苦极深。通读莎氏全集之后，可知莎氏于此中甘苦，其体会之深确乎异于常人，故有一段千古卓绝之文字。而关氏之《不服老》（比莎诗约早280年）却是将万千烦恼戏谑于曲中，通篇勾勒一个"半生来弄柳拈花"的情场老手的形象："我是个普天下郎君领袖，盖世界浪子班头……占排场风月功名首，更玲珑又剔透。"初看之下，关氏似乎是人生短暂、须及时行乐的鼓吹者，"恰不道人到中年万事休，我怎肯虚度了春秋！"若深解中国士大夫性格，则知这不过是做做样子而已。抒发的是大丈夫壮志难酬之际自暴自弃，耽于风月以自遣的辛酸，似行行有春风意，其实字字是苦泪。官场上不能吞云吐雾，情场上权且任意驰骋，一欲不能满足，则借他欲来发泄。故关氏此曲，数百年之后，读之仍令人心惊。"你便是落了我牙，歪了我口，瘸了我腿，折了我手，天赐我这几般儿歹症候，尚兀自不肯休。只除是阎王亲令唤，神鬼自来勾，三魂归地府，七魄丧冥幽天哪，那其间才不向烟花路儿上走！"竟是至死不悟，这在中国文学史上，也算是石破天惊之绝唱，与莎氏这首诗正好交相辉映，并为双璧。

比之关曲，莎诗思考得更为深沉。读关氏诗，其语言之精彩，胆量之宏大，令人击节，但乏雄沉之气，不可久吟。而莎氏此诗，却是灵魂之呻吟，字字是血，发人深省。四百载之后，其最末一行，仍令人无言置对。莎诗中涉及的是一个极为重要的欲望自节律与审美问题或者说人性问题。对此，笔者有专论，此不赘述。风流浪子明知纵欲所必然带来的苦楚，却依然乐此不疲；明知有下地狱的灾殃，却仍然舍不得这个肉欲筑成的天堂。这种欲进不得、欲退不能的苦境，如鱼吞香饵钓钩，竟剖析摹状得惟妙惟肖。色欲为达其目标，往往不择手段，哄、瞒、骗、恐吓、失信，无所不用其极地"舍命追求",然而,"一旦到手,没来由,便厌腻个透"。但人之所厌,非厌性,而是厌旧,故喜新厌旧是情爱的大敌。"曾有,现有,还想有,要玩总玩不够。"这种永远满足不了的天性("人心不足")就是人类幸福与灾殃的根源。人类总是在不断追求,又不断失望,"求欢同枕前,梦破云雨后"。"适才是甜头,转眼成苦头。"虽然不断失望,且明知道追求的结果是痛苦和绝望,仍无法自拔,"避不的偏往这通阴曹的烟花路儿上走"。这最后一行与关氏《不服老》的最后两行,真是若合符契。关氏是只要"三魂""七魄"尚未归地府,就偏"往这烟花路儿上走";莎氏则是躲不开才"往这烟花路儿上走!"一个是雄赳赳、气昂昂,全是一副破罐子破摔的自命为豪杰的形象;另一个却是前瞻后顾,在一种担惊受怕的心态中病狂地寻欢作乐,然后又自谴自责充满负罪感的形象。故有人认为西方文化是罪感文化,我看此诗就是绝妙的代表。又有人说东方文化是乐感文化,我看也权可把关氏这首曲看作是一种佐证,虽然后者不是很恰当。世界诗歌,由于时地不同、宗旨殊异,而呈千姿百态,但是在处理人性共同点时,却又殊途同归,区别只在于各自的表现手段和价值取向不同而已,而这一点正是赏鉴之焦点所在。

失却灵魂的现代人

赏析奥登的《无名的市民》

何功杰

作者介绍

何功杰,安徽省绩溪县人,安徽大学外语系教授、研究生导师。编著和译著有《英诗选读》、《英美诗歌》、《英诗品读》、《英诗助读》等。

推荐词

奥登在诗艺上所受的影响很广,造诣很深。他对中古时期以来的诗歌,直到霍普金斯、哈代、艾略特、叶芝等诗人的诗歌均有研究,并有继承和发扬。他早期诗歌反映了当时社会的一些弊病,生动有力。

奥登（1907—1973）出生在英国北部的约克郡，毕业于牛津大学。他是20世纪30年代伦敦诗坛上被称为"奥登派"（Auden Group）的领导人物，这一派人物是在牛津大学学习过的青年诗人，其中包括斯蒂芬·斯本德（Stephen Spender）、德·刘易斯（Cecil Day-Lewis）、路易斯·麦克尼斯（Louis MacNeice）等。奥登年轻时在政治上倾向于左派，他的诗歌也同样反映了左派的观点。1937年，西班牙发生内战，他奔赴西班牙战场，和左翼的共和政党人一起同佛朗哥的法西斯叛军战斗。1938年他到冰岛和中国旅游，和小说家衣修伍德（Christopher Isherwood）到战地参观采访，并与之合作，于1939年出版了《战地行》（*Journey to a War*）一书。同年，他去了美国，并在那里定居，1946年加入美国国籍，成了美国公民，在美国度过了大约三十年的生涯。

奥登一直以一个实验者的身份从事他的诗歌创作、诗路很宽,现代感也很强,这里赏析的《无名的市民》是他反映西方现代生活的一首名诗。这首诗辛辣地讽刺了一个在发达的资本主义社会中失去了个性和灵魂的现代市民,同时也讽刺了西方现代官僚统治下的社会制度。

诗中描写的是一个极其普遍、极其平凡的"无名市民",他的职业、健康状况、人际关系、婚姻家庭、经济生活以及他的思想和行为表现等等,都为人们或官方所知,而且有各种形式的调查记录。奇怪的是,他的姓氏却无人知晓,在官方的档案中,他仅是一些数字和密码。诗人说:"按古词语的现代词义,他是个圣人。"为此,国家为他立了大理石的纪念碑。按照古义,"圣人"应是"品格最高尚、智慧最高超的人物"。按照西方天主教的解释,"圣人"服务于上帝,敢于反抗世俗,并通过与"超人"(即上帝)交流达到无我境界,他"死后灵魂升入天堂,可作教徒表率,应受宗教敬礼"。现在让我们来具体看看这位"无名的现代圣人"在奥登笔下到底是个什么样的人物。

这位"无名市民"服务的对象并非上帝,而是"更大的社区",官方对他没有抱怨,各方面——包括工厂经理、他的同事、社会心理学家、报社、保险公司、消费生产厂家、公众舆论、学校乃至优生学家等等，对他的反映都很好。他通过完全顺从官僚政治统治下的社会秩序而获得了广泛的好评，可见他是一个八面玲珑的世故人物。在思想上，他对于各种宣传广告，没有任何反常反映；对于孩子在学校所受的教育，无论好坏与否，恰当如否，他也从不干涉；对于时事政治，他也是人云亦云，随波逐流，"和平时期他拥护和平，有战争他就奔赴战场"。这位"无名市民"的所行所思也可说是达到了"无我"状态；不过，他的这种"无我"与古圣人的"无我"境界有本质区别，因为他既无区别他人的个性，也无与他人不同的理想，更无超人的智慧。古圣人死后灵魂升天，而他活着时就失去了灵魂，死后则身心均不复存在，留下的仅仅是一些数字密码而已。古圣人是"超人"，但从这位"无名市民"的各方面情况看，他充其量也只能算是一个"庸人"，或者说是一部没有思想、没有灵魂仅供使用的机器。其讽刺的深度可谓入木三分。

这个"无名市民"是一个"现代人"的典型形象。他"在工厂工作"，参加了工会组织，定期交纳会费；他还喜欢喝口酒，每天都买报纸，看看广告宣传；他知道"分期付款计划"的好处，也知道消费与生活的关系，现代人所需的必需品他都有了，"一台唱机，一台收音机，一部汽车，一台冰箱"。奥登在诗中特别强调了这个"无名市民"的平庸，他的政治观点并不"奇特"（odd），他对广告宣传的反映是"正常"（normal），他对各种问题的意见也是"恰当"（proper），甚至他生育的子女也不多不少，其数目也是"正好"（right）。诗的最后一行突出说明了，他一生平平安安，无过无错。这一切可说是一个平庸的"现代人"生活的真实写照，全诗也可看成是诗人对"现代人"所下的扩展了的定义。从世俗观点来看，这个"无名市民"生前的物质生活是满足的，但他失去了灵魂，没有自己的思想，没有独立个性，他的所作所为和所思，都以官方、上司、社会习俗和公众舆论为转移，他的人生只能说是一种"存在"而已。

显然，这首诗是对"现代人"和"现代生活"的深刻讽刺。在现代社会中，人们越来越受厂长、经理、政治人物、舆论宣传乃至各种数字的控制，越来越强调思想上的一致、行动上的服从和生活的集体化。虽然人们的物质生活越来越优越，文明程度越来越高，但个人自由却越来越少，人性不断遭到扭曲。这是现代社会在"繁荣"和"文明"掩盖下的人生悲剧。

这首诗采用的手法在英语中称之为"戏剧性讽刺"（dramatical irony），这种讽刺手段原来用于戏剧中，即剧中人物所说的话与发生的事实与作者或与听众的理解不一致或正好相反。在诗歌中也有同样的情况。本诗似乎是诗人站在客观的立场上不带个人观点地进行描述，最后两行是对这个"无名市民"的总结，表面意义是对这个现代人的充分肯定：

> 他是否自由？他是否幸福？提这样的问题简直荒唐：
> 要是他有什么差错，我们肯定早已听讲。

事实上奥登对这样的"现代人"和"现代生活"有自己的本意和想法。对于奥登来说，提出这样的问题是自然的，并不荒唐，而且答案也应该是否定的，因为，奥登所鞭笞的正是像"无名市民"那样的现代人和他所过的那样的现代生活。在奥登看来，作为"人"，倘若没有个性，没有思想，庸庸碌碌，那样既不是自由也不是幸福。奥登在这首诗中讽刺的要害也在于此。读这一类的诗歌，读者必须特别小心，我们常常要反其意去理解，否则会产生严重的误解。诗中最后那两个问题"他是否自由？他是否幸福？"是全诗的灵魂，是奥登对现代人灵魂丧失、人性异化的鞭笞，含义隽永，发人深省，具有深刻而普遍的社会意义。

这首诗运用的是一种现代官方语言，但素材全是从日常生活中汲取的，口语化依然很浓。诗行长短不一，大部分诗行都很长，接近散文形式，但又不完全是自由诗体，因为诗中不乏押韵的诗行（少数押的是半韵）。全诗的韵律并不规律，如原诗开头的四行是交替韵（alternatingrhyme）一、三两行（be-agree）和二、四两行（complaint-saint）分别押韵。到第五行又换了一韵，第一层意思正好到这里结束。从第六行开始是对这个"无名市民"的细节描述，韵律开始变化，其中双行偶韵运用得比较多：六、七行（retired-fired），九、十行（views-dues），十一、十二行（sound-found），十四、十五行（day-way），十六、十七行（insured-cured），以及十九、二十行（Plan-Man），都是双行偶韵（couplets）。其他还有十八、二十一和二十三行的declare-frigidaire-year押韵；二十二和二十四行的content-went押韵；二十五、二十六、二十七三行中的population-generation-education为一韵；最后两行以双行偶韵（absurd-heard）结束。也有的韵彼此相隔很远，如第八行的Inc和第十三行的drink，中间隔着两组双行偶韵。值得注意的是，连题目下面的号码和说明也是押韵的：

eight（数字378中的8）-State。我们发现。本诗韵律虽然不规则，但与内容的组合和诗意的发展结合得还是十分紧密的，而且，双行偶韵有时也用于嘲讽，这些都与本诗主题相一致，也是这首诗在形式上的一特点。

奥登在诗艺上所受的影响很广，造诣很深。他对中古时期以来的诗歌，直到霍普金斯、哈代、艾略特、叶芝等诗人的诗歌均有研究，并有继承和发扬。他早期诗歌反映了当时社会的一些弊病，生动有力；后期的诗歌受19世纪和20世纪一些心理学派、神学派的影响，有一些悲观情调。但尽管如此，他从未放弃注意大众口语和诗歌的技巧。奥登虽然没有留下鸿篇巨制，但写了不少反映当时现实的好诗，被看作是继艾略特和叶芝之后英国诗坛上的一位重要诗歌大师。

↘ 原 文

无名的市民

统计局发现他是

一个没有官方抱怨的人，

他的所有品德报告都同意

按古词语的现代词义,他是个圣人,

因为他做的一切都是在为更大的社区尽力。

除了战时以外他都在工厂工作

直到退休之日从未被解雇过。

福吉摩托公司的顾主们对他很满意。

他不当工贼,观点也不越轨,

因为工会报告说他交纳会费,

(有关他那个工会的报告表明工会健全)

我们的社会心理学工作者发现

他受同事们的欢迎,也喜欢饮上一杯。

报社相信他每天都买份报纸看看

他对各种广告的反映无论从哪个方面看都属正常。

他名下的各种保险单证明他得到了充分保险,

他的健康卡表明他曾住过院但康复后出了院,

"厂家调查"和"高档生活"宣扬

他对"分期付款计划"的好处都知道

而且现代人所需的必需品他都有了,

一台唱机,一台收音机,一部汽车,一台冰箱。

我们的"公众舆论"调查者对他很满意,

因为每年他所持的意见与别人无异;

和平时期他拥护和平,有战争他就奔赴战场。

他结了婚,还为国家人口添了五口子,

我们的优生学家说他们这一代父母这个数目属正常,

我们的老师也反映说他从不干涉他孩子的教育事项。

他是否自由?他是否幸福?提这样的问题简直荒唐:

要是他有什么差错,我们肯定早已听讲。

(何功杰 译)

诗的境界与音乐的交响

漫谈马拉美代表作《牧神的午后》

飞 白

作者介绍

飞白,1929年生,浙江杭州人。1949年肄业于浙江大学外文系。自1955年起业余从事世界诗歌名著的研究和译介;1980年到杭州大学中文系任教,1986年晋升教授,1997年任云南大学教授。他用英语、俄语、法语、意大利语、拉丁语、西班牙语等多种语言进行外国诗歌的翻译、评论和研究,有《诗海世界诗歌史纲》、《谁在俄罗斯能过好日子》、《马雅可夫斯基诗选》、《英国维多利亚时代诗选》等译著出版。

推荐词

若按瓦雷里的说法,《牧神的午后》还是"法语文学中无可争议的最精美的一首诗"。马拉美的诗艺有何特色呢?后人送他的"朦胧大师"的称号是相当传神的。他认为诗写出来,就是为了叫人一点一点地去猜想、品味,诗就是暗示,就是梦幻,就是象征。

在不同的艺术领域里，使用的本是不同的艺术语言，但互相间还是心有灵犀一点通的。不同种类的艺术间的联姻，历史上传为佳话的也颇不少。例如中世纪末期法国大诗人维庸写的《美丽的制盔女》，以强烈的对照手法，表现美人迟暮的哀叹，后来这首名诗在罗丹手里化成了震撼人心的同名雕塑。意大利文艺复兴时期大画家安德烈有一幅与他妻子在一起的自画像，英国诗人勃朗宁旅居意大利时，为国内友人求购这幅名画的复制品而不可得，便寄去了自己的诗体复制品《安德烈，裁缝之子》，把名画化成了脍炙人口的名诗。与此相似，马拉美的《牧神的午后》这个名字，象征着诗与音乐的联姻。以这个标题蜚声世界的，有象征派诗人马拉美的代表作——名诗《牧神的午后》，也有印象派音乐家德彪西的代表作——从原诗"翻译"成音乐语言的著名交响诗《牧神的午后》。两位大师各显其能，两件艺术品双璧争辉，不分高下，成为艺术世界中的一段佳话。这一类"双星"式的名作，我们如能对照起来品味，总会感到格外地意趣隽永。

现在，交响诗《牧神的午后》那奇异的梦幻般的旋律，我们常常可以在广播和电视中听到了（曾经中央电视台每天《新闻联播》前插播"印象派名画"时，配的就是这首名曲）。但是它所依据的原诗是怎样的呢？读者怕还没有见过。这首诗尽管有些朦胧难懂，但它在诗歌史上占有一席独特的地位，与兰波的《醉舟》、瓦雷里的《年轻的命运女神》同为象征主义诗歌的代表作，而且若按瓦雷里的说法，《牧神的午后》还是"法语文学中无可争议的最精美的一首诗"。因此我近年来三次动笔翻译介绍这首诗，前两次都半途而废，这一次才算勉力译完，为的是让读者看看这首云雾缭绕的诗的真面目。

让我们先介绍一下诗人斯特芳·马拉美（Stephane Mallarme, 1842—1898）。他生于法国巴黎，其父是注册局的官员。因从小丧母而父亲另娶，小马拉美是跟外祖父母长大的，生活也比较贫困，他中学毕业后进注册局当了个临时雇员，但兴趣却在文学方面。这时，19岁的马拉美为波德莱尔的《恶之花》所震撼，开始在对波德莱尔的崇拜中写诗，同时又爱上了一个受有钱人家雇佣的德国姑娘玛丽·格尔哈德，——"她很可怜，很烦闷，我也很可怜，很烦闷。用我们的两个悲伤，也许能造出一个幸福。"于是这一对青年人跑到英国去了，之所以选择英国，是因为马拉美很想读波德莱尔推崇的美国诗人爱伦·坡的作品，迫切想要学习好英语。他达到了这个目的，次年二人在英国结婚后到法国。此后马拉美一面在法国各地当中学英语教师，一面偶尔写一点诗。他勤勤恳恳地教了一辈子书，直至退休。

马拉美以严谨而虔诚的态度写诗，作品数量甚少而下的功夫很大，起初少为人知，至80年代因诗人魏尔伦著《被诅咒的诗人们》加以评介，才名声大振。在19世纪末期，马拉美不仅是象征主义诗歌的领袖，还成了欧洲文坛艺坛上的一位中心人物。经常参加马拉美家中的星期二茶话会的，有许多法国和外国诗人、作家，也有印象派画家和音乐家。纪德、拉福格、瓦雷里、克洛代尔、普鲁斯特、王尔德、叶芝、马内、德加、德彪西等光辉的名字，都曾列入这个中学教师的座上客的名单，而且其中许多青年人还曾深受马拉美的熏陶。马拉美对20世纪欧洲诗歌和艺术也有巨大的影响。

马拉美的诗艺有何特色呢？后人送他的"朦胧大师"的称号是相当传神的。他虽然在巴那斯派的刊物《当代巴那斯》上发表过诗作，但与巴那斯派清晰、冷静、客观化的诗风不同。他反对巴那斯派的直陈其事，主张"说破是破坏，暗示才是创造"。他认为诗写出来，就是为了叫人一点一点地去猜想、品味，诗就是暗示，就是梦幻，就是象征。这儿需要说明的是，象征主义的"象征"，和我们一般用的象征手法不完全一样，所指的不是简单地以此物暗喻彼物，而是如梁宗岱在《诗与真》中所说的："所谓象征是借有形寓无形，借有限表无限，借刹那抓住永恒，使我们只在梦中或出神底瞬间瞥见的遥遥的宇宙变成近在咫尺的现实世界，"以及"让我们的想象灌入物体，让宇宙大气透过我们的心灵，因而构成一个深切的同情之流，物我之间同跳着一个脉搏，同击着一个节奏……"象征主义的以上主张，在朦胧大师的《牧神的午后》中都有充分的体现。

《牧神的午后》是一首集暗示、梦幻、象征之大成的诗，从1865年开始创作，直到十一年后的1876年才发表，初稿题为"牧神的即兴"，后改为"牧神的独白"，最后才定名为"牧神的午后"。全诗用牧神自问自答的抒情独白形式写成。诗中的主人公牧神出自罗马神话，他头生羊角，腰以下为羊腿，是个半人半山羊的执掌农牧的神，居住在山野之间而生性放荡。神话中说牧神追求一位水仙女（或称林泽仙女），仙女无计藏身，化作芦苇，从此牧神便以芦作笛，以芦笛寄托自己的情思。所以牧神便和芦笛结了不解之缘。

诗中描写的环境是意大利南方的西西里岛，时节是炎炎夏日的午后，空气又热又闷，纹风不起，泉水几乎都干涸了，这时如果能听见清凉的淙淙水声，那该有多么诱人哟！

牧神在暑气下昏昏欲睡，在睡意朦胧中突然听到了珍珠飞溅般的水声，而且看见了水仙女们戏水的美景。可是这究竟是梦还是醒？是真实的经验，还是虚妄的心愿？是祝捷的玫瑰，还是理想的假象？他却无论如何也弄不清。虽然觉得是清清楚楚，但空气却睡意丛生，所以仍然留下了一堆疑问。马拉美说过："凡是神圣的东西而想维持其神圣的话，就得把自己包围在神秘之中。"正因此诗人在这里运用了变幻不定的意象和闪烁其词的语言，来创造虚虚实实恍惚迷离的意境。

牧神一再劝自己清醒：也许只不过是一个梦吧？也许在这闷热的午后，根本不曾有过淙淙水声，只有芦笛的声音洒遍山野，化作了一场"旱雨"。可是这又不像是个梦，西西里之岸可以作证：被芦笛惊飞了的不是一群天鹅，而是一群水仙；何况牧神胸口留下的伤痛，也可以证明他的体验非虚。哪怕梦幻般的情景已经消逝，他也要一再重温那栩栩如生的回忆，正如把已吸空了的葡萄皮重新吹圆一样。当然，在牧神的时代还没有肥皂，他无法吹肥皂泡，只好把葡萄皮吹成一串晶莹透明的泡泡：

> 于是，当我把葡萄里的光明吸干，
>
> 为了把我假装排除的遗憾驱散，
>
> 我嘲笑这夏日炎炎的天，向它举起
>
> 一串空葡萄，往发亮的葡萄皮里吹气，
>
> 一心贪醉，我透视它们直到傍晚。
>
> 哦，林泽的仙女，让咱们把变幻的回忆吹圆！

在回忆中，一切都变得越来越具体可感了，粗鲁的牧神不但悄悄地接近了他的目标，而且竟然攫取了一双因熟睡而离群的水仙姐妹，——梦想在他双臂中变成了活生生的实体，可是实体却又重新滑走，而又留下了虚幻。

就像这样，虚与实、梦与真，追求、失败与再追求组成的矛盾贯串了全诗。牧神纵有热情满腔，终不免是个俗物野神，他对纯洁的水仙女只能追求，而不能获得。换个角度来说，也只有这世俗的牧神捕捉不到的，才是梦想中的真美纯美，才是理想境界的纯诗。这，恐怕就是马拉美通过此诗启示的意境或"禅机"吧！

马拉美的诗风虽以纯净、朦胧、含蓄见称，但也不见得全然不露热情。透过牧神的执拗追求，我们可以感到诗人自己艺术追求的热烈程度：

> 你知道，我们的激情已熟透而绛红，
> 每个石榴都会爆裂并作蜜蜂之嗡嗡，
> 我们的血钟情于那把它俘虏的人，
> 为愿望的永恒之蜂群而奔流滚滚。

节节上升的温度，竟烧成了西西里岛上著名的活火山——埃特纳火山，并且竟使美神维纳斯亲自下阶相迎。"我捉住了仙后！"成了全诗的高潮，但这突然爆发的高潮也在一刹那间归于消失，全诗又回到了焦渴与平静、梦幻与追求的不稳定的和弦之中。尽管处在失望中却又满怀希望的

结束句,与全诗的开始句遥相呼应:

别了,仙女们,我还会看见你们化成的影。

读完《牧神的午后》,我们会感到它既不同于情感迸涌的浪漫派诗歌,也不同于无动于衷的巴那斯派诗歌。马拉美认为浪漫派只描写自我,巴那斯派只描写现象,而他却要超越这二者,写出完美的境界,也就是他所说的"纯诗"。那么,"纯诗"究竟是什么呢?据我看来,大致可以从以下三个方面来解释:

第一个方面是对理念世界的追求。马拉美不满当时现实世界的庸俗,力求在世俗生活之外去寻找美的理想,于是找到了柏拉图式的理念王国。他最心爱的意象是"L'azue"(蓝天),正象征着他的这种追求。当然,许多诗人都抱有理想主义,都把诗看作崇高的理念王国,都企图在此岸和彼岸世界间架设桥梁,但这些诗人之间毕竟存在着个性的差别。例如雪莱的理念世界带有光明的未来的色彩(同时也带有空想的和宗教的色彩);勃朗宁的理想主义是与现实主义结合的,他既把注意力集中于现世,又赞美为追求不可企及的理想奋斗不息的精神;兰波认为诗人应当是"洞察者",用自己的一切感觉去拥抱宇宙，开掘未知，盗取天火；而马拉美呢，不像兰波那么狂热，他的蓝天纯净、蔚蓝，远远超出世界之上，有如一个幻影，有如一个避难所。所有这些诗人的作品都是现实世界的折光，不过马拉美诗中的这种折光，无疑是比较遥远的。

不过，也不必因马拉美"纯诗"的唯心主义性质，而把它简单地斥为胡说，打入禁区。列宁在《哲学笔记》中论述得十分精辟："从粗陋的、简单的、形而上学的唯物主义的观点看来，哲学唯心主义不过是胡说。相反地，从辩证唯物主义的观点看来，哲学唯心主义是把认识的某一个特征、方面、部分片面地、夸大地、uberschwengliches（Dietzgen）发展（膨胀、扩大）为脱离了自然的、神化了的绝对。"马拉美的"纯诗"走的道路正是如此，由于陷入了"神化了的绝对"，诗人的跋涉也越来越艰难，结果自己也只得像他的牧神一样望洋兴叹。

第二个方面是马拉美炼词造句的苦心。既然是"纯诗"，就要排除庸俗、陈腐，追求精微、含蓄，一字一句一个标点都不能随意下笔。马拉美的《海风》中有一句名言："一张白纸保卫着它的洁白"，不容许诗人信手涂鸦，这句警句很值得作为写诗太轻率的人们的座右铭。马拉美自己写诗的态度，确实可以用"虔诚"二字来形容，这种精神是很可钦佩的，但它的炼词造句却得失参半。他是一个语言的革新家，虽然并不像马雅可夫斯基那样创造新词，但他企图创造词的新意，把语言改造得更新、更纯。正如他所说的，他用词时，用的并不是市民们通常习用的意义，所以当市民们读他的诗时，往往会突然发现不复认识这些普普通通的字眼了。马拉美在炼词造句上费尽心血，有时确能使读者耳目一新，仿佛是打开了新的窗口，窥见了新的境界；但有时他却钻了羊角尖，作了许多无效劳动，反而弄得诗句晦涩费解。

"纯诗"的第三个方面，是诗向音乐的靠拢。马拉美一生致力于寻求各种艺术的统一，消除各种艺术的界限，特别是消除诗和音乐的界限。他像他的同道魏尔伦一样，主张把作诗等同于作曲，把文字等同于音符，但是二人的手法又各有侧重：魏尔伦的功力主要表现在可歌可吟的音韵、旋律和抒情性上，而马拉美在诗中更主要的是追求音乐的纯净、抽象、朦胧和理想的性质。就《牧神的午后》而言，诗的音律并不很特殊，用的是传统的亚历山大诗律，只是节奏更自由更轻灵一些，特殊的是马拉美力求把想象、情绪、提纯了的节奏和旋律交织成一片和谐协调的"综合象征"。这种综合象征既是一种诗的境界,也是一种音乐的交响,它比通常语言艺术表现的内容要空灵得多。你读读看,《牧神的午后》是神话吗?是叙事吗?都不像。虽然也有描述成分,却又扑朔迷离。归根结底,诗人是想用诗与音乐相熔合的手法表现一种梦幻与追求的境界,一种无比富有的贫困或无比贫困的富有的境界。这首诗的主要成就,正在于此。

在诗与音乐联姻的道路上,诗人马拉美走了一半路;剩下的那一半路呢,印象派音乐大师、比他年轻二十岁的德彪西迎着他走过来了。克劳德·德彪西(Claude A. Debussy,1862—1918)从小热爱音乐,富有创新才能,他从象征派诗人那儿汲取灵感,开创了印象派音乐,而交响诗《牧神的午后》正是印象派音乐的奠基作。他的风格特色是不用叙述法而用暗示法,力求用各种乐器的独特音色,用奇特的音阶与和弦,来表现光和色的变化,所以其音乐形象朦胧飘忽,给人一种梦幻感。德彪西说,"音乐是为无法表现的东西而存在的。我希望它仿佛从朦胧中来,又回到朦胧中去",从而如象征派诗人一样,表现出"介乎音乐与语言之间的情绪"。

在交响诗《牧神的午后》中,德彪西运用一切音乐手段，来造成色彩感、明暗感，以及虚实变幻的起伏感，取得了特殊的效果。交响诗的开头是长笛悠扬的牧歌式的独奏，把我们一下就带进了梦幻的主题；接着，圆号在低音区吹出午后的暑气和困人的睡意，而竖琴却弹出一串串涟漪荡漾、水珠飞溅的琶音。华彩的水声里有柔和甜美的旋律忽隐忽现，仿佛是"秀发如波的辉煌之浴，隐入了碧玉的战栗和宝石的闪光"；热烈的情调一次又一次地升向最强音的高潮，又分明表现着"我们的嬉戏能与燃烧的白昼想象"。但是每一个高潮，终于又跌到了最弱音的谷底，终于又回到那牧笛的凝神静思中去，直到曲终之时，还留下一丝袅袅不绝的余音。

我见过表现牧神与水仙女这同一题材的油画，按理说，造型艺术在描绘形象方面要比音乐手段优越得多，明确得多，可是有些题材却偏偏不需要这样过分的明确。我总觉得，一群水仙女在画布上化成了人间的模特儿，这就失去了诗和交响诗中那种空灵飘忽的意境。在交响诗中呢，正因为确定性要少得多，诗意反而多得多了。

《牧神的午后》——诗与交响诗，如今已经一而二、二而一，令人很难设想只有其一没有其二了。诗赋予交响诗主题和意境,交响诗反过来又烘托了诗的情思,在表现梦幻与追求的主题上,诗人与作曲家发挥了各自的特长,而又相得益彰。二者分开时,有些晦涩费解的词句,有些模糊不清的色块,在二者互相映照时似乎都融化了,比较容易接受了。《牧神的午后》成为传世之作,在一定程度上恐怕也是得益于诗与交响诗的互相烘托吧。

读者在读完《牧神的午后》原诗后,不妨再听一听交响诗《牧神的午后》。你是否也有同感呢?

抒情诗高峰上一丛艳丽的鲜花

雨果《静观集》中的组诗《给女儿的诗》

郑克鲁

作者介绍

郑克鲁,1939年生,广东中山人,笔名蔡烨性,1962年毕业于北京大学西语系,1965年毕业于中国社科院外国文学研究所,硕士研究生。历任武汉大学法语系主任、法国问题研究所所长,上海师范大学中文系文学研究所所长、系主任、教授、博士生导师。上海翻译家协会副会长,中国外国文学学会理事,中国法国文学研究会副会长,中国外国文学研究会理事。1987年曾获法国政府教育勋章。出版有专著《法国文学论集》、《繁花似锦——法国文学小史》、《雨果》、《情与理的王国——法国文学评论集》、《法国诗歌史》、《现代法国小说史》、《法国文学史》等。

推荐词

《静观集》是雨果抒情诗创作的高峰,《给女儿的诗》则是这个高峰上一丛艳丽的鲜花。

维克多·雨果（Victor Hngo，1802—1885）是一位杰出的抒情诗人，他在各种题材的抒情诗创作上都写出了不少佳作。他无限留恋童年时代无忧无虑的生活，对孩子的童稚可爱充满柔情和关切，他对穷人的困苦满怀怜悯和友爱，他对大自然的雄伟瑰丽，对田野和森林的丰富色彩感受细腻，善于描绘大海的汹涌波涛和壮美景色以及阳光的千变万化，他以独特的敏感描绘难以捕捉的幻觉和象征，或赋予巨大的物质力量以灵魂，他擅长表白自己的内心激情和富有哲理的沉思，他能以抒情笔调去描绘壮烈的史诗场面，把政治题材与抒情结合起来。在这一切之中，最感人至深的抒情诗应数他为大女儿莱奥波蒂娜的不幸逝世而写下的一组诗歌。

《静观集》（1856）以雨果大女儿的死作为时间的界线，将诗集分为上下两部。《给女儿的诗》属于第二部分

《今日》，共收17首诗。莱奥波蒂娜是雨果最喜爱的孩子，1843年她和新婚丈夫泛舟塞纳河口，不期遇到风暴，葬身海中。女儿的死给雨果以极大震动，将他的精神生活划分为两个时期，幸福的生活从此笼罩上死亡的阴影，正如他在诗集序言中所说的："这是在两卷诗《往昔》和《今日》中自叙的一个心灵。一个深渊把这两卷诗分开，这就是坟墓。"大女儿的坟墓。虽是坟墓，却揭开了《今日》的序幕，诗人开始了新的生活。换句话说，女儿的死不仅在雨果的精神上起了震动心灵的重要作用，而且在诗歌创作中开启了新的篇章，雨果因此写出了他最优秀的一些抒情诗。

《静观集》是雨果抒情诗创作的高峰，而《给女儿的诗》则是这个高峰上一丛艳丽的鲜花。

在这17首诗中，有3首写于女儿死前，其余的都写于1846年之后，可以说，这组诗歌是痛定思痛之作，但诗人的感情并不因时间的推移而减弱，他的悲痛甚至变得更为强烈。当然，由于隔开了一段时间，诗人毕竟是在理性的支配下抒发胸中块垒的，由此产生了某些不同寻常的特点。这组诗据此大致可以分为三种类型。

第一种是回忆美好的往昔，描述大女儿童年和青少年时代的纯朴、可爱、温柔、懂事。可以《啊,回忆!》为例,这首诗写于1846年秋。全诗回忆诗人一家1840—1842年夏天在蒙莫朗西的蒙利雍和圣勒两村之间的别墅生活,当时莱奥波蒂娜16至18岁,但诗人显然把她的年龄缩小了,把她说成是一个小姑娘。第1节写触景生情,引起回忆。第2至第6节写女儿如何懂事,生怕惊醒工作至深夜、早晨未醒的父亲,她玩耍时轻手轻脚,而诗人也不愿打开窗户,把这活泼得如同小鸟的孩子惊走;待到诗人用咳嗽声把她引到楼上房间,她也识事明理地让弟弟们留在楼下,不让他们干扰父亲的工作。第7节,诗人怎能不赞美这样懂得体恤父亲的好孩子呢,她当然成了诗人眼中的仙女、星星。第8至12节写诗人与孩子们游戏说笑,在长女要求下,为他们讲故事。最后一节以静衬托动,写诗人在对青天凝望,表达他对往昔美好时光的留恋。

这首诗描绘的内容在其他有关大女儿的诗篇中不断重复出现,只不过描写角度有所不同罢了。如《当我们居住在一起的时候》写10岁的女儿有怜贫恤苦之心,经常施舍,"天使们把她当作一面镜子",她活泼可爱,从不说谎,"呵,我这么年轻,命运就迎来了她的诞生!她是我黎明时期的结晶,更是一颗新星于清晨初升!"《她在年幼时有这么一种习惯》写她"爱上帝,爱绿草,爱鲜花,爱星星,她有着一颗未成年妇女的心,她的目光反映她灵魂的光明"。《她的脸是苍白的……》写她和弟妹们阅读《圣经》,"汲取其中的真美善"这一神圣纯洁的画面。诗人通过一两个细节,把一个心灵美好,既懂照顾父亲,又会照管弟妹的小姑娘栩栩如生地刻画出来。雨果在这里表现了他不同凡响的艺术才能,他用实描的手法,几乎不带夸张,在抒情诗中塑造出可信可感、异常生动的人物来,这一点在以往的法国抒情诗中似乎还没有人尝试过,因而这是雨果对抒情诗的贡献,是具有独创意义的创造。他的不少抒情诗都有这个特点,例如《惩罚集》中的《四日晚上的回忆》对受难孩子和他的老祖母的精彩描画,《赎罪》中对拿破仑的描绘,《历代传说》中的《贫苦人》对渔民之妻的感人绘写等,都是成功的明证。雨果的这类抒情诗,将浪漫手法与写实精神结合起来,显示了他既有诗人的气质,又有小说家的才能。

《啊,回忆!》的细节描写有三处。一是写小姑娘"在我窗下悄悄嬉戏","她奔跑踩踏着朝霞,悄无声息,怕惊醒我",充分表达了这孩子对父亲的体恤和热爱;二是写诗人有意咳几声,让女儿上楼,但她让弟妹们待在楼下,这个细节写出她像小大人一样既会照料父亲,又会带好弟妹;三是写她为自己、为弟妹要求父亲讲故事,既符合孩子的心理和要求,更表现出她求知的欲望。这样的孩子自然得到父亲的特别喜爱。女儿的形象愈是可爱,失去她以后诗人的悲痛就愈是强烈。诗歌虽然对她的死不着一字,而诗人的沉痛心情却充满字里行间,令人意会。雨果采取的是他大力提倡的对照手法,即:"丑就在美的旁边,畸形靠近优美,丑怪藏在崇高的背后,美与恶并存,光明与黑暗相共。"《啊,回忆!》并非将美与丑直接对照,而是以美去衬托已不再存在的美,或者以美去衬托悲悼之情,即以实(形象)去对照虚(情感)这种手法所得到的艺术效果是十分强烈的。

第二种类型是直接抒发怀念之情的诗作,描写诗人即将前往女儿、女婿的合葬墓地去扫墓,内心翻腾不已的思绪。《明天,天一亮……》属于这一类,全诗如下:

> 明天,天一亮,当原野曙光初照,
> 我就动身上路,深知你在焦盼,
> 我将穿过森林,我要行经山坳,
> 再也不能与你这样远离久散。

我全神贯注于思念，匆匆行走，

　　景色视而不见，声音听而不闻，

　　孤独，不为人知，弓着背，抱着手，

　　白日如同黑夜，忧伤得要断魂。

　　我不看夕阳西下的万道金光，

　　也不看道下阿弗勒港的远帆，

　　待我来到你的墓前，我会献上

　　一束绿冬青和开花的欧石南。

　　这首诗写于1847年10月14日，但发表时注明是1847年9月3日，因为雨果的女儿是在9月4日逝世的，注明9月3日以表示情感和时间的"真实性"。由此看来，这首诗的情境是虚构的，是年的9月4日雨果去扫女儿之墓也许实有其事。这儿的真实性无关紧要，诗人要表达的是他的怀念之情。这首诗的特点恰好在于诗人设想自己如何去扫墓。既然是设想，就允许虚构。诗人是在忌日之后去虚构扫墓情景，目的在于衬托思念的迫切和强烈：明天即将前往扫墓，但心儿已经提前出发，这种曲笔比直抒思念更具有艺术感染力，此其一。

　　其二，设想中的情景宛如实事，写得哀婉动人。诗人先写自己要一早动身，因为"深知你在焦盼"，女儿的亡灵在等待父亲，等了至少一年。只此一句，便写出了父女之间的深情厚爱。诗人要穿越重重山岭和森林，他们分离得实在太久太远，诗人恨不能长上翅膀，飞到女儿墓前，由于他思念心切，竟至于对周围大自然的景色视而不见，对鸟鸣、林涛和水声听而不闻，孤独的他不为人所了解，忧伤得弓起了背。对他来说，白日如同黑夜，像断了魂似的。他走了一整天，直至夕阳西下，但对万道金光无心观看，对远方的风帆也无心欣赏，一心想的是来到墓前，献上花束。至此，诗人的忧心如焚和失魂落魄之状跃然纸上。诗人的叙述方式采取了与女儿小声对话的形式，仿佛她还活在眼前，她在呼唤他，等待他；而他也迫切要前去扫墓，诗歌语调极为亲切。雨果在1822年发表的《短曲和民谣集》的序言中说过："诗歌就是一切事物中蕴含的亲切成分。"这是就抒情诗而言的，用在这首诗中正是恰如其分。雨果还在《秋叶集》的序言中指出，要"写幸福之中的忧愁，写构成我们岁月的无穷尽痛苦，它们就是这样一些哀歌，好像是诗人的心灵让它们从那被生活的震撼造成的内心裂缝里源源流出似的。"自然、亲切、真诚，心灵受到深深震动，这就是《明天，天一亮……》的可贵之处。

这首小诗简短而完美。雨果的诗作一般如行云流水，滔滔不绝，诗思丰沛，像无法遏止地爆发出的岩浆一样，而20行以下的短诗并不多。这首小诗只用了12行便达到了百行长诗所蕴含的内容。不但它表达的形式曲折有效，而且意象丰富。诗中既有大自然的美景：森林、山坳、落日、帆篷，又有内心细致的绘写：白日如同黑夜，不见不闻等，也有诗人行路的写照：弯腰曲背，抱着手。这些意象都用以表达诗人的哀伤。由于这首诗字字珠玑，所以法国的诗选大半都收入了此诗。

第三种类型写面对女儿的死讯或坟墓，情不自禁地发出悲痛的呼喊。这类诗往往直抒胸臆，但写法上与前两种略有不同。如《啊！最初一刻我变得要发狂》写初闻噩耗时内心的狂乱，诗人真想在石板上撞破自己的脑袋，他不能想象女儿死去，总以为这是噩梦一场，耳边仿佛还听到她的笑语声，以为她马上开门进来。这首诗写的是一刹那间的直感和复杂的心情。《三年之后》是对女儿逝去的深沉感叹："是时候了，我该休息；我被命运所击败。别对我谈别的东西、除了长眠的黑暗！"整首诗的调子比较低沉，充满了对命运不公的安排的责问。其中,《在维尔吉埃》是脍炙人口的一首悼诗,写法与上述二首又有不同。这首诗是在他女儿逝世1周年雨果到维尔吉埃扫墓后萌生创作欲望的,当时诗人写出了诗歌的主要部分,1846年又补充了一部分,直至在女儿逝世4周年时才全部完稿。

一开首,诗人站在女儿墓前,仿佛从噩梦中醒来,猛然认识到眼前的处境,越加睹物伤情。诗人的思绪像排山倒海般涌来。但这毕竟是痛定思痛,他的思索具有一定的理智,然而气势是浩大的。诗人一连用了8个"如今",以排句形式表达自己澎湃的情感。这种情感是复杂的:他离开巴黎,来到松柏枝繁叶茂的墓前,面对澄清的天宇,真是感慨万分,他似乎摆脱了哀思,感到大自然的宁静渗入心间,面对波涛起伏的大海、壮丽宁静的天际,诗人能审察自己内心的真情实感;目睹石墓,诗人知道爱女已永远瞑目,不能复生;这些景象使诗人动情,激发诗人在理智的推动下作出更深入的思索。这20行诗像平静的海面潜藏着汹涌的海流一样,诗人的平静是被压抑着的,他的悲痛实际上没有消除,它只不过转化为对命运的思索。这五节诗是"序曲",为后来的情感爆发做了准备。

诗篇的主体部分是诗人对上帝的诘问。他不理解,上帝是"善良、仁慈、宽容、温和"的,"掌握无限,掌握真实,掌握绝对",那么,让诗人的心流血自然也是做得对的,诗人遭受悲苦命运也是无可抗争的。然而,诗人无法理解,上帝为什么让孤独伴随着人,让人类在世间没有欢乐,夺走人的所爱和一切财富。上帝本来无暇过问一个孩子的夭折,况且大自然像只巨大的轮子,滚动时不免要压着人。诗人表示自己从早到晚在工作、思索、奔走、斗争,"我万没想到获得这样的报酬",被上帝的胳膊重重地打击头颅,夺走他的孩子,

> 心灵受此打击,不免发泄怒气,
> 对天亵渎诅咒,
> 对你发出叫喊,好像一个孩子
> 向大海扔石头。

痛苦会生出怀疑,眼泪流得太多,最终会双目失明;哀痛万分,陷入痛苦的深渊,便会看不到上帝,不能瞻仰上帝。一个人遭到了巨创深痛,感到身心交瘁,就无法保持清醒。对于一个有信仰的人,竟向上帝发出责备,可以说是痛

苦到了极点。但是诗人的语气是有分寸的,开始他用的是表面赞同实则怀疑的笔法,承认上帝的安排和所作所为的合理,却又把这种不公道写得清清楚楚。可是,这样做仍然等于对上帝进行亵渎诅咒,但诗人内心确是这样考虑的,他也不愿加以隐瞒,只有说出来才一吐为快。这近百行的"天问"是对命运的抗议,也是对女儿的痛悼,诗人的亲子之爱几乎超过了他的信仰程度。他的亵渎语愈是激烈、情感便愈是动人。

诗人在认识到亵渎上帝之后,终于冷静下来,作了一番解释,恳切之情溢于言表:

> 主啊,我承认,如果人敢于抱怨,
> 那是狂乱之时;
> 我不再指责,我不再口吐狂言,
> 但请让我哭泣!

诗人说,哭泣是人之常情。诗人请求上帝让他能同孩子说话。他失去了女儿,"人世间什么都不能给我安慰",因此,"我这样悲痛你千万不要愤怒",他请上帝理解自己的心灵很难摆脱这巨大的痛苦。诗人的这番话情恳意切,完全能为他亵渎上帝的言语作一辩解。"我心灵的哀伤总是铭心彻骨，我的心服从了，并非心甘情愿"，这种矛盾心理引出了对上帝一连串的责问是情有可原的。从"主啊……"到"巨大的痛苦"这8节诗是一个委婉的转折，诗人正面接触到自己的哀痛，这是全诗的第二高潮，它更加有力地写出了诗人的亲子之情。这正是长哭当歌，倾吐心中的无尽哀思。这首诗的两个高潮充分反映了雨果诗歌雄辩滔滔、长河直下的奔放和热烈的风格，这仿佛打开了闸门以万顷碧波奔泻而下，不可阻挡，气势雄健。这首诗更是名副其实地具有雄辩的特点：诗人在同上帝对话，委婉的责问、动情的说服，以无可辩驳的情理使对方折服。应该说，雨果的思索已经超越了对他女儿个人命运的不幸，而上升到对人类命运的悲惨和不公道现象的愤慨评点，具有深邃的哲理意义。另外，这场对话也充分反映了雨果丰富的想象力，在这里，天堂和人间的距离消失了，坟墓和世间的隔阂也不见了，诗人是在为自己，也在为人类说话；他是一个普通的父亲，又是一个具有深厚人道主义精神的诗人。

《在维尔吉埃》的结尾是诗人女儿的出现。诗人为什么这样悲哀？因为"孩子对我们必不可少"，而且这个孩子又"圣洁可爱","理智温馨",她的出现"在我们心灵和家庭大放光明",因此,"看到她溘然逝去,令人心如刀割"!女儿的形象是雨果《给女儿的诗》的主旋律,主旋律在诗歌结尾出现,奏出了诗歌的最强音。诗人站在女儿的墓前,沉痛的哀思在想象的作用下,催化出日思夜想的爱女形象,这是很自然的事。而诗人把这个形象的显现放在最后,意在再一次证明自己的失言乃是可以理解的,这正是水到渠成,安排妥帖。

从上述三首诗来看,雨果的抒情诗创作确实取得很高的艺术成就。法国19世纪的批评家布吕纳介认为,雨果"也许不是最伟大的诗人,但却是古往今来最伟大的抒情诗人"(《抒情诗的发展》)。朗松的评价似乎更确切一些:"维克多·雨果可看做浪漫派最富有抒情性的诗人,同时也是最客观的诗人。他的诗歌通过对进步的向往,通过社会方面的要求,通过仁慈、善良、怜悯、信念或民主的愤慨的冲动,表现了与诗人的自我不同的对象;表达了一个人的激情,具有普遍性的激情。这给了他的作品一种庄严和崇高的气息,不了解这一点是不对的。"毫无疑问,雨果是一位十分杰出的抒情诗人,他能毫无愧色地跻身于世界最优秀的抒情诗人之列。

凄苦和颓唐的怪味

《恶之花》中的爱情诗

郑克鲁

推荐词

在波德莱尔的爱情诗中,他持之以恒地挖掘并深化心灵最秘密的活动,从罕见的宁静时刻到最隐蔽的内心骚乱,都对自己毫不容情地剖析,以写出最细微曲折、难以表达的情愫,他在描绘内心激情方面达到了新的高度。他的爱情诗的风格、意境和情调都不可模拟,不管是古典式的抒情,对时间无情的消逝、心灵的自暴自弃、爱和恨的秘密关系、愿望和复仇、意愿和犯罪之间的关系,还是对女性的赞颂、对失恋的苦恼、对理想爱情的追求,都写出了新意。

爱情诗在《恶之花》中占有相当大的比例，至少有四十多首，约占诗集总数的四分之一。爱情诗是波德莱尔情感生活的真实记录，这些诗篇不单披露了诗人的思想情操，而且反映了他的审美趣味、艺术观点和所追求的理想，其中不少是爱情诗中的佳作和精品，具有高度的艺术魅力。

《恶之花》中主要有三组爱情诗，歌咏或描写的对象是让娜·迪瓦尔、萨巴蒂埃夫人和玛丽·杜布伦，在诗集中的分布分别为第23首至第41首，第42首至第51首，第52首至第60首。除了这三组爱情诗，还有游离于组诗之外的有关让娜·迪瓦尔、萨巴蒂埃夫人和玛丽·杜布伦的若干首爱情诗。此外，尚有牵涉其他女子的爱情诗，本文主要以上述三组爱情诗为论述对象，因为它们足以代表波德莱尔爱情诗的特色和艺术成就。

第一组爱情诗通常被评论家称为表现"毫无敬意的肉欲激情,对爱情厌弃,却又无法摆脱"。让娜·迪瓦尔是何许人?向来说法不一。她是个黑白混血儿,来自圣多米尼克还是留尼旺岛,不得而知。她是波德莱尔旅游时从东方带回来的?也许是巴黎某剧院跑龙套的?有的人甚至说她在巴黎拉丁区的一个小剧院参加过一出歌舞剧的演出。波德莱尔沉迷于她,或许是出于对异国情调的怀念?她长得身材优雅灵活,富于肉感,几乎是文盲,愚蠢、忘恩负义、酗酒、爱钱财。波德莱尔称她为"黑维纳斯"、"无情而残忍的畜生"。他们的来往大约始于1842年。1845年波德莱尔一度想自杀,曾指定她为他的财产继承人。不久两人激烈争吵,甚至动武,他想离开她、赶走她,又留住她。据说她搞过同性恋。1856年两人再度关系破裂,他俩的来往为波德莱尔有地位的家庭所不能容忍。她后来得了病,几乎成了瞎子。波德莱尔出于怜悯,一直看护她。她比诗人晚去世几年。

写给让娜·迪瓦尔的爱情诗,往往是对她的形体的赞美。她令诗人想起异国的清香,她的长发像芬芳的丛林,这尊女神,"像黑夜一样的褐色",从"灵魔的气窗"——黑色的大眼睛,射出情火熊熊,"从她的头直到她的脚,有一种微妙的气氛、危险的清香,绕着褐色的肉体荡漾",她是"青铜脸的大天使,煤玉眼的雕像"。在歌咏这位"黑维纳斯"的诗篇中,最生动传神的是《起舞的蛇》。诗人把她的皮肤形容为"如同一幅颤悠的布料",她的浓密芬芳的长发"像香喷喷的激荡的海洋",她的眼睛是"一对冰冷的首饰,混合金和铁"。尤其是那苗条柔软的身材更有魅力:

看到你走路东摆西侧,

洒脱的美人

可以说一条起舞的蛇

在棒端缠身。

这个意象描绘得十分准确:蛇是黑色的,让娜·迪瓦尔的皮肤是褐色的,两者近似;蛇是修长、苗条、灵活的,这是让娜·迪瓦尔走路时婀娜多姿引起的联想;蛇是阴冷、可怕、诡秘的动物,这象征着让娜·迪瓦尔的性格和为人;蛇是撒旦的化身,专干引诱人的勾当。这意味着让娜·迪瓦尔对诗人无法摆脱的吸引力。这些与前面所写的她的眼睛混合金和铁,都既包含着赞赏又能显露其厉害、泼辣的性格。在另一首也把让娜·迪瓦尔形容为走路像长蛇的十四行诗中,诗人更为深入地描绘这位黑美人的复杂性。

> 像沙漠中阴郁的沙子和蓝天,
> 两者对人类的痛苦漠不关心,
> 又像大海长浪的巨网一大片,
> 她就这样展露冷冰冰的神情。

诗人满怀激情地对待她,她却是冰冷的美人,无动于衷,其中隐含的责备表明诗人力图唤醒恋人心中的柔情,这是波德莱尔对难以驾驭的让娜·迪瓦尔的一贯态度。但在赞美与责备这两种态度中,赞美往往是主要方面。《起舞的蛇》就是这样。诗人集中描写了意中人动态的美,正如上述,同时,还写出她静态的美:她的孩子般的头懒洋洋地不堪重负,好似幼象那样软乎乎,不停晃悠;她躺下时则像一只船,轻轻颤悠,她的津液涌到齿边,诗人吻她时像喝到波希米亚酒,这就像

> 液态的苍天
> 严厉得意,将星星来丢。
> 洒满我心田。

总括来看，诗人对女性形体的描画，既富有特点，又不流于俗气，既大胆奔放，又不流于用词香艳；既热烈赞颂，又恳切陈词，指出不足之处；既有写实的描写，又有悠然的想象和幻觉，在波德莱尔的爱情诗中，这是格调较为别致的一首。

不仅仅《起舞的蛇》这一首，而且在其他篇章中，波德莱尔对让娜·迪瓦尔的歌颂总离不开她的肉体给他的感受，例如："秋天温暖之夜，当我双眼闭上，吸着你热情的胸脯阵阵香气"（《异国的芬芳》）；她的长发是"乌木色的海，在你的内部藏有风帆、桨手、旌旗、桅杆的美梦之乡"，（《长发》）；"我不要鸦片，不要'坚定'酒、'夜'酒，宁要你情思绵绵的嘴中的灵液"（《可是尚未满足》）；"我真会狂吻你高贵的肉体，从你凉爽的脚吻到黑色的发丝"（《某夜……》）；"当我的手触着你那带电的娇躯，感到快乐而怡然陶醉"（《猫》）。这几首诗分别提到恋人胸脯、长发、嘴巴、脚、身体给诗人的强烈感受。所以评论家把这组爱情诗称之为"肉欲的爱"，这只是与另外两组爱情诗相对而言的，这组诗并没有什么淫秽成分，它们只不过反映了诗人与让娜·迪瓦尔多年相处，达到异常亲密的程度。

诗人同让娜·迪瓦尔的争吵也可以在《恶之花》中找到记述,如《吸血鬼》中写道:"你,仿佛刀子那样一挥,刺进我的忧愁的心里;你,顽强得像一群魔鬼,疯狂而又打扮得华丽,用我受凌辱的精神做你的领地、你的床垫;"争吵终于导致失和,两人一时分开,然而诗人时常缅怀旧情,在爱情的折磨中写出了缠绵悱恻的诗篇《阳台》。

这首诗以回忆的手法写成。诗歌第一节把回忆拟人化,向回忆呼唤,要勾起当初那些情爱绵绵的场面:

> 我的回忆之母,情人中的情人,
> 你是我全部乐趣,我对你忠实,
> 你会缅怀起那些甜美的温存,
> 火炉边的快意和傍晚的魅力,
> 我的回忆之母,情人中的情人!

诗人笔锋一转,向恋人直接表白,镜头首先对着阳台;夕阳像炭火的烈焰,黄昏蒙着粉红色暮霭。诗人待在恋人身边,两人谈论着事物的永生——他们的爱情当然也是永恒的。镜头接着映出黑夜的来临,黑夜黑得像一堵隔墙,几乎把目光都挡住，但诗人仍然能看出情人在暗处的瞳孔。她的双足揣在诗人怀里，诗人畅饮着她的气息。这幸福的时光能否唤回？何时才能重新欣赏她的慵倦之美？何日才能重见她的芳颜？诗人不由得想起过去的誓言和无数的亲吻，渴望着重温旧情，就像出浴的太阳，重新焕发青春，冉冉向上升腾。全诗笼罩着淡淡的哀愁，表现爱情破裂后内心的悲苦和对旧情无限的眷恋。诗人的感情相当真挚。恋人身上的一切使他产生不可磨灭的印象而永记心头，因此，即使他与恋人暂时分手，在阳台上这一销魂时分总是涌现在他眼前，使他不能忘怀和痛苦万分。诗人的感受十分具体：动人心魄的胸脯，有力跳动的心房，闪光的瞳孔，甜蜜的气息，怀中的秀足，都有不同的魅力。诗人大胆的坦露写出了他感情的强烈和不可遏止。诗人选取了一个特定时间即黄昏来烘托自己的思念之情：美丽的黄昏正是情人相会的美好时刻，炎热的季节更增加了内心激情的烈度，但毕竟落日西沉，美好的一刻转瞬即过，黑夜很快便要来临，这象征着爱情的短暂。

在形式上，这首诗的每一节首尾两行重复，一三五句与二四句押韵，这能产生一种反复咏叹和缠绵悱恻的效果，同诗歌的内容相辅相成。但最后一节的首尾两行略有变化，以避免单调,显示出诗人精细的艺术感。

第二组爱情诗的歌咏对象是萨巴蒂埃夫人。她的真名是阿格拉埃·萨瓦蒂埃(1822—1889),这是一个高等交际花,姿色雍容华贵,但心地朴实善良。她主持过一个文学沙龙。波德莱尔于1851年结识她,那是在洛镇家豪华的客厅里。诗人对她怀有情意,但藏在心底。从1852年起,他曾多次给她写信,并附上情诗,如《今宵你要说什么……》、《活的火炬》、《给一位太快活的女郎》、《通功》、《告白》等都是这样写成的。波德莱尔在其中一封信中这样表白自己的心迹:"最后,为了给你解释我的隐姓埋名和我的热情,近乎宗教的热情,我要告诉你,当我陷于自然万然的使刁促狭和愚蠢之中时,便深切地憧憬着你。从这令人激奋和使人纯洁的憧憬中,一般总要产生幸运的事……我是个自私自利者,我滥用了你的信任。"待到波德莱尔的几首诗在《两世界评论》上发表后,萨巴蒂埃夫人对这位匿名者更加确定无疑是谁了。这时,波德莱尔又在信中这样写道:"请你设想这是一大堆梦想、好感和敬意,外加千百种充满严肃语气的幼稚行为,这里面有着十分诚恳的东西,我感到无法准确地加以命名。你的形象超过了梦想和被热爱的程度,你是一尊偶像。"但萨巴蒂埃夫人是银行家莫塞尔曼的外室,当然不可能对这个穷诗人给以青睐。诗人与她的这种匿名交往至1857年便截止,但她对波德莱尔仍是"老友",被他称为"女议长"。显然,诗人对她的恋情属于单相思,史称"神秘的爱",实际上是精神恋爱。

在关于萨巴蒂埃夫人的爱情诗中,《黄昏的和声》是写得最美的一首。全诗如下:

> 时候已到,每朵花在枝上微颤,
> 宛如一只香炉那样喷云吐雾,
> 声音和芳香在暮霭之中旋舞,
> 忧郁的华尔兹,使人倦的昏眩!
>
> 宛如一只香炉那样喷云吐雾;
> 小提琴像受折磨的心在抖战;
> 忧郁的华尔兹,使人倦的昏眩!
> 天空像临时祭坛美丽而愁苦。
>
> 小提琴像受折磨的心在抖战。
> 温柔的心憎恨黑茫茫的虚无!

> 天空像临时祭坛美丽而愁苦；
>
> 太阳在自己凝固的血中消散。
>
> 温柔的心憎恨黑茫茫的虚无，
>
> 将辉煌的过去残余搜集齐全！
>
> 太阳在自己凝固的血中消散……
>
> 像圣体发光，你影像使我眩目！

这首咏唱爱情的诗写得极为含蓄：全诗既不出现恋人的形象，也不提及爱情的字样，与其他几首爱情诗迥异。波德莱尔曾将萨巴蒂埃夫人称作"最美、最善良、最亲爱的人"，认为"她的一切都很醉人"，"她那美丽的全身，充满极微妙的和谐"（《她的一切》）；诗人把她的双眼视作火炬，"我整个生命都服从这活的火炬"（《活的火炬》），甚至"你的幻影也就像不灭的太阳"（《精神的曙光》）；诗人又把她喻作香水瓶，"你是腐蚀我的液体，操纵我心的生死"（《香水瓶》），真是用尽了最高级的形容词和最美的比喻。但《黄昏的和声》却不同，它奏出了一首幽怨的小夜曲，叙述的事体若有若无，忽隐忽现。诗人在回忆往事，但读者感觉出这是回忆要一直看到第14行才明白过来:"将那辉煌的过去残余搜集齐全。"再回过来看,读者终于发现诗人写的是过去的事:追忆黄昏中的一次舞会,这也许是当初诗人和她初次会面的时刻,也许是某一次偶然相遇,这些诗人都没有明说,让它们淹没在暗影之中。诗中重复使用"心"这个字有4次之多(第6、9、10、13行),强调这是"温柔的心",它在受折磨,这是诗人的心,它在受爱情的折磨。不过说得隐隐约约,让读者自去捉摸。另外,诗中特意使用宗教术语:香炉、临时祭坛、圣体发光(一种圣器,又译为圣体显供台);诗篇开首的"时候已到……"也是《圣经》的常用语。这些宗教用语产生一种神秘的色彩和气氛,使全诗蒙上扑朔迷离的色调。同时,这些宗教用语也在衬托爱情的神圣。所有这些手法,都是含蓄隽永的,用以表白爱情显得较为得体。

《黄昏的和声》采用了从马来亚传入的马来诗体。雨果在《东方集》中首先运用了这种诗体,随后诗人邦维尔(1821—1893)等使之流行开来。这种诗体能配歌配舞,能容纳的题材多种多样,包括爱情的叹息、对命运多舛的诉怨、讽刺、争论等等,都可入诗。其特点是采用交叉押韵手法:每节诗的第二、第四在下节诗的第一、第三行重复,由此产生优美而使人惆怅的效果。这种因重复而产生的和谐感同诗歌的题目完全吻合，从而创造出极大的音乐美。重复诗行不是内容停止不前，相反，是循序渐进。这首诗的第一节从鲜花和华尔兹出发，勾起使人沉醉的黄昏气氛（"声音和芳香在暮霭之中旋舞"）和忧愁的气氛（"忧郁的华尔兹"）第二节除了重复的两句诗以外，新的两行诗延长和深化忧愁的情调：小提琴在抖战，天空显得愁苦。愁苦是因为天色变暗，景色幽暝，令人不安；但这时景致又是美丽的，因为夕阳无限好，使人沉醉。第三节中，忧愁变成了真正的烦恼不安，黑茫茫的虚无令人恐惧，因为黑夜即将来临，而黑夜是同死亡相联系的；爱情也要像西沉的太阳一样消失；在自身凝固的血中消散的太阳则具有悲怆意味，这宛如受了致命伤的心在垂死挣扎，浴在血泊中。最后一节则同前面三节的悲剧因素相反，出现了令人欣慰和光明的支撑物；回忆使诗人得到振奋，太阳虽然消失，诗人内心却显现出光芒；月亮升起，它虽然是个冰冷死寂的星球，但反光排除了一切人间的狂热。与此相配合的是，全诗只用了两个韵，其中一个是长元音，又称二合元音，这是鼻音（oir）能表达忧愁的难受的情绪，我的译诗采用了"言前"韵，与此相应；诗中另一个韵是尖声加咽声，能表达痛苦的ige，译诗采用了"姑苏"韵，与此相应。两韵的反复使用、反复吟咏能产生近乎魔术的效果，增加黄昏的沉醉气息和困扰人的气氛。另外，两韵的重复使用在音乐上造成华尔兹的回旋节奏感，同诗行的重复相结合，像优美的旋律不断出现，回还往复，产生绝妙的音乐美。原诗在音步和诗句的叠韵上也颇具音乐性，如第一行Voici venir les temps où, vibrant sur so tige，三个V、三个S（C）和四个i形成叠韵，V音创造了沉醉中隐含忧郁的效果，擦辅音S（C）和元音i则加强心绪难以排遣的尖锐性和执着性。又如第四行诗Valse mélancoligue et langoureux vertige，开头与结尾的两个V起继续不安感的作用，4个l又产生流动感、跳荡感。此外，马来诗体的第一句与最后一句相同，波德莱尔没有遵循这个规则，但保持了它的特点，即整首诗由一个意象和一个观念交织而成，跳舞场面与忧愁的思绪既分又合，融为一体。

《黄昏的和声》在通感的运用上是十分著名的。通感是波德莱尔首先在诗中有意识大量运用的一种艺术手段，它对后世的文艺创作产生了重大影响。这里必须提到《通感》一诗，这首诗具有纲领性的意义，它包含了波德莱尔诗艺的基本要点：

> 自然是座庙宇，有生命的柱子
> 有时候发出含含糊糊的话语：
> 人从这象征的森林穿越过去，
> 森林观察人，投以亲切的注视。
>
> 仿佛从远处传来的悠长回音，
> 混合成幽暗而深邃的统一体，
> 如同黑夜又像光明，广袤无际，
> 香味、颜色和声音在交相呼应。
>
> 有的香味嫩如孩子肌肤那样，
> 柔和像双簧管，翠绿好似草原，
> ——其余的，腐蚀、丰富和得意扬扬，
> 具有无限事物那种扩张力量，
> 龙涎香、麝香、安息香、乳香一般，
> 在歌唱着头脑和感官的热狂。

近代在哲学上最先论述通感的也许是瑞典哲学家斯威登堡（1688—1772）。他认为，"内心的人是在他的小形态之下的天空","天空是一个巨大的人"。据此,人可以了解宇宙,也能在自己心中发现宇宙在精神领域的隶属物;人的内心是一个内宇宙。在法国,沙尔·傅立叶(1772—1837)也曾研究过这种通感的理论,他认为自然界所包括的三个领域,即矿物界、植物界和动物界,存在相通之处,因为这三种物质界牵涉到更抽象的概念(如爱情、真理……),傅立叶称之为人的激情。例如他把鹿看作真理的象征,因为这种动物额角高耸。在其他动物之上,而真理的本质在于克服错误,凌驾一切之上。巴尔扎克也从斯威登堡的理论中汲取过某些通感的观点(统一体)。所谓通感,即指自然界普遍相通的原则。其实早在古希腊时期,柏拉图已提出过可感的、物质的现实只不过是思想的反映,亦即是精神的反映,这里也包含有通感的理论因素。

在《通感》中波德莱尔把诗人看作自然界和人之间的媒介者。诗人能理解自然,因为自然同人相似(树木是活的柱子,发出含含糊糊的语言)。诗人在自己的各种感觉中看到宇宙的统一,这些感觉只是宇宙的可感反映。波德莱尔区分了两种现实:自然的,即物质的现实,这只是表面;精神的,即内在的现实,他认为这是宇宙起源的基因。通过象征——由自然提供的物质的、具体的符号,也是具有抽象意义的负载者——诗人能够理解更高的、精神的现实。这个任务要留给诗人去完成。波德莱尔曾指出:"象征只是相对地晦涩,就是说,这是按照心灵的纯粹、良好意志或天生的明智而言的。"对他来说,诗人本质上是明智的,命定能破译这些象征符号:人要不断穿越象征的森林,力图理解其含义。只有能够破译象征的人,才能阐述神秘的符号("含含糊糊的话语","幽暗而深邃的统一体")。

波德莱尔进一步认为不同感觉之间有通感:"香味、颜色和声音在交相呼应。"他在一篇艺术评论中曾写道:"一切,形态、运动、数量、色彩、香气,无论在自然界还是精神界,都是有意义的,相互有关的……相通的";一切都建立在"普遍相通的、永不竭尽的资源"之上。在上述这句有名的诗中,形象而完整地提出了一切感觉相通的理论。这首诗主要从香味出发来加以阐发这一理论:某些香气是同触感相似:嫩如孩子肌肤;这些香味随之又可从声音得到理解:柔和像双簧管,最后溶入视觉之中:翠绿好似草原。不同感觉互相交应,因为它们全都趋向同一道德概念:纯粹。无论孩子肌肤、双簧管和草原都突出了纯洁,它们使人想起爱情的殿堂。接着波德莱尔以腐蚀的、丰富的和得意扬扬的香气与前面几种香气相对照，这些气味令人想到龙涎香、麝香、安息香、乳香，包括整个异国情调的世界。这些香的质地能无限扩张（无限事物那种扩张力量），它们不断升腾，引导诗人幻想更高的现实。扩张于是变成入迷状态，感官的沉醉导致精神的入迷，因为这些香味"在歌唱着头脑和感官的热狂"。至此，通感达到了最高潮，这是狂热的头脑和感官作用的结果。

波德莱尔在这首诗中运用了绝妙的象征符号。在诗歌开首，他把自然比做宇宙，这个意象建立在宇宙的柱子与森林的树木存在着视觉上的相似之处的基础上，它揭示了自然的神圣，道出了自然是显现象征物的场所。通过自然，有可能发现世界的隐蔽意义。"象征的森林"一语含义极为丰富。树木象征着人既从属于物质的大地，又从属于精神的天界，因为树木扎根于地下，又高耸向着天空。另外，森林是茂密和幽暗的，表明象征数量之多，且又是神秘的。因此，通感能使人了解世界的神秘性，方法是通过直感，抓住相通之处。既然通感是将感官的经验与精神的经验相融合，也就能全面反映生活。

通感的理论给文学艺术开辟了一条新路，艺术家从此可以用声音和色彩等等手段去表达感情。波德莱尔说过："如果各种艺术不至于力求互相替代，至少力求互相借用新的力量。"他又说："画家把音阶引进了绘画中。"（《1859年的沙龙》）波德莱尔为象征派诗歌提供了理论和实例，因此，雨果说他"创造了新的战栗"（《1859年10月6日给波德莱尔的信》），邦维尔称他为"最完全最绝对意义上的新诗人"（《当代画廊》，1867），于依思芒斯认为他"做到了表达无法表达的东西……表达衰竭的精神和忧郁的心灵最易逃逸的、最紊乱的病态"（《反乎常理》，1884）这些评价高度赞扬了波德莱尔运用通感所取得的重大成就。

现在再回过头来谈谈《黄昏的和声》是如何运用通感手法的。这首诗的成功大部分是由于运用了这种艺术手段。这首诗的通感手法有如下三点：1.华尔兹的旋舞是和着芳香在暮霭之中进行的，引起各种嗅觉、视觉和听觉之间交流和互相作用，从而引起"使人倦的昏眩"。2.黄昏氛围与诗人的心态之间的通感。夜晚的气息使诗人流露出内心感情；"忧郁的"华尔兹使他意识到自己的忧愁。反过来，诗人也把自己的烦恼和痛苦掷向这幅景致，他的苦恼显现在"像受折磨的心在抖战"的小提琴的主观比喻中和"在自己凝固的血中消散"的太阳的视像中。前一个比喻颠倒了习惯用法,不是说抖战的心像提琴声,而是用人的心去比喻提琴,这种手法能突出表明人与自然彼此相通的和谐状态。3.大地和上天意境的通感。宗教词汇使自然界和精神之间出现这第三种通感。每一个可感的印象(花的颤动:"在枝上微颤";提琴的颤动;"抖战")只不过是存在物本质可感知的物质显现。诗人据此抓住了生活神秘的颤动。这种神秘性同诗篇本身的内容是相辅相成的:含而不露,让人意会。在这一点上,《黄昏的和声》在歌咏萨巴蒂埃夫人的"神秘的爱"这一组诗中是最有代表性的。

第三组爱情诗的歌颂对象是"碧眼女郎"玛丽·杜布伦,她的真名是玛丽·布吕诺(1828—1901)。这是个二流女演员,长得有些姿色,但肥胖体大。据说她轮流和同时是波德莱尔和邦维尔的情妇(1854—1863),两诗人于1857—1858年曾为她产生争执。但有的评论家不同意此说,认为这只是推测。有迹象表明,波德莱尔和玛丽·杜布伦相识于1846年或1847年。她在1855—1860年确是邦维尔的情妇,他为她写过几首诗。至于她成为两诗人关系冷淡的起因,则没有任何证据

(见吕夫《波德莱尔》，第114页）。

这组爱情诗被称为"温情之爱"，是前两组爱情诗的混合。例如《美丽的船》把玛丽·杜布伦形容为漂向大海、轻徐缓慢地摆动的船，突出刻画她高耸的乳房和蔷薇色的奶头；而《秋歌》则描绘自己的心要变成红彤彤的冰块，如同落进北极地狱中的太阳，他的心又像一座崩坍的城楼，禁不住撞锤的猛撞，以此吁求恋人的垂青。从波德莱尔给这位女演员的信可以看到，她拒绝了他的追求。诗人的信这样写道："我爱你，玛丽，这是无法否认的；但我对你生出的爱，是基督徒对上帝的那种爱；因此，你永远不要给它世俗的名称，对于非肉体的和神秘的崇拜，对于把我的心灵和你的心灵联结起的那种甜蜜而圣洁的吸引力，这种名称往往非常可耻。……今后，你是我唯一的女王，我的激情对象和我的美人；你是由精神本质形成的我的一部分。……请做我的守护天使、我的缪斯和我的圣母吧，在通向美的道路上引导我吧。"波德莱尔对玛丽的态度力求保持圣洁，在这方面，《邀游》一诗颇能反映诗人的这种温柔亲切的意向。

《邀游》以幻想的口吻写成。诗人邀请恋人到与她相像之国去，"白头偕老"。这个国度的名字诗人没有道出，据散文诗集《巴黎的忧郁》的同名散文诗和诗人提到的运河、东方风格的家具，可以得知是荷兰（因该国航运发达，与东方贸易往来频繁，所以有东方风格的家具）。异国情调是波德莱尔所喜爱的，他追求的是理想国度中的理想爱情。诗歌每一节之后重复这两句：

> 那里，只有美、秩序、
> 奢华、宁静和乐趣。

这是波德莱尔对幸福的观念。幸福包括的内容分成两部分：美、秩序、宁静，这是精神上的；奢华、乐趣，这是生活上的。诗人宁可要北国灿烂的阳光、奢华的室内陈设这种色彩明艳强烈的环境，而不要恋人神秘而又阴险的眼睛那种蛇一般的魅力；宁可要甜美的、逍遥地相爱的生活，而不要像蒙上湿气的太阳那种阴丝丝的关系。由于这幅情侣欢乐图是幻想式的，带有梦幻性质，所以产生一种温情脉脉的意境。

这首诗也运用了通感手法。其一，诗人将恋人与景色连通起来，如第一节，诗人相邀情人同游异国，用"与你相像"四字连接，后面的泪眼与阴天、光线等同起来，亦即将人与物连通，用法十分大胆，给人以突兀之感，启迪读者的想象力，使两者沟通。第二种通感效果是描绘色彩、光线与香味的混合。诗歌的第二、第三节分别描写异国的室内景象和城市外貌，诗中的天空一词用的是多数，此为绘画术语，室内景象令人想起荷兰17世纪画家维尔米（Vermeer，1632—1675），他的室内景象特别注重光线变化和色彩的和谐，"深邃的明镜"就起着这样的作用，诸如闪烁、闪亮、夕阳、紫红和金黄、火热光芒等词，都包含着色与光，它们与鲜花的馥郁和龙涎香的清淡相结合，产生理想之境的效果。第三，玛丽·杜布伦的"碧眼"酷似"幽暗的阴天"，由此触发诗人的幻想，带来一系列幻觉，最后才回到让她"看那些船"，来了一个循环，在视觉上产生通感。

波德莱尔在一篇序言草稿中这样写道：

> 但愿法国诗歌据有一种神秘的、不为人熟知的韵律学，就像拉丁语和英语那样……
>
> 但愿诗歌的句子能模仿（由此它接触到音乐艺术和数学）水平线、直升线、直降线；但愿它能笔直升上天空，毫不气喘，或者以地心吸力的速度垂直下降到地狱；但愿它能沿着螺旋形前进，画出抛物线，或者画出

构成一系列重叠角的曲线；

但愿诗歌同绘画艺术、烹调术和美容术结合起来，因为有可能表达一切甜蜜或愁苦，惊呆或恐惧的感觉，只要将某一名词同某一相同或相反的形容词组合起来……

在这三段话中，波德莱尔阐明了一个十分重要的思想：词与词之间的某种组合，会产生奇异的现象；他在寻求达到通感的途径，在他看来，诗歌存在着一种新的韵律学，根据这种规则写出来的诗句，能像线条一样变化无穷，但这种诗句必须同别的艺术相结合，才能产生效果。他认为没有什么比这种"以不同方式组合的词中取得的效果"更惊人、更神秘的了。于是他得出这个著名的公式："只要人愿意，灵感总会来的，但它不一定在人愿意有灵感时就一定来到。——从语言和写作中，就像玩魔术一样，会获得引起联想的魔法。"波德莱尔属于这样的艺术家，他孜孜以求的是："发现艺术家赖以创作的隐蔽的法则，并从这种研究中得出一系列原则，这些原则的神圣目的就是诗歌创作的必然性。"波德莱尔自觉地追求通感效果，无非是要加深对人的精神世界的发掘,因而他说:"在某些近乎超自然的心态中,生活的底里完全显现在场景中,不管这场景在人们看来是多么平凡。它变成了生活的象征。"在他的爱情诗中,他持之以恒地挖掘并深化心灵最秘密的活动,从罕见的宁静时刻到最隐蔽的内心骚乱,都对自己毫不容情地剖析,以写出最细微曲折、难以表达的情愫,他在描绘内心激情方面达到了新的高度。他的爱情诗的风格、意境和情调都不可模拟,不管是古典式的抒情,对时间无情的消逝,心灵的自暴自弃,爱和恨的秘密关系,愿望和复仇,意愿和犯罪之间的关系,还是对女性的赞颂,对失恋的苦恼,对理想爱情的追求,都写出了新意。上面我们试析的几首爱情诗足以展示波德莱尔爱情诗的杰出成就。

综观《恶之花》中的爱情诗,我们看不到龙沙作品中和雨果作品中那种真正妩媚的、温柔的、幸福的爱情,而总是只有凄苦和颓唐的怪味,这与波德莱尔的爱情经历有关,同他钟情的女子的身份有关(她们当中没有一个是纯洁的少女或者是受人敬重的女人),同他自己的精神状态有关。但这丝毫不会降低他的爱情诗的价值,这只能表明,这是具有波德莱尔特点的爱情诗。它从内容到词汇上都有特点。波德莱尔说过:"简要而普遍的规则:在爱情方面,要避免月亮、星星,要避免弥罗的维纳斯、湖、吉他、绳梯和一切传奇"(《使人欣慰的爱情箴言选》)。这句话反映了波德莱尔与传统的爱情诗决裂的思想,这一点从他的爱情诗中可以得到充分的佐证。

蕴含着淡淡哀愁的象征

勃洛克名诗《俄罗斯》欣赏

王守仁

作者介绍

王守仁(1934—),山东乳山人,中国社会科学院外国文学研究所研究员。1962年毕业于苏联莫斯科大学。1961年开始发表作品,1986年加入中国作家协会。著有论文集《诗魂》,专著《苏联诗坛探幽》、《苏联文学史》(合作),传记《叶赛宁》,译著《一个陌生女人的来信》、《苏联抒情诗选》、《普希金童话诗集》等,主编《普希金抒情诗全集》(四卷,合作)、《契诃夫短篇小说全集》(八卷,合作)。2007年获中国翻译协会授予资深翻译家荣誉证书。

推荐词

他不再是早期满怀激情歌唱圣洁、美丽而又虚幻的"陌生女郎"的勃洛克了,他仿佛从云端降落到现实的俄罗斯那沉重的土地上,思想变得深沉,感情也变得忧伤而沉重了,创作上从具有神秘色彩的象征主义转向现实主义,诗人从早期对"永恒女性"的赞美渐渐转向对祖国命运的深沉忧思,俄罗斯主题愈来愈占有突出的地位。

亚历山大·勃洛克（1880—1921）是19世纪和20世纪两个世纪之交的俄国诗人，被公认为"声望最高的象征主义巨匠"。然而，正是这位典型的象征主义诗人却写出了一系列高度现实主义的抒情诗篇，其中《俄罗斯》（1908）一首最为突出。

1905年革命失败后，俄国的社会、政治、经济又处在混乱状态，整个国家又处于亘古不变的贫穷落后状态，民众呻吟，知识分子叹息，仿佛俄罗斯已经没有了希望。著名诗人勃洛克不能不为之忧伤。此时的勃洛克已不再是早期满怀激情歌唱圣洁、美丽而又虚幻的"陌生女郎"的勃洛克了，他仿佛从云端降落到现实的俄罗斯那沉重的土地上，思想变得深沉，感情也变得忧伤而沉重了，创作上从具有神秘色彩的象征主义转向现实主义，诗人从早期对"永恒女性"的赞美渐渐转向对祖国命运的深沉忧思，俄罗斯主题愈来愈占有突出的地位，至少也是爱情主题得到祖国主题的充实，使两者融合起来，乃至浑然一体了。

一个真正的诗人永远是忧国忧民的，他的命运永远是跟祖国的命运联系在一起的，贫穷落后、灾难深重的祖国"就像母亲的脸庞，永远也不会使其子女感到害怕和惊慌"。相反，祖国母亲的脸上即使是泪痕也会永远洋溢着慈祥和温暖……在俄罗斯文学发展史上，祖国母亲的命运曾使多少作家和诗人为之忧心忡忡！19世纪初，果戈理曾经写道："请告诉我，俄罗斯啊，你往何处去。她不回答。铃铛洒下一串奇异的丁铃声……"半个多世纪以后，摆在勃洛克面前的仍然是这一问题。然而，人类的历史总是向前发展的，俄罗斯也不会例外，这是诗人所坚信的。俄罗斯经典小说和诗歌中，以奔驰在广阔无垠的冰天雪地上的三套马车作为伟大俄罗斯的象征形象，可说比比皆是，有口皆碑。正是这一具有代表性的形象世世代代寄托着俄罗斯人民的希望，那哒哒的马蹄声，那滚动的车轮声，那清脆的铃铛声，曾唤起多少诗人的澎湃激情！然而历史毕竟是历史，俄罗斯的道路是曲折的，是坎坷的，俄罗斯的历史堪称一部忧伤史，那是赤贫的俄罗斯，饱经忧患的俄罗斯，她备受蹂躏，战火连绵……那是莱蒙托夫称之为"污秽不堪的俄罗斯",那是涅克拉索夫笔下"劳苦人民没有欢乐的俄罗斯",那是诗人勃洛克笔下的车轮"陷进辙沟,车身摇晃"的俄罗斯……"三套马车欲奔向前方",可有谁知车轮却"陷进辙沟,车身摇晃"!这慨叹的诗句会引发出多少联想和思绪!

勃洛克也曾带着莱蒙托夫式的对"污秽不堪的俄罗斯"的诅咒离开过祖国,"逃亡意大利",也曾试图"竭尽全力把俄罗斯的一切政治、一切庸俗、一切泥淖置诸脑后……"然而,对一个真正的诗人来说,诅咒祖国、忘掉祖国是不可能的。事实证明,勃洛克之所以去到意大利,只是为了"从远处着眼",站得更高地俯瞰、审视历史和现在,展望未来,因为祖国俄罗斯存在于他的灵魂深处,无论他身在何处,心都永远苦恋着祖国。面对赤贫、遍布着"低矮的灰色木房"的俄罗斯,诗人将自己的深情比作"初恋的热泪",其纯洁、真挚的赤子之情尽在这蕴含着淡淡哀愁的象征之中。诗人坚信,祖国俄罗斯永远也不会没落、灭亡,哪怕"魔法狂"将其诱惑、欺诓。然而,那无穷无尽的忧伤却不时使她俊秀的面庞变得模糊……不过,透过"模糊的面庞",诗人永远会辨认出自己的祖国母亲,永远会感到她的神圣，认出她的"森林、田野和缀满刺绣的头巾"；在诗人的心中，祖国"还那么端庄"。在《俄罗斯》这首诗中，勃洛克以哲学家的冷静头脑充分表达了自己对祖国未来的信念和希望；因为他所"呼唤的不是现在，而是光辉的未来。"这跟他要把"生活的帆船"从沙滩上推入水中的指导思想是一脉相承的。也跟诗人"要狂热地生活下去"的愿望是一致的。哪怕生活中充满了风暴和不安，诗人内心的热情永远都是炽烈的，因为他为之奋斗的目标就是"让没有个性的一切都富有个性，让没有实现的一切都变成现实！"（《啊，我渴望狂热的生活……》，1914）

是的，对一个国家、一个民族来说，历史有如长河，路漫漫何其遥远，关键在于人们的信念和为之奋斗的目标明确，即《俄罗斯》这首诗中所隐喻的"道路的远方"和"闪烁着火花的目光"。这样的国家，这样的民族，岂不永远都是有希望的么？在这首诗中，诗人把祖国母亲同理想和未来主题巧妙地融合在一起并有机地统一了起来。

从诗歌艺术的角度来看，《俄罗斯》这首诗里，无论是"饰有花纹"的"三套马车"，还是"低矮的灰色木房"，无论是具有"原始的朴素美"的"森林、田野"，还是"十字架"、"缀满刺绣的头巾",无论是"那无穷尽的忧伤"还是"车夫低沉的歌声",都是典型的、具有俄罗斯特色的意象,而这每一个表征性的意象都渗透着诗人对祖国无穷尽的赤贫和忧伤的深沉慨叹。读者从此诗忧伤的基调中可以领悟到诗人的炽烈期望和深切信念,尽管这期望和信念中不乏惆怅和难以排解的苦闷。然而,正如诗人之妻回忆说:"存在于勃洛克身上的悲观情绪和忧伤、绝望,乃是光明与愉悦的源泉。"如果说勃洛克的这首"俄罗斯颂歌"令人感到其基调颇为忧郁,那我们必定会想起他这样的诗句:

> 让我们原谅他的忧郁——
> 忧郁岂不就是他隐秘的动力?
> 此人乃是光与善的骄子,
> 此人本身就是自由的胜利!
> ——《啊,我渴望狂热的生活……》

原 文

俄罗斯

仿佛又是那鼎盛的年代,

三套马车欲奔向前方,

饰有花纹的车轮的辐轴

却陷进辙沟,车身摇晃……

俄罗斯啊,贫穷的俄罗斯,

你那低矮的灰色木房,

你那随风飘荡的歌声,

同我初恋的热泪一样!

你若想把原始的朴素美,

随便献给哪个魔法狂,

我绝不会怜悯你,

而只会谨慎地把十字架背在身上!

哪怕他把你诱惑、欺诳,

你也不会没落、灭亡,

唯有那无穷尽的忧伤,

才会模糊你那俊秀的面庞……

啊,那又何妨?尽管忧伤沉重,
忧虑像泪河般喧嚣流淌,
你却依然是你——森林,田野,
缀满刺绣的头巾,使你还那么端庄……

只要你那闪烁着火花的目光,
从头巾下眺望道路的远方,
而车夫低沉的歌声
像囚犯的忧伤在空中回荡,
一切不可能的都会变为可能,
漫漫的长路也不显得漫长!

(王守仁 译)

千彩诗笔绘百感

试析叶赛宁《我不叹惋、呼唤和哭泣……》的艺术特色

顾蕴璞

作者介绍

顾蕴璞,1931年生,江苏无锡人。1959年毕业于北京大学俄罗斯语言文学系。北京大学俄罗斯语言文学系教授,文学教研室主任。出版有译著《莱蒙托夫全集》、《普希金精选集》、《世界反法西斯文学书系·苏联诗歌卷》、《莱蒙托夫作品精粹》、《俄罗斯白银时代诗选》、《圣经故事》、《莱蒙托夫抒情诗选》、《莱蒙托夫诗选》、《帕斯捷尔纳克抒情诗选》、《叶赛宁诗选》等。

推荐词

这首抒情诗,从思想情调看,含沉痛之情,但低沉而不颓废,它唱出了一个因失去了"乡村俄罗斯"而沦为"无家可归"的"流浪者"的诗人痛心疾首、困惑难耐的真诚声音。忧伤与欣慰,挚爱与憾恨,愧疚与留恋,追悔与怅惘……这种种欲理还乱、相互交织的感受,就是诗人在表现悔恨主题时所弹奏的复杂心声的琴键。

叶赛宁从一个因迷恋"乡村俄罗斯"而一度沉沦过的农民诗人,到成为讴歌"苏维埃俄罗斯"的民族诗人和时代歌手,走过了一条崎岖不平的道路。他那因对城乡关系的误解而酿成的"精神危机",以忧伤的色调在他的一些诗作中留下了深深的痕迹。抒情诗《我不叹惋、呼唤和哭泣……》就是这类诗中典型的一首。此诗写于诗人"精神危机"时期(1920—1923),被诗人自己收入诗集《莫斯科酒馆之音》(1923),该诗集曾是20世纪20年代中期对叶赛宁进行批判的重点靶子,是提出"叶赛宁情调"的主要凭据。50年代中期以来,苏联评论界对叶赛宁"精神危机"时期的思想情调所持批判态度未变,但对错误性质的总的估计以及对作品的具体分析,则得出了不少令人信服的新结论。《我不叹惋、呼唤和哭泣……》一诗从而也翻了身,如今已被公认为苏联抒情诗中的璀璨之作,有人即使在重申诗集《莫斯科酒馆之音》为思想糟粕的同时,仍肯定此诗为艺术精华,因此不仅被选入苏联的一些语文课本,还被作曲家谱成抒情歌曲。我国最近出版的高校教材《俄苏文学名著选读(下册)》也选了这首名诗。

这首抒情诗,从思想情调看,含沉痛之情,但低沉而不颓废,它唱出了一个因失去了"乡村俄罗斯"而沦为"无家可归"的"流浪者"的诗人痛心疾首、困惑难耐的真诚声音。忧伤与欣慰,挚爱与憾恨,愧疚与留恋,追悔与怅惘……这种种欲理还乱、相互交织的感受,就是诗人在表现悔恨主题时所弹奏的复杂心声的琴键。他正当26岁的盛年,却已在感喟"金秋的衰色"来临,这分明是他"身在盛夏心已秋"的写照,但他又以"一切会消逝"的眼量来自慰,喊出"我不叹惋、呼唤和哭泣"的强打精神的声音。不过,诗人的忧伤之情又未能自已,在诗中频频有所流露。感情上的矛盾,在诗中比比皆是。诗人对"白桦图案花布"般的俄罗斯那样炽烈的爱,竟被当时袭来的感情上的"一股寒气"(指对农村中变革的困惑莫解)凉了半截,造成他欲爱不能,欲罢不忍的憾事。诗人因胸中揣着"流浪汉的心魂"而感到万分愧疚,因为他仍对被这心魂所扼杀的"狂暴的眼神"(指他引以为豪的诗人的慧眼)和"潮样的情感"(指他引以为豪的诗人的激情)无比地留恋。诗人深感自己变得倦于希冀了,但又难以忘却那才思飞扬的过去,不禁怀疑它仅是春梦一场罢了(他始终为自己未能为苏联诗歌做出更多的贡献而抱憾)。总之,在诗人的心头,涌现出了万千的思绪,一言难尽,但其主旋律却是对祖国难以割弃的爱,对生活仍然怀有的情。他当时虽然还没有看到"精神危机"的尽头,病态的自我嘲弄使自己更添烦愁,但他仍乐观地祝愿"生生不息的天下万物""永远美好幸福"。这种思想境界对当时的他来说已属难能可贵,而且直到4年后自尽时大体上未加改变,有些论者据此来批驳"自绝于革命论"而以"叶赛宁相信革命,但不相信自己"的新论断来为他正名。

上述纷然杂呈的内心感受,为长于抒情的叶赛宁提供了一显身手的良机。面对这样一个复杂而充满隐痛的抒怀述感的难题,诗人以惊人的直率袒露自己的心灵,以诗化了的真情打动读者的心弦。真挚的诗情要求用清新自然的抒情手段来倾吐,诗人摈弃了直抒胸臆或寓情于景的单渠道的传统抒情手法,吸取了象征派诗人强调内心真实,强调幻想和直觉,交叉地使用比喻、联想、暗示和象征,在淳朴的民歌风的基础上,把诗歌语言的传情功能提高到一个崭新的高度。他以大量鲜明生动的意象,熔各种艺术感染手段于一炉的手法,使情与景的融合,人与自然的交流达到了相当高的境地。如果说,20年代有人提出叶赛宁的诗艺超过了普希金时,曾被视为邪端异说,那么,今天在抛开了对叶赛宁的顽固成见之后,再来欣赏一下他的抒情诗杰作,便可以从抒情的纯度和难度两个方面客观地检验一下前人的结论了。

本诗在抒情技巧方面有如下几个明显的特点:善于在绘声绘色中袒露、剖析自己的心灵;善于选择感情的交叉点作为抒情的突破口,以增强艺术感染力;采用了一种充满动感而又不失平静的旋律,使全诗产生回肠九转的艺术效果;动用多种抒情手段,以深化主题。

通常,写抒怀述感的主题(包括悔恨的主题在内),采用直抒胸臆的直接法,往往痛快淋漓而不够含蓄,即情思有余而美感不足。而采用寓情于景的间接法,则又形象清晰而题旨费解。叶赛宁则兼取上述二法之长,把诗写得既尽意又委婉,既忧伤又优美。达到这种艺术境界的人是为数不多的。诗人用绚丽的意象,在情与景的交织中紧紧扣住各种特定的复杂感受。全诗每个诗段都传达一种复杂感受:第一诗段写忧伤与欣慰，第二诗段写挚爱与憾恨，第三诗段写愧疚与留恋，第四诗段写追悔与怅惘，第五诗段又写忧伤与欣慰，与第一诗段遥相呼应。与此同时，每个诗段都含有一个相对独立并与其他诗段有联系的画面，以及从画面透出的意境。第一诗段写烟花消逝之情，物换星移之理和诗人超然物外之态。第二诗段写诗人对锦绣般祖国的爱和欲爱不能之恨。第三诗段写诗神在诗人心中被迫让位于"流浪汉"，悲剧（因酷爱大自然、乡村和诗歌而沉沦）气氛骤增。第四诗段写现实的梦和梦中的现实，寓怅惘的情思，进一步渲染感情上的矛盾冲突。第五诗段写黄叶飘零的景物和生生不息的理趣，使悔恨的主题得到了升华。全诗既充满激情，又富有画意，饱含哲理，使人读后久久不能忘怀。

叶赛宁深谙艺术的辩证法，他总是巧妙地选择感情矛盾的交叉点，作为自己抒情的摄像机的拍摄镜头。在叹惋与欣慰、呼唤与自责、哭泣与达观之间，诗人找到了百感的交叉点和表现它的突破口。诗人不为华年的流逝而叹惋，不因身遭"厄运"而向命运呼唤，也不为"失去"心爱的"乡村俄罗斯"和诗歌的灵感而伤心哭泣，因为世上的一切都会如烟花般消逝。但同时烟花的消逝，金秋的衰色，枫叶的飘零，白桦的图案,语言的烈焰,狂暴的眼神,潮样的情感……这一幅幅生动的画面,一幕幕难忘的景象,或者从近在咫尺的眼前,或者从遥远的过去齐向自己扑来,怎能不勾起多愁善感的诗人的心事而叹惋、呼唤和哭泣呢?正是在这种似有和似无之间,诗人驰骋的想象,遨游了情感世界的迷宫,从而写出了忧伤而优美的浓郁诗情,同时又顺藤摸瓜,觅得了人生短暂、个人渺小、万物长存的深邃哲理,使得诗的意境从不堪回首的叹息的低点,向着探索人生意义的高度扩展。

本诗是一首貌似平淡无奇,实则跌宕起伏,底蕴深厚的抒情诗。传达"一切会消逝"的意境,需要有一种充满动感而又不失平静的旋律。它首先体现为跃动的画面与静止的画面的更迭交替。在诗中,我们可以忽而如见浪涛滚滚的气势(如"语言的烈焰"),忽而看到波平似镜的景象(如"失却了的朝气")。这两种画面形成了鲜明的对照,正如静卧不动的河床更能衬托出水流的汹涌不息那样。诗人运用在"消逝"、"跳荡"、"点燃"、"驰骋"、"落下"等触目惊心的意象的同时,还夹杂进"笼盖着"、"在梦中"、"枯朽"等令人寂然的意象,既给人以舒缓的余地,又给人以想象的空间,让他去寻迹诗人所走过的坎坷途程。

这种动中有静的富于变化的旋律，需要有大量富于变化的抒情手段的配合，才能形成深掘悔恨主题的艺术实体。这样，诗中出现的拟物手法（如"金秋的衰色在笼盖着我"）和拟人手法（如"黄铜色枯叶悄然落下枫树"）的交替更迭，使人产生"我即自然"和"自然即我"的扑朔迷离之感。诗中出现的以哀景写哀（第一诗段）与以乐景写哀（第二诗段）的互易其位，使人悟到情随景迁，景随情变的理趣。诗中出现的明喻（如"如白苹果树的烟花"）和暗喻（如"白桦图案花布一般的国家"。另有一些暗喻在译文中消失了）的交相辉映，情中景（如第一诗段）与景中情（如第五诗段）的穿插布设，直率与含蓄两种风格（如第一诗段中前两行直率，后两行含蓄）的并行不悖，现实与幻境（如第四诗段前两行写现实的梦，后两行写梦中的现实，"玫瑰色"是叶赛宁惯用的浪漫气氛的色彩象征）的相助烘托，不同感觉（如第二诗段中的凉感、动感和视感）的相互交融，不同色彩（如第一诗段的白色与金色）的彼此反衬，直观与遐想的不断交替（时而今，时而昔；时而实感，时而幻觉）……这一切莫不给人以一种飘逸、洒脱、变幻无穷的感觉，从而为烘托全诗起伏不平的主旋律平添了艺术的魅力。

原诗在韵律上也求在规则中有变化,以适应诗意的内在节奏的需要。诗人在继承严谨的四音步扬抑格的基础上,创造性地把节奏改变为五顿与四顿半交替使用,产生出铿锵而有起伏的音响效果。在韵脚的安排上,也不墨守成规,在采用交叉韵的同时,放宽对韵脚的限制,只求韵母相协,最后一个声母比较自由,严而不死,给人以清新之感。

抒情诗《我不叹惋、呼唤和哭泣……》以浓缩的容量、丰富的意象、多变的手法、起伏的旋律直率而细腻地抒发了诗人内心的迟暮之感、迷惘之痛、流浪之苦、达观之慰等一系列复杂的感受,使人们在感受抒情主人公波澜起伏的情感的同时,领略由大自然和心灵的交融所铸成的诗意的美。

↘ 原　文

我不叹惋、呼唤和哭泣……

我不叹惋、呼唤和哭泣,

一切会消逝,如白苹果树的烟花,

金秋的衰色在笼盖着我,

我再也不会有芳春的年华。

我的被一股寒气袭过的心，
你如今不会再激越地跳荡，
白桦图案花布一般的国家，
你不复吸引我赤着脚游逛。

流浪汉的心魂，你越来越少
点燃起我口中语言的烈焰。
啊，我的失却了的朝气、
狂暴的眼神、潮样的情感！

生活，如今我竟倦于希冀了？
莫非你只是我的一场春梦？
仿佛在那空音尤响的春晨，
我骑着玫瑰色的骏马驰骋。

在世上我们谁都要枯朽，
黄铜色败叶悄然落下枫树……
生生不息的天下万物啊，
但愿你永远地美好幸福。

(1921)

(顾蕴璞 译)

心潮激荡写初恋

普希金情诗四首赏析

谷 羽

作者介绍

谷羽,1940年生。河北宁晋人,原名谷恒东,毕业于南开大学外文系俄语专业。南开大学外语学院西语系教授,出版有译著《俄罗斯名诗300首》、《普希金爱情诗全编》、《伽姆扎托夫诗选》、《克雷洛夫寓言九卷集》等。1999年荣获俄罗斯联邦文化部颁发的普希金奖章及荣誉证书。

推荐词

理解、体谅、宽容,是爱心的基础。你爱一个人,即便她不爱你,你仍然爱她,并祝愿她能幸福,这是普希金高尚人格的体现。这种可贵的情操从他早期的诗作到后期的作品,像一根红线贯穿始终。

1799 年6月6日，在莫斯科一个没落贵族的家庭里，诞生了一个男孩儿，皮肤黝黑，头发卷曲，嘴唇厚而前凸，外曾祖父的黑人血统在他的体貌中得到了鲜明的再现。当时，谁也没有料到，十几年后，这孩子会在诗坛崭露头角。他就是为俄罗斯诗歌开辟新纪元的普希金。

诗人只活了37岁，却经历了流放、囚禁、受警察厅暗中监视等种种磨难与坎坷，最后在决斗中结束了痛苦而不屈不挠的一生。他为俄罗斯人留下了八百多首抒情诗、十几部长诗，还有小说、剧作、童话诗、文学评论，并且创办了影响深远的文学杂志《现代人》，而他的代表作诗体小说《叶甫盖尼·奥涅金》则被别林斯基誉为俄罗斯社会生活的百科全书。普希金是俄罗斯诗人中获得世界声誉的第一人。正是他的才华卓著的创作把俄罗斯文学带进了19世纪的黄金时代。

因此，人们称颂普希金为俄罗斯现代文学之父，称颂他为俄罗斯诗坛永不陨落的太阳。

到今年6月6日，是普希金诞生二百周年纪念日。在漫长的两个世纪中，普希金的作品非但没有被岁月的风尘所掩埋，反而日益闪耀出艺术的光彩。他的名字不仅传遍了辽阔的俄罗斯大地，而且也受到了不同国家不同民族的广泛重视。在中国，普希金是最受读者欢迎的外国大诗人之一。

为了怀念这位天才的诗人，笔者选译了他的四首爱情诗，与读者一道进行分析鉴赏，从中领略普希金诗歌的意蕴风采和艺术魅力。

1815年，16岁的普希金还在皇村中学读书。他有一位同学姓巴库宁，巴库宁的姐姐巴库宁娜有时到皇村中学来看望弟弟。浪漫多情的普希金对巴库宁娜竟一见钟情。

1815年11月29日，少年普希金怀着兴奋的心情在日记中写下了这样一段文字：

> "我体验了幸福！……不，昨天我是不幸的。从清晨起我就忍受着期待的熬煎，怀着难以描述的激动站在窗前，眺望白雪覆盖的小路——谁知却望不到她的身

影！我真盼望能和她在楼梯上相遇。这种会面是多么甜美的时刻呀！而现在我却陷于失望！"

接下来，他引用了著名诗人茹科夫斯基（1783—1852）的诗句，用以印证自己的心情：

> 他歌唱爱情，然而歌声凄楚。
> 啊，他尝到的只有爱的痛苦！

下面，普希金以情不自禁的赞美口吻描绘了这位小姐的动人形象："巴库宁娜实在可爱！黑色连衣裙和她苗条的身材是那样相称！但是，我有18个小时没有看见她了。哎，十分痛苦，难以忍受……"

诗人还写道："是的，我曾有过五分钟的幸福……"

让16岁的普希金魂牵梦绕寝食难安的巴库宁娜（1795—1869），出身于彼得堡贵族世家。夏天时，她跟随父母来皇村避暑消夏，有时应邀参加皇村中学举办的舞会。这位身材修长、容貌美丽的小姐自然成了皇村中学学生们的爱慕偶像。给她寄情书写情诗的不仅有普希金，还有普希金的同班同学普欣和伊利切夫斯基。巴库宁娜小姐对瘦小黝黑的普希金并不特别青睐,这让普希金深为苦恼。

1816年夏天,巴库宁娜再次来皇村,普希金的诗才和他那一双炯炯有神的眼睛打动了这位小姐的心。她和少年诗人开始约会,皇村公园林荫湖畔、青草坪、小河边,留下了他们一起散步的足迹,夜晚的月亮和星星窥见了他们相依相偎的身影。一次次约会使普希金体验到无尽的喜悦。临近秋天的时节,巴库宁娜跟随父母返回了彼得堡。普希金见不到他的心上人,陷入了相思的痛苦之中,他写出了一篇又一篇情真意切哀婉缠绵的情诗,借以排遣自己的惆怅。

从1815年到1820年,普希金先后为巴库宁娜写过二十多首诗。在他日后创作的诗体小说《叶甫盖尼·奥涅金》中,诗人以抒情插笔的方式回顾了自己与巴库宁娜的初恋。女主人公达吉雅娜身上也揉进了巴库宁娜的某些特征,比如,达吉雅娜匀称端庄的身材和那一身黑色连衣裙,都使人想起巴库宁娜的身影。1830年,普希金在一封信中写道:"初恋,是非常敏感的人生经历:它越是显得稚拙愚蠢,就越是给你留下长久而美妙的回忆。"从这些肺腑之言不难看出他对巴库宁娜念念不忘的深情。

大致了解了普希金与巴库宁娜的恋爱经历,会有助于我们理解诗人的相关作品。我们从巴库宁娜组诗的二十多首诗作中,介绍四首最重要最有特色的情诗,与读者一道欣赏。

致画家

哈丽特与灵感宠爱的骄子,
一颗心儿总是热情激荡,
请你用随意与洒脱的画笔,
为我描绘心上人的形象:

请描画她纯真灵秀之美,
画令人痴迷的可爱面庞,
画天庭才有的笑容妩媚,
再画她勾魂摄魄的目光。

请为她系上维纳斯腰带,
赫柏的身姿苗条端庄,
再以阿利班的风光霞彩,
衬托我所崇拜的女王。
请将她微微起伏的胸脯,
罩上纱巾,薄纱透明如浪,

为的是让她能呼吸自如,

能暗自叹息,并抒发衷肠。

请体察羞怯的倾慕之情,

她是我心魂所系的女郎,

我在画像下面签上姓名,

幸运的手聊寄一瓣心香。

(1815)

这首诗虽然标题是"致画家",但内容却是向巴库宁娜婉转地透露倾慕之情,此诗写了认识这位小姐不久,热烈的内心追求与表白的委婉忐忑,交织成奇妙的旋律。

普希金从小喜欢读书,他对希腊神话和西方文学与文化十分熟悉。这首诗就采用了希腊神话中的形象,哈丽特为惠美三女神的统称。"哈丽特与灵感宠爱的骄子",指的是普希金的同班同学伊利切夫斯基,此人能诗善画,相貌英俊,也是巴库宁娜的倾慕者。因此,诗人赞美他受到惠美女神的宠爱,写诗作画颇富灵感,成为同学当中的佼佼者。普希金请伊利切夫斯基为巴库宁娜画像,借以抒发心中的恋情。

维纳斯与赫柏也是希腊神话中的人物。维纳斯,亦称阿佛洛狄忒，即爱情女神。据说，她有一条魅力神奇的腰带，哪位女子能系上这条腰带，便能如愿以偿地得到幸福。在古希腊罗马时期，女子结婚时常把亲手编织的腰带献给维纳斯神像，以祈求幸运美满。赫柏是青春女神，容颜美丽，腰肢纤细。普希金在诗中以赫柏指代巴库宁娜，形容其迷人的风韵。他让画家为她系上维纳斯腰带，含意是祝愿心上人永远幸福。诗中的阿利班（1578—1660），是意大利著名风景画家，又译阿利巴尼，19世纪初俄国画坛对他的风景画至为推崇。以优美的自然风光来衬托美人的形象，相得益彰，愈发动人。

诗人普希金以出神入化的诗笔描绘心上人，细细品味，颇有层次：先写其纯真灵秀之美，这是虚写，是总体印象，是概括之笔；然后是实写，刻画她的面庞、笑容，最后写她的眼睛。而且分别加上"令人痴迷的"、"可爱的"、"天庭才有的"、"妩媚的"、"勾魂摄魄的"这样一些修饰语和形容词，增加了艺术的感染力，使你仿佛看到了巴库宁娜，不由得也为之倾倒，为之赞叹。

16岁的普希金以优美的诗笔淋漓尽致地抒发自己的恋情，不能不让人佩服。他的追求与表白，自称羞怯，实则大胆,情真意切,格外动人。巴库宁娜读了这首诗,自然不能不为之动容。据诗人同代人的回忆,当年在皇村中学,伊利切夫斯基确实为巴库宁娜画了肖像。另一位有音乐天赋的同学柯尔萨科夫为《致画家》一诗谱了曲,曲调优美流畅,和谐悦耳,颇受同学喜爱,大家纷纷传唱。同学们赞赏普希金的诗、伊利切夫斯基的画、柯尔萨科夫的曲,当然更赞赏巴库宁娜的美。诗、画、曲、美汇集成一个话题:少年的初恋。这在皇村成为久传不衰的佳话。

附带说明,普希金的原作以四音步抑扬格写成,韵式abab,为交叉韵,单数行九个音节,偶数行八个音节,阴性韵与阳性韵交叉,横的节奏,纵的韵脚,交织呼应,形成流畅优美而又工整严谨的格律。译诗采用了每行四顿,也押交叉韵,力求再现出原作的风采,传达出朗朗上口的音乐性。

一滴泪

昨天陪一位骠骑兵朋友,
相对共饮彭士酒①,
我默默注视远方的大路,

---

① 一种加糖和果子露的甜酒,也有人译为潘趣酒。

思绪阴沉压心头。

"嗨!为什么总朝大路看?"
我的勇士这样问。
"想必你还在把她思念,
没心思陪伴友人?"
我的头不由得低低垂下:
"我已经失去了她!……"
声音沙哑,我轻轻回答,
叹口气不再说话。

睫毛上悬着一滴眼泪,
忽然间落入酒杯。
"毛孩子!"骠骑兵大叫,
"为妞儿哭泣不害臊!"

"别这样,朋友,我很难受。
你显然不知忧愁。
哎!仅仅一滴泪水就足够
使杯中物化为苦酒!……"

(1815)

彼得堡郊区的皇村，驻扎着骠骑兵禁卫军团。皇村中学的学生和年轻的骠骑兵军官时有来往。普希金有几个骠骑兵朋友，其中一个叫卡维林（1794—1855）。卡维林性格豪爽，作战勇猛，平时喜欢饮酒和追逐美人儿。《一滴泪》中的朋友就有卡维林的身影。这首诗明写诗人与骠骑兵朋友饮酒聊天，暗写巴库宁娜离开皇村以后诗人的苦闷。

如果说《致画家》一诗写得典雅优美，那么，这一首诗则以口语入诗，质朴平易，语言极富生活气息，而且非常个性化。骠骑兵说的"毛孩子"、"妞儿"、"不害臊"，用词粗俗，与人物的性格和身份相符。喜欢逢场作戏追逐女人的军官，不懂得什么叫真正的爱情。他觉得少年诗人为一个妞儿伤心落泪，实在丢脸，非常可笑。他的直率粗犷恰恰反衬出诗人情感的真挚与痴迷。从诗中对话的情节判断，诗人肯定对朋友讲述过他的恋爱经过，因此，朋友才会直言不讳地追问："想必你还在把她思念？"这个被军官轻蔑地叫作"妞儿"的"她"，虽未出场，从诗人对她的思念、为她落泪来分析，不难看出她在诗人心中的位置和分量。见不到意中人，度日如年，百无聊赖，连平时能带来欢乐的美酒也变得苦涩。诗人的痴情由此得到了生动而鲜明的表现。

这首诗原作采用四音步与三音步交叉的抑扬格写成,单数行每行九个音节四个音步用阴性韵,偶数行每行六个音节三音步用阳性韵,长短交织,韵律生动活泼,与口语化的语言风格十分和谐。译文仿照原诗采用长句四顿九字或十字,最多十一字,短句三顿七字,最多八字。韵式不拘泥于abab的交叉韵,而是偶行押韵,按诗节换韵,第四节采用了相邻韵,第五节与第一节用了相同的韵,可以首尾相顾,彼此呼应,从音韵角度考虑,使诗的韵律感更为完整。

唱歌的人

你可曾听见有人在夜晚歌唱?——
在树林里唱他的爱情与忧伤。
当清晨的原野还笼罩着宁静,
忽然响起呜呜咽咽的芦笛声——
你可曾听见?
你可曾看见他?当夜色迷茫,
唱歌的人唱他的爱情与忧伤。
你可曾看见他的泪痕与笑容,
还有那一双隐含幽怨的眼睛?——

你可曾看见?

你可曾感叹? 当他轻轻歌唱,
你听他唱自己的爱情与忧伤。
你和他在树林深处邂逅相逢,
觉察出他视线低垂流露愁情——
你可曾感叹?

(1816)

如果说1815年普希金写给巴库宁娜的情诗以倾慕和追求为基调,那么,1816年诗人的相关作品更多的则是抒发离别的痛苦、思念的惆怅。

1816年的夏天给普希金留下了美好的回忆,他的倾慕得到了回报,巴库宁娜被少年诗人如火的激情、灵动的诗句所感化,终于和诗人心心相印,林荫湖畔留下了他们说爱谈情成双成对的身影。但是好景不长,随着秋季来临,巴库宁娜又随父母返回了彼得堡。受相思之苦折磨的普希金连续写出了《离别》、《哀歌》、《月亮》等近十首诗抒发心头的苦闷。诗人在草丛中寻觅情人的脚印儿,在树林中呼唤她的芳名,在小河岸上注目河水,痴迷地想从水中目睹她的倒影。

似呆似痴的举止，活脱脱画出了抒情主人公的一片深情，痴中见真，以拙胜巧，是上述几首诗共有的特征。

《唱歌的人》与上述几首诗惆怅的情调相似，但在结构上却独具特色。诗人采用了颇有创造性的环状结构。全诗三个诗节，每节五行，前四行为长行，都是抑扬格五音步，第五行为短行，只有两音步，这个两音步的短句与第一行开头的三个词相重复，相呼应，从而形成了一个封闭的环。三个环又环环相扣，朗诵起来，和谐上口。每节的韵式为aabbc，三个诗节韵脚相同（原诗第三节为abbac），音韵流畅，长句与短句相间，工整中显示出变化。传统的俄罗斯诗歌，大都每节四行，音步整齐，严谨有余，不够活泼。少年普希金敢于突破陈规，另辟蹊径，在诗歌形式探索方面，表现出可贵的创造精神。

《唱歌的人》不是别人，正是抒情主人公自己。但是他不用第一人称的"我"，而用第三人称的"他"，变换了一个视角，进行自我观照，把自我客体化，这样就显得新颖别致。诗中"唱他的爱情与忧伤"一句，三次出现，三次重复，收到了一唱三叹的效果，凸现了歌者的相思之苦。诗中的"你"，既可以指一般读者，也可指诗人的朋友，但更深入地品味，十有八九指的是诗人的意中人巴库宁娜。诗中的潜在意思是，我在树林里歌唱，为思念你而忧伤，你可曾听见？你可曾看见？你可曾感叹？这既是对情人的深情呼唤，也是对她离别后没有音信的质问。

《唱歌的人》也引起了作曲家的兴趣，先后有几位作曲家为之谱曲，一代又一代在俄罗斯人中间传唱，优美的诗具有持久的艺术生命力，有了音乐的辅助，自然流传得就更加久远。

心愿

我的日子缓慢地拖延，
失恋，在压抑的心中
时时刻刻都注入辛酸，
并且引发迷乱的梦幻。
但我沉默，不想抱怨；
流泪，泪水给我安慰，
为忧伤所笼罩的心田，
反复体味苦涩的陶醉。
我不惋惜如飞的时刻，

> 虚幻倩影快隐入幽暗，
>
> 我只珍重爱情的折磨，
>
> 纵然一死，死于爱恋！

（1816）

巴库宁娜小姐离开皇村，再无音信，让痴情的少年诗人普希金十分忧伤。他觉得度日如年，心中酸楚，甚至常常做一些迷乱的怪梦，才与情人见面，恍惚间又各奔东西。但是他并不抱怨，也不责备巴库宁娜，只是在沉默中流泪，以泪水安慰自己的心。

这首写失恋的诗，把恋人心目中的爱情推向了极致：失去了爱，生活便失去了意义。因此，抒情主人公断言，他只珍重爱情的折磨，甘愿为爱情去死。这些夸张决绝的口吻，具有强烈的艺术感染力。

为了表达强烈的情感，少年普希金采用了突破常规的修辞手段，比如，"珍重爱情的折磨"就不同凡响。通常诗人会说"珍重爱情的甜蜜"或"珍重爱情的欢乐"，普希金却反其道而行之，独特地写出了个性鲜明的爱情体验。把爱与死联系在一起，愿意在爱恋中结束生命，也出语不俗，耐人寻味。

"苦涩的陶醉"也是个不同寻常的词语搭配，通常人们会说"欢乐的陶醉"或"陶醉于欢乐"。少年普希金大胆运用了反常的修饰，造成了陌生化的效果，使人觉得新奇。细思量，诗人的说法颇有道理。失恋的滋味是苦涩的，但是与情人缠绵相处的时光毕竟令人陶醉。既然她曾经一度带给你欢乐，那就没来由抱怨和责备。爱情是两情相悦，是付出情感，而不是占有与索取，普希金这种高尚的感情在以后岁月所创作的诗中仍有体现，比如写于1829年的《我曾爱过您》：

> 我曾爱过您；也许在我心中
>
> 尚未完全熄灭爱情的火焰；
>
> 但别让这爱再搅扰您的安宁，
>
> 我绝不想带给您些微忧烦。
>
> 我曾默默而无望地爱过您，
>
> 常忍受怯懦和嫉妒的熬煎；
>
> 愿上帝为您选中另一个情人，
>
> 能像我一样真挚地把您迷恋。

理解、体谅、宽容，是爱心的基础。你爱一个人，即便她不爱你,你仍然爱她,并祝愿她能幸福,这是普希金高尚人格的体现。这种可贵的情操从他早期的诗作到后期的作品,像一根红线贯穿始终。别林斯基说过:"在普希金的任何情感中永远有一些特别高贵的、温和的、柔情的、馥郁的、优雅的因素。由此看来,阅读他的作品是培育人的最好的方法:对于青年男女有特别的益处。在教育青年人、培养青年人的感情方面,没有一个俄国诗人能够和普希金相比拟。"

在纪念诗人诞辰二百周年的日子里,让我们重温别林斯基的论断,认真阅读普希金的诗歌,和诗人进行心灵的对话,必然会从中获得性情的陶冶与审美的享受。

以童心犹存的激情展开想象的翅膀

莱蒙托夫抒情诗选赏

顾蕴璞

推荐词

诗的中心意象是悬崖。这是荒原上兀立不动的巨人，无情的风霜未能剥蚀它的容颜，岁月的河流没有淹没它的心志，它总是那样雄伟挺拔，气度不凡地屹立在天地之间。彩云离去了，给它留下了湿漉漉的泪痕。但它在沉思和哭泣中仍没有一丝一毫的动摇，仰望着苍天，俯视着荒原，给人以一种不可摧毁的坚强感和超越时空的永恒感。这就是悬崖性格的客观状景，也是诗人品格的自我写照。

米哈依尔·尤黑耶维奇·莱蒙托夫（1814—1841），俄国诗人。父亲是退役军官，幼年丧母后由身为贵族的外祖母养大。曾就读于莫斯科大学，但毕业于彼得堡近卫军士官学校。所写诗文抨击了沙皇尼古拉一世的黑暗统治，除诗歌攀登了当时俄国浪漫主义的顶峰外，小说《当代英雄》等也在文学史上占有重要位置。

高加索

南国的山峦啊，虽在朝霞般的年光，

命运就从你们身旁夺走了我，

但到此一游把你们永远地刻心头：

像爱一曲醉人的祖国的恋歌，

我爱高加索。

在童年的时候我就失去了母亲,

但我恍惚听得,当艳艳夕阳西落,

那草原,总向我把铭心的声音传播。

就为这,我爱那峭壁险峰,

我爱高加索。

山谷啊,跟你们一起时我真幸福,

五年逝去了,你们总在我心窝,

在你们身边我见过美妙的秋波,

忽起那顾盼,心田便充满了春意:

我爱高加索!

(1830)

【赏析】《高加索》是莱蒙托夫早期所写的抒情名篇,是他第三次随外祖母到高加索五峰城温泉疗养地治病,事隔五年后的追忆。诗人以童心犹存的激情,展开想象的翅膀,重新飞回那个使童年、母爱、初恋与美景融为一体的地方,这样,通过复沓的形式,便在他心里和他诗中留下了"我爱高加索"这一主旋律。

诗一开头,诗人就像在和令他神往的"南国的山峦"

（诗人写诗是在北国的莫斯科）故友重逢一般促膝谈心，话里有抱憾，也有欣慰。抱憾的是命运无情，正当儿时他与高加索难舍难分的时候，把他从高加索夺走了，但值得欣慰的是，这高加索只需到过一次，任何力量便无法把它从人们心中夺走，从此高加索已经像一曲醉人的祖国之歌永远在他心中荡漾了，"我爱高加索"便是这心声。

接着诗人谈到了他的童年和母爱，这两样在一般孩子身上都能得兼的东西，对莱蒙托夫来说却只能在回忆中共享，前两次来高加索，赏心悦目的旖旎风光曾不时勾起过他对已故母亲（他两岁多即故去）甜美的声音的回忆，仿佛在夕阳西下的时分，草原尽将它朝他送来似的，这声音回荡在高加索的峭壁险峰之下，久久未见消散，诗人爱屋及乌地更爱上了那峭壁险峰，这是第二层诗意。

最后，高加索的山谷向莱蒙托夫接着发出幸福的信息，那是五年前在那里和一位年仅十岁的金发女孩的邂逅，比一般男孩早熟的莱蒙托夫，虽然此时才十一岁，但已经情窦初开，他心田里不仅留下了山谷，也留下了那女孩的倩影，从此，一想起那谷中的飞泉，便会情不自禁地记起那秋波的顾盼。这是诗人之所以爱高加索的第三个契机。

乞丐

在那圣洁的修道院门前,
有一个乞讨施舍的穷汉,
他瘦骨嶙峋,气息奄奄,
受尽了饥渴,备尝苦难。

他只不过乞求一块面包,
却露出无比痛苦的眼神,
但有人竟拾起一块石头,
放在他那伸出的掌心。

我也似这样祈求你的爱,
满怀惆怅,泪流满面,
我的那些美好的情感,
像这样永远为你所骗!

(1830)

【赏析】这是一首即兴赠诗。一天,莱蒙托夫和苏什科娃等几个青年,结伴步行到一所修道院去玩。修道院门口有个盲乞丐,听到他们几个扔给他的铜币后说道:"善良的人们,上帝给你们赐福!不久前,也有一些老爷到这里来,是年轻人,调皮鬼,他们捉弄我:在我杯子里装满了石块。"莱蒙托夫有感于乞丐的话,在从修道院回家途中,仅用在小饭馆等吃饭的片刻工夫就写成了此诗,并立即赠给了苏什科娃。

这短短十二行,用十几分钟急就成章的小诗,却具有巨大的内涵容量。首先,它是一首爱情诗,抒发了因失恋而滋生的淡淡的惆怅,诉说了他当时的心上人苏什科娃对于他的一片痴情,不是酬以真情,而是报以假意,使得他产生了一种莫名的失落感。其次,这又是一首哲理抒情诗。诗人从乞丐的遭遇和他自身的经历中引出了共同的更为深刻的哲理:真心往往受假意的欺骗,轻信是愚蠢而又可以原谅的行为。

诗人采用了两个意象的手法,从乞丐的"乞求一块面包"到抒情主人公的"祈求你的爱",从乞丐的"无比痛苦的眼神"到抒情主人公的"满怀惆怅,泪流满面",只消"我也似这样"这几个词的轻轻一拨,便相互融为一体了,同时还留给了读者广阔的想象空间。乞丐物质上的饥渴需要善人雪中送炭式的施舍,抒情主人公感情上的饥渴也需要恋人早降甘霖似的情意。然而乞丐受骗了,诗人也受骗了。是乞丐不值得可怜吗?不是的,是诗人不值得爱吗?也不是。那么是因为什么呢？那自然是由于施舍者的伪善和恋人的轻佻。

我们不难看出，与其说诗人是在这首诗中表白爱情，不如说他是在诗中捍卫纯真的爱情，捍卫爱的权利，戏谑的比喻含着严肃的主题。

我要生活！我要悲哀……

我要生活！我要悲哀，

抛却恋爱和幸福的情怀；

热恋和幸福使我玩物丧志，

把我额上的皱纹舒展开。

如今该让上流社会的嘲笑

驱散我心中宁静的雾霭，

没有痛苦岂是诗人的生涯？

缺了风暴怎算澎湃的大海？

诗人要用痛苦的代价去生活，

要用苦苦的焦虑把生活换来，

他想要买取天国的歌声，

他不愿坐享荣誉的光彩。

（1832）

【赏析】这是一首莱蒙托夫所写的著名的哲理抒情诗。它用诗的旋律对诗和诗人的本质进行了哲理的思考。人们凭常识都能懂得：诗是有缺陷的人生之窗所透射出来的最迷人的理想之光。莱蒙托夫不但谙熟这一真理，而且使它升华成了诗："我要生活，我要悲哀……"是的，诗人离不开生活，也就离不开悲哀，因为生活不能没有理想，而理想的实现，在现实的条件下，尤其是在尼古拉一世的俄国必然要遭受种种磨难，酿成种种悲剧。因此，一个面对厄运而不感到悲哀的人是说不上懂得生活的，也是不配领受诗人的崇高称号的。然而，莱蒙托夫没有简单地重复"悲愤出诗人"的老生常谈，而有着它独特的视角和自己的诗感，所以才写得出如此饱含哲理而又充满新意的诗句，使人不仅受到思想的启迪，也获得情操的陶冶和美的享受。

诗人一反常态，把悲哀置于恋爱和幸福之上，为了悲哀，他要"抛却恋爱和幸福的情怀"，因为它们会把他额上的皱纹舒展开。当然，并不是诗人不珍视恋爱和幸福的价值，而是上流社会的嘲笑，早把他心中宁静的雾霭一扫而光了，痛苦的时代，没有真正的恋爱和幸福可言，连他笔下的"帆"也在祈求风暴，"仿佛风暴里才有宁静"，更何况是充当人民喉舌的诗人了。所以,他喊出了"没有痛苦岂是诗人的生涯?缺了风暴怎算澎湃的大海?"的时代最强音。诗人决心要伴随悲哀生活,誓要追随那些以悲哀换取生活的真正价值的先驱者们:因写了《自由颂》而被判处死刑的拉吉舍夫,因写了《智慧的痛苦》而惨死在国外的格里鲍耶多夫,为反对专制制度而被绞死在广场上的十二月党人……学习他们用生命的代价"买取天国的歌声"。从创作实践看,诗人从一开始所写的诗篇,便不是在呻吟悲哀的现实(如《独白》),就是在等候悲哀的未来(如《不,我不是拜伦,是另一个……》)"我要生活!我要悲哀"也是莱蒙托夫一生创作活动的写照。

帆

蔚蓝的海面雾霭茫茫,

孤独的帆儿闪着白光!……

它到遥远的异地找什么?

它把什么抛弃在故乡?……

呼啸的海风翻卷着波浪,

桅樯弓着身在嘎吱作响……

唉！它不是在寻找幸福，

也不是逃离幸福的乐疆。

下面涌着清澈的碧流，

上面洒着金色的阳光……

不安分的帆儿却祈求风暴。

仿佛风暴里才有宁静之邦。

【赏析】1832年夏，莱蒙托夫因参加驱赶反动教授的斗争被迫离开莫斯科大学，随外祖母迁往彼得堡（如今的彼得格勒）居住，并考进近卫军骑兵士官学校。一天，他站在茫茫的波罗的海之滨，触景感怀，写下此诗。诗成后附在给女友洛普欣娜的信中，以诉衷肠。

诗人继承普希金以风暴象征革命的光荣传统。通过祈求风暴来临的孤帆的象征性形象，表达了他当时的迷惘感和寄希望于变天的渴望。全诗结构严谨，三个诗段都是一、二行写景，三、四行抒情，诗人通过大海与孤帆、异地与故乡、寻找与逃离、风暴与宁静等鲜明反衬，把读者引进一个充满不宁的境界，让他们对孤帆的命运进行种种推测。

帆儿是孤独的,有如正在孤独中静观它的诗人莱蒙托夫。海是雾茫茫的,恰似诗人当时迷惘的心境。帆到遥远的异地找什么?诗人到遥远的北国彼得堡去也找什么?帆把什么抛弃在故乡?诗人也把什么抛弃在生他的莫斯科?诗人在问帆儿,也在问自己,但一样地感到茫然。

呼啸的海风正翻卷着海浪,无情的命运之神也在翻卷着人生的波浪。在大海的颠簸中,帆儿既不是寻找幸福,也不是逃离幸福。诗人何尝不是这样,在沙皇尼古拉一世暗无天日的统治下,作为先进贵族的代表的他,到彼得堡来本不指望寻找幸福,在莫斯科也并没有告别幸福。

因此,诗人和帆儿都无心欣赏那"清澈的碧流"和"金色的阳光",因为心头笼罩一片阴霾和迷雾。于是,他们寄希望于风暴,只有风暴能最终驱散阴霾和迷雾,迎来心海里的"清澈的碧流"和"金色的阳光",这就是真正的宁静。所以诗人才说,"不安分的帆儿在祈求风暴,仿佛风暴里才有宁静之邦",这是本诗点题之笔,含有深刻的哲理。

囚徒

你们给我把牢门打开,

给我放进白昼的光辉,

领进那位黑眼睛的少女,

并把黑鬃毛的骏马牵来!

首先让我甜蜜地吻吻,

我的那位妙龄的美人,

然后跨上我那匹骏马,

像阵风似的朝旷原飞奔。

但牢房的小窗高不可攀,

铁锁挂在沉重的门上,

黑眼睛的少女离我很远。

守在她那华美的闺房。

骏马没有套着缰绳,

独自在绿原上尽情驰骋,

它快乐而又调皮地蹦跳,

舒展开尾巴任风拂动。

我孤身只影,凄苦不堪,

四周只见光秃秃的高墙,

圣像前半明不灭的神灯,

放出奄奄一息的微光。

我只听得，在牢门外边，

那位默不作声的看守，

踏着整齐响亮的步子，

在夜阑人静中来回行走。

（1837）

【赏析】这是莱蒙托夫著名的监狱组诗中的一首，写于因写《诗人之死》触怒了沙皇当局而被捕后的狱中，背着狱吏偷偷地用火柴棍蘸着煤烟子在面包上写成。

身居铁窗，心向旷原，这是莱蒙托夫因说了真话而被囚禁后所面临的尖锐矛盾，也是为了自由而失去自由的革命者的悲剧处境。诗人怒不可遏，要和命运搏斗，继续自己未竟的事业，但是，囚禁的生涯岂能容他像写《诗人之死》那样直露，他只得将这颗追求自由的心化作一缕憧憬幸福的浪漫主义情思，曲折地吐露自己一吐为快的心声。

第一诗节用了命令的口吻，喝令牢吏把牢门打开，给他放进白昼的光辉，给他领进黑眼睛的少女，给他牵来黑鬃毛的骏马，好让他吻过美人，跨上骏马，朝旷原飞奔而去。这些在一个自由人看来很平常的动作,在一个囚徒心目中却如久旱逢甘雨般可贵和迫切。诗人在这里,不但用"白昼的光辉"暗示监狱的黑暗,用少女象征幸福,用骏马物化意志,用旷原比拟自由,而且,纳入了更深一层的象征意蕴:诗人身居的小监狱,也是俄罗斯人民受囚禁的尼古拉一世王朝的大监狱,更需要呼唤革命者来把它的牢门打开,更需要少女、骏马、旷原。因此,诗人呼唤的不仅仅是一己的自由,而且也是整个俄罗斯大地的自由。

第二诗节抒发诗人目睹事实与愿望、现实与理想之间有天渊之隔后的苦闷和思索:牢窗高不可攀,少女离他很远,骏马没有套缰,旷原毫无指望。这是他的理想成泡影后产生的孤独感的投影,也是陪伴诗人终生的基本心态特征之一,因为作为贵族,他是远离人民的。

第三诗节又由远及近,描绘眼前景物,映入他眼帘的尽是:高墙,半明不灭的神灯,奄奄一息的微光,默不作声的看守……愈加反衬出少女、骏马、旷原……的可爱和可贵。另外,看守在这里与其说是剥夺别人自由的人,倒不如说是也和囚徒一样被夺走了自由的人,是个精神上的囚徒。这层寓意大大深化了主题,在其他诗篇(如《女邻》)中都有所体现。这是莱蒙托夫抒情诗抒情与哲理并茂的一大艺术特色。

寂寞又忧愁

寂寞又忧愁,当痛苦袭上心头,

有谁能来和我分忧……

期望……总是空怀期望干什么?……

岁月蹉跎着,年华付东流!

爱……爱谁呀?钟情一时何需求,

却又无从相爱到白头……

反顾自己吧,往事消踪了,

欢乐、痛苦,全不堪回首。

激情算什么?这甜蜜的病症

会烟清云散,当理智一开口,

只消你向周围冷冷地扫一眼,——

人生空虚的愚蠢呀真少有……

(1840)

【赏析】如果说莱蒙托夫的长篇小说《当代英雄》塑造了皮巧林这样一个多余人的典型性格,那么,他的这首抒情诗抒发了皮巧林式的典型感情：既为自己生不逢辰而痛心疾首，又自甘于在寂寞与忧愁中虚度年华。

第一诗节从寂寞与忧愁说起，采取了开门见山的直抒胸臆手法。当人极度痛苦悲伤的时候，委婉含蓄的手法反而会有损于所表达的感情的强度。诗人劈头就呼喊：寂寞又忧愁，起到了振聋发聩的艺术效果。

接着，从第一诗节的后两行起，直到第三诗节的前两行止，诗人都采用了逆向剖析深层心理的手法，从情感两极的反向的抗力中得到诗的张力，并在矛盾冲突中留下诗意的空白，让读者凭各自的审美习惯去填补。一方面提到"期望"，另一方面又说"总是空怀期望干什么？岁月蹉跎着，年华付东流！"一方面提到"爱"，另一方面又悲叹"却又无从相爱到白头"，因为社会现在只适合于逢场作戏罢了，哪来的真挚的爱情呀！一方面，想回顾一下过去，以填补现眼前生活的空虚，但另一方面，得到的却是"往事消逝无踪/欢乐、痛苦，全不堪回首。"一方面，他想起了激情，但同时又失望地说"这甜蜜的病症，/会烟消云散，当理智一开口"，原来激情只不过是理智沉默时感情的一种自我陶醉。在列诉了上述一连串意识流般的思绪之后，诗人仿佛在给诗的开头"寂寞又忧愁",不但寂寞,而且忧愁的心态解谜似的,写下了最后两行点题之笔:"只消你向周围冷冷地扫一眼,人生空虚的愚蠢呀真少有。"

云

天上的行云,永不停留的漂泊者!
你们像珍珠串挂在碧空之上,
仿佛和我一样是被逐放的流囚,
从可爱的北国匆匆发配南疆。

是谁把你们驱赶:命运的裁判?
暗中的嫉妒,还是公然的怨望?
莫非是罪行压在你们的头上,
还是朋友对你们恶意中伤?

不,是贫瘠的田野令你们厌倦……
热情和痛苦都不关你们的痛痒:
永远冷冷漠漠,自由自在啊,
你们没有祖国,也没有流放。

(1840)

【赏析】莱蒙托夫于1840年因冒犯了宫廷和上流社会而再次被流放到高加索去。他动身之前,朋友们在卡拉姆辛家聚会为他送行。诗人仰望涅瓦河上空的流云,有感于个人的命运而成诗。

像寄情于大海的孤帆的《帆》和托意于天空的飞鸟的《心愿》等咏物言志的抒情诗一样,莱蒙托夫的这首《云》,以南去的飞云的匆匆行色,物化诗人自身命运的多艰,通过对行云的遭遇的层层诸问,抒发诗人内心的深深忧虑。全诗共分三个诗节:第一诗节描绘云的形象,第二诗节对云设问,第三诗节替云作答,写得层次分明,结构严谨,意境幽深,使读者分不清何者是我,何者是云,给人以我中有云,云中有我的扑朔迷离的境界。

第一诗节里呈现的是一幅碧空云移的动态画。诗人站在卡拉姆辛家的窗前,望见头上万里碧空之中,白云像珍珠串似的一朵接着一朵,由此向前绵延不绝地飘荡而去。这种景色很自然地使诗人联想到包括他自己在内的政治流放犯,正被沙皇当局一个接一个地从彼得堡发配到高加索去。这一比喻不但贴切,而且自然。

第二诗节内集中了一连串有关云(也就是有关诗人自

己）的设问，如射向敌人的一发发炮弹，百发百中了目标。是命运的作弄？是遭人的忌恨了是欲加之罪？是朋友的中伤？都像是。这是莱蒙托夫继承普希金和十二月党人未竟的事业过程中必经的坎坷和磨难，特别是因法国公使的儿子巴兰特决斗而招致的被捕和流放。这也就暗示了本诗的政治背景。

第三诗节由诗人的笔锋特兀地一转，前一诗中关于诗人与云相同的联想，便转化成相异的对比，使得诗人的苦闷进一步深化：诗人虽和云命运相似，但云毕竟是物不是人，它和热情与痛苦毫不相干，它生活冷漠，不受感情的约束，它没有祖国，也就无所谓流放。可是，诗人既像行云那样到处漂流，又须承受行云所无法体尝的离乡背井的苦楚。

祖国

我爱祖国，是一种奇异的爱
连我的理智也无法把它战胜。
无论是那用鲜血换来的光荣，
无论是那以愚信自豪的宁静，
无论是那远古的珍贵传说，

都唤不起我心中欢快的憧憬。

但是我爱（自己也不知为什么），
她那冷漠不语的茫茫草原，
她那迎风摆曳的无边森林，
她那宛如大海的春潮漫江……
我爱驾马车沿乡间小道飞奔，
用迟疑不决的目光把夜幕刺穿，
见路旁凄凉村落中明灭的灯火，
不禁要为宿夜的地方频频嗟叹！
我爱那谷茬焚烧后的袅袅轻烟，
我爱那草原上过夜的车队成串，
我爱那两棵泛着银光的白桦，
在苍黄田野间的小丘上呈现。
我怀着许多人陌生的欢欣，
望见那禾堆如山的打谷场，
望见盖着谷草的田家茅屋，
望见镶着雕花护板的小窗，
我愿在节日露重的夜晚，

伴着醉醺醺的农夫的闲谈,

把那跺脚又吹哨的欢舞,

尽情地饱看到更深夜半。

(1841)

【赏析】《祖国》产生的历史背景是莱蒙托夫对斯拉夫派诗人霍米亚柯夫于1839年所发表的《祖国》一诗提出异议,他不能苟同霍米亚柯夫认为俄罗斯的伟大在于人民的温顺和他们对东正教的笃信的看法,表示俄罗斯令他心驰神往的是她那美丽的大自然、养育人的田园和勤劳的人民,从而把他所一贯继承的拉季雪夫、十二月党人和普希金的祖国主题开掘到了一个新的高度,一扫贵族的祖国观上的认识局限性。

在风格上,《祖国》也有新的突破,顺应当时欧洲浪漫主义思潮盛极一时后渐渐消退而现实主义开始勃兴状况。莱蒙托夫在创作长篇小说《当代英雄》时成功地剖析人内心的真实的基础上,把描绘栩栩如生的典型景物的现实主义手法也开始完满地运用在素以浪漫主义手法取胜的抒情诗中。这里,不再是《高加索》中的天真遐想,不再是《帆》中的朦胧追求,也不再是《寂寞又忧愁》中的愁肠百转,而是勾起诗人一种奇异的爱的现实世界：草原、森林、江河、村落、炊烟、车队、白桦、打谷场、茅屋、节日的夜晚、农民的欢舞……这一切使得诗人爱得目不暇接，不忍离去，连用理智也难以自控。对于诗人来说，这个不凡而又平淡的动人景色，远远大过了沙皇用人民的鲜血建立起的文治武功，使世世代代的百姓对沙皇的虔诚膜拜显得可笑，也使祖先们远古的珍贵传说相形见绌。唯有它，才能唤起他心中欢快的憧憬。是因为诗人所见到的一切都完美无缺吗？不是的，凄凉村落中那抖颤的灯火正在暗示人民生活的艰辛，但是诗人从农民的"闲谈"和"欢舞"中更看到了生活的希望，在同愁共喜中让自己的脉搏和人民脉搏跳在一起了。祖国的一山一川、一草一木，对于诗人来说都是美的，人民的一言一行、一得一失，对于诗人来说都是至关重要的，这就是莱蒙托夫对祖国的爱，这就是在霍米亚柯夫之流看来很奇异的一种爱，因为这种爱把人民置于沙皇的武功、百姓的恭顺和古老的传说之上而成为诗人的上帝了。

悬崖

一朵金光灿灿的彩云，

投宿在悬崖巨人的怀里,

清晨它便早早地赶路,

顺着碧空欢快地飘移;

但在悬崖老人的皱纹里,

留下一块湿漉漉的痕迹。

悬崖独自屹立着沉思,

在夏野里低声地哭泣。

(1841)

【赏析】这是一首咏物诗,通过对悬崖风骨的吟咏,颂赞了孤傲不屈者的品格。它也是一首象征诗,诗中所描绘的悬崖与彩云的意象,只是作者没有言传而让读者凭各自的生活的和审美的经验去意会的象征:是坚强?是孤独?是离情?是伤逝?……审美显然可以是多视角的。

诗的中心意象是悬崖。这是荒原上兀立不动的巨人,无情的风霜未能剥蚀它的容颜,岁月的河流没有淹没它的心志,它总是那样雄伟挺拔、气度不凡地屹立在天地之间。彩云离去了,给它留下了湿漉漉的泪痕。但它在沉思和哭泣中仍没有一丝一毫的动摇,仰望着苍天,俯视着荒原,给人以一种不可摧毁的坚强感和超越时空的永恒感。这就是悬崖性格的客观状景，也是诗人品格的自我写照。

莱蒙托夫何尝不是巍然屹立在沙皇尼古拉一世这个人间荒原上的悬崖，短短的生涯已让他饱经逮捕、流放、欺骗、中伤等人间沧桑，普希金和十二月党人争取自由的斗争曾燃亮过他的童心，但希望的彩云早已飘离，他只得长期在黑暗中生活，他沉思，他哭泣，但他没有中止争取自由的斗争。他也像悬崖一样苍凉，也像悬崖一样坚强，永远屹立在广漠的天地间，注视着空间的远方，也注视着时间的远方，傲然地自信将比人间的一切杂树和草芥活得更久长，因此他才会沉思起历史的不公正，诉哭起现实带给他的委屈来，他相信千秋功罪总会有人评说的。

不，我如此热恋的并不是你……

一

不，我如此热恋的并不是你，
你的芳姿对我啊失却了魅力，
在你身上我爱那往昔的惆怅，
和那早已消逝了的青春时期。

二

有时当我看着你的面庞,

盯着你的双眸久久地凝望,

此刻我在进行神秘的交谈,

然而并不是对你倾诉衷肠。

三

我在和年轻时的女友畅叙情怀,

在你的面颊上寻找另一副面颊,

在健谈的嘴上寻觅沉默了的嘴,

在明眸里探寻那熄灭了的火花。

（1841）

【赏析】 莱蒙托夫在他短短的一生中有过几次恋爱的经历,但和他的家庭环境和前程一样,他的爱情也总是苦涩的。在被他爱过的为数不多的女性中,洛普欣娜是他终生难忘的意中人,即诗中诗人心里与之畅叙情怀的女友。莱蒙托夫爱她的聪颖、美丽,更爱她的热情和诗人气质。但由于莱蒙托夫在为前程奔波时无意中疏远过她,她在家长的压力下被迫嫁给了一个她所不爱的中年贵族,最后郁郁寡欢地过早辞世。莱蒙托夫的这一恋爱悲剧更深化了他的悲剧意识,也滋生了一批优美感人的爱情诗,本诗就是其中的一首。

诗人对洛普欣娜的爱情不但没有随他俩的分离而逐渐淡忘,而且相隔越久情越深,永远保存在他的心坎里,愉悦着他那颗惆怅的心。在这以前,他虽明知自己的恋人已经"绿叶成荫子满枝",但仍在祈求上帝"请把幸福赐给受之无愧的心,让体贴入微的人们伴她终生"。(《祈祷》)正是这种如痴似傻的爱心,才使他把远亲霍维茨,即诗中诗人并不"如此热恋"的那个"你",误认作洛普欣娜,对她一诉自己压抑已久的衷肠,甚至在她那张健谈的嘴上寻觅沉默了的嘴,在她的眼里探寻熄灭了的火花。对于一往情深的莱蒙托夫来说,是恋人?是远亲?是亡人?是生者?一切都变得扑朔迷离,难分难辨了,这就是真情的魔力,也就是这首爱情诗的魅力所在吧。

我独自一人出门启程……

一

我独自一人出门启程,

夜雾中闪烁着嶙峋的石路:

夜深了，荒原聆听着上帝，

星星们也彼此把情怀低诉。

二

天空是如此壮观和奇美，

大地在蓝光幽幽中沉睡……

我怎么这样伤心和难过？

是有所期待，或有所追悔？

三

对人生我已经无所期待，

对往事我没有什么追悔；

我在寻求自由和安宁啊，

我真愿忘怀一切地安睡。

四

但我不愿做墓中的寒梦……

我是想永远这样地安息；

让生命仅仅在胸中打盹

让胸膛起伏，微微呼吸，

五

让醉人的歌声娱悦我耳朵,

日日夜夜为我唱爱情的歌,

让那茂密的橡树长绿不败,

偏下身躯对着我低声诉说。

(1841)

【赏析】这首诗虽然和《祖国》同写于一年,即沙皇迫害莱蒙托夫的死神正在等候他就范的1841年,但开掘的却是与之截然相反的主题,《祖国》寄希望于人民,是入世的,这首诗却把宁静作为追求的境界,似乎是出世的。其实,主题的变换,丝毫也没有改变莱蒙托夫作品所固有的"怀疑与否定"的主旋律,所不同的仅在于风格。《祖国》充满现实主义的韵味,本诗则被涂上了一层浪漫主义的色调。

莱蒙托夫在他早期的诗作中把宁静和风暴置于对立的位置。他愿让上流社会的嘲笑驱散他心中宁静的雾霭,并且问道:"缺了风暴怎算澎湃的大海?"(《我要生活!我要悲哀……》)他给自己的答案是"仿佛风暴里才有宁静"(《帆》)。然而在经历了多少次社会的和内心的风暴后的晚期,诗人却一反常态,写起以宁静为主题的诗来了,这果真是倦于抗争的意识支配下对尘世喧嚣的超脱吗？不是的。他在第三诗节里说"对往事我没有什么追悔"，在第四诗节里表示愿与象征生命的长绿不败的橡树相诉情怀。但是，另一方面，他的确表露出"伤心和难过"（第二诗节），哀叹了"对人生我已无所期待"（第三诗节），似乎互相矛盾，其实是统一的，对于黑暗现实不抱玫瑰色的希望，这本身就是和风暴一样的"怀疑和否定"，至于假托沉睡和长眠，纯属表现手法的翻新，他那颗叛逆的心，那颗向往于风暴的心仍将在僵死的尸体内跳动，身虽死而灵不亡，他仍要让醉人的歌声娱悦他的耳，朝朝暮暮为他唱爱情的歌，正如他在《死者之恋》（1841）中所唱："纵然我已被冰凉的湿土／埋入了黄泉，／情侣，我的心到处和你的，／永远地相连。"可见，本诗中对宁静的追求，实际上是对风暴的向往的心境的侧面落笔，"宁静"在这里意味着想象中的风暴的胜利告终所换来的思想境界，即宁静与风暴和谐一致的最高境界。

冬天的月亮

阿赫玛托娃五首诗赏析

王以培

作者介绍

王以培,1963年生,南京人。1983—1990年先后在北京国际关系学院法语系、中国人民大学中文系读本科及研究生,1990年毕业后留校任教至今。1999年到2000年在法国巴黎第四大学学习研究比较文学。人民大学中文系副教授。研究方向为法国及欧美文学。

推荐词

然而无论如何,我们心中的家,家乡的泥土,永远不会改变。

当代诗人叶夫图申科曾把普希金比作俄罗斯诗歌的"太阳",而把阿赫玛托娃(1889—1966)比做俄罗斯诗歌的"月亮",这的确不算是对阿赫玛托娃的过高赞誉。这位生长在十月革命前后的俄国女诗人在充斥着战乱、饥馑和纷争的年代,确曾为漫长而寒冷的俄罗斯的冬夜增添过一缕缕清纯洁白的月光。

1. 春天到来之前(第一首)

群鸟总是在春天鸣唱,而在春天到来之前,在荒凉的冬夜,漫无边际的俄罗斯冻土之上,温暖的歌唱听起来"仿佛是新的":

"春天到来之前常有这样的日子:/草地在丰厚的雪层下面休息,/干枯的树木愉快地喧嚷,/暖风柔媚而又矫健有力。"——这样的文字像保存种子一样,留住了"这样的日子"。在此,饱经风霜的心依然年轻;绝望隐藏在悲伤的心底，正逐步酝酿着新的希望。像婴儿在母体中沉睡，草地在丰厚的雪层下面休息，美好的一切正在暗暗滋长。尽管四周还是冰天雪地，但人们已隐约听见了"复活"的声音：

"尽管好几十万人麇集在不大的一块地方，千方百计把他们聚居的那块土地毁坏得面目全非，尽管他们把石头砸进地里去，不让任何植物在地上长出来……可是甚至在这样的城市里，春天也仍然是春天。太阳照暖大地……"

阳光里的歌"本来唱厌了"，为什么这会儿你又激动地唱着，"仿佛是新的"——正是这首诗给我们的启迪，把话说得漂亮并不难，做一些精彩的文字游戏也很容易（比如法国诗人保罗魏尔伦曾写道："忧愁、忧愁曾是我的灵魂／因为、因为一个女人"），但难的是以平凡、简单的文字表现出非凡的对生命、自然和神明的领会。正像光明来自黑暗，至深的快乐源于大的伤悲，这样的诗句出自痛苦而高尚的心灵。

2. 缪斯走了吗？（第二、三首）

我曾经问一个牧师，我爱缪斯，怎么能同时信上帝？牧师说，别的神我们不信，我们只信上帝。那时我以为，我和牧师之间有很大分歧。

一些现代派诗人曾一度把真、善、美三者分解得支离破碎，而他们的追随者跟在后面拾到一些碎片，误以为是整体。于是，追求信仰者远离了艺术，而"为艺术而艺术"的人们则从象征主义或唯美主义的观点出发，逐步走向了虚无主义。这些人通常以为"上帝死了"还有缪斯，可是如果缪斯也走了呢？

先看看这是怎样的缪斯？在阿赫玛托娃的诗里，缪斯是具体的，即便她背转身去，也"踏着一条秋天的、陡峭的羊肠小路，/一双黝黑的脚/沾满了大颗大颗的晨露。"

这样的缪斯在冬天里说："你怎能在这里呼吸？/这里可是一座坟墓。"的确，冬天是一座坟墓，没有她，诗人熬不过去。

可缪斯要去哪里？"我默默地望着她的背影，/我爱的就是她一个人，/天空那一道道彩霞，/像是她的国土的大门。"

正当诗人为此悲哀，缪斯却又出现在诗人的悲哀里，她为什么"一会儿装扮成风，一会儿/装扮成石头，一会儿又装扮成鸟？""为什么你突然的闪光/从空中向我微笑？"——显然缪斯并没有离开。先前，与其说是缪斯走了，不如说诗人想告别缪斯，去"找预感到的烦恼"，更深切的欢乐与悲伤；而当诗人刚一转身，缪斯神便乘风归来。

当我们孤立地看待艺术,把艺术奉为神灵,我们反而失去了缪斯的青睐,而当我们深入现实去苦苦地寻求真理的时候,缪斯自愿回到我们中间。可见真、善、美这三者,其实永远无法分离,正像阿赫玛托娃在她的诗里,把缪斯化为爱,化作对俄罗斯土地和人民的深切关怀一样。

3. 红色的滚烫的葡萄酒(第四首)

一方水土养一方人,俄罗斯辽阔深厚的土地养育了阿赫玛托娃和她的诗,而她悲伤的心灵中涌出的阳光,如"一坛红色的滚烫的葡萄酒",这种美酒,最好在冬天喝。

酒中藏着冰冷的嘴唇和风,虽然在这冰冷的地方,但"玫瑰很快就会织成绯红的花环,/还会响起看不见的人们的声音。"

爱情之音被暗示出来,其中"色彩、芬芳和声音交相感应",[②]这里不难看出法国象征主义诗歌的影响,但在阿赫玛托娃的诗里,还有着比象征主义更深常、更凝重的意韵,这便是俄罗斯大地赐予的"稀疏的白桦"和白桦林间的寒意,"再往前就是阳光。"

当波德莱尔的心灵与巴黎五光十色的怪影产生"应和",出现了自然的庙宇,"象征的森林",而阿赫玛托娃的心与俄罗斯大地的冻土相撞，则流出冬天的阳光，红色的滚烫的葡萄酒，这杯浓酒可是诗人的热血与俄罗斯的热土相伴而成？

4. 自己的家（第五首）

"羁鸟恋旧林，池鱼思故渊"，一生颠沛流离的阿赫玛托娃在晚年回到故乡列宁格勒（彼得堡），在那里写下不朽的《故土》；故土在漫长而艰难的岁月里点点滴滴进入了漂泊者的内心，并"不扰乱我们心酸的梦境"，相反，思念故土的梦，变得越来越实在，越来越沉静。因为"我们在它的身上患病、吃苦、受难/也从来不把它挂念。"——诗人的心灵已和故土长在一起，不知不觉已无法分离。

对我们来说，故土"是套鞋上的土"，和我们一起行走艰辛的人生旅程；"它是牙齿间的沙"，我们长久地咀嚼它、体味它，很多时候我们并没有意识到它的存在，就像我们常常忽略了身体的某个部分，但正是由于它的存在，我们在悲伤时忍住了泪水，并因此"更高傲，更纯粹"。当我们老了，叶落归根；我们来自故土，归于故土，有一天，我们终将变成它，"因此，我们才如此自然地把它称为自己的家"。

精神的家园随故土经历了无数的风霜雨雪，到老了，它还健在,并且依然是我们温暖的怀抱。这对诗人来说,是一大幸事。但如今,随着现代文明的飞速发展,城市越建越大,故土日渐缩小,家逐渐变成了一幢房子、一辆汽车,或一张契约,可以随时搬迁,也可能随时化为灰烬。

然而无论如何,我们心中的家,家乡的泥土,永远不会改变。

↘ 原 文

"春天到来之前常有这样的日子"

春天到来之前常有这样的日子:

草地在丰厚的雪层下面休息,

干枯的树木愉快地喧嚷,

暖风柔媚而又矫健有力。

身体感到格外地轻盈,

你会连自己的家也给忘记,

本来唱厌了的那支歌,

你激动地唱着,仿佛是新的。

(1915)

"缪斯走了……"

缪斯走了,踏着一条

秋天的、陡峭的羊肠小路,

一双黝黑的脚

沾满了大颗大颗的晨露。

我久久地向她恳求

和我一起等到冬天再走,

而她说:"你怎能在这里呼吸?

这里可是一座坟墓。"

我本想送她一只鸽子——

笼子里最白的那一只,

可是这小鸟已经自己

随着我的俏丽的客人飞去。

我默默地望着她的背影,

我爱的就是她一个人,

天空那一道道彩霞,

像是她的国土的大门。

(1915)

"为什么你一会儿装扮成风"

为什么你一会儿装扮成风,一会儿

装扮成石头,一会儿又装扮成鸟?

为什么你用突然的闪光

从空中向我微笑?

别再触动我,别再使我痛苦!

放我去找预感到的烦恼……

干涸的、灰暗的池沼上,

一团醉汉般的火在游荡。

披着破烂头巾的缪斯,

拖长声音凄凉地歌唱。

那青春的强烈的苦恼中

有她创造奇迹的力量。

(1915)

"使人放心的、爱情的话语"

——给M.洛津斯基

使人放心的、爱情的话语

还在飞翔,还在路上,

我便怀着演出前的恐慌,

一副嘴唇比冰块还要凉。

稀疏的白桦偎着窗户,冷漠地

发出飒飒声响:就在这个地方,

玫瑰很快就会织成绯红的花环,

还会响起看不见的人们的声音。

再往前:阳光慷慨得叫人难受,

好像一坛红色的滚烫的葡萄酒……

那炽热的香风

把我的知觉灼伤。

(1916)

(以上陈耀球译,引自《苏联三女诗人选集》,湖南人民出版社,1985)

故土

然而世界上不流泪的人中间

没有人比我们更高傲,更纯粹。

我们不把它珍藏在香囊里，佩在脚前，

我们也不声嘶力竭地为它编写诗篇，

它不扰乱我们心酸的梦境，

我们也不把它看成天国一般。

我们的心灵里不把它变成

可买可卖的物体，

我们在它的身上患病、吃苦、受难

也从来不把它挂念。

是啊，对于我们来说它是套鞋上的土，

是啊，对于我们来说，它是牙齿间的沙，

我们踩它、嚼它、践踏它，

什么东西也不能把它混杂。

可是，当我们躺在它的怀抱里，我们就

变成了它，

因此，我们才如此自然地把它称为

自己的家。

(1961)

（以上乌兰汗译，引自现代诗选《邻笛集》，人民文学出版社，1987）

用文字写出诗歌"雕像"的诗歌建筑师

评沃兹涅先斯基的《凝》

吴 笛

作者介绍

吴笛,1954年生,安徽铜陵人,又名吴德艺,文学博士,浙江大学世界文学与比较文学研究所所长、教授、博士生导师,兼任浙江省比较文学与外国文学学会会长。出版有著作《哈代研究》、《比较视野中的欧美诗歌》、《世界名诗导读》、《哈代新论》、《世界名诗欣赏》、《浙籍作家翻译艺术研究》等。

推荐词

翻开俄文版的《沃兹涅先斯基作品集》,映入眼帘的各种符号、名称、图案、电报电文、阿拉伯数字、数学中的分数和带分数等等,一定会使读者一时感到困惑莫解,觉得这些诗确实"时髦",很有"现代派头",晦涩朦胧,难以理解,然而诗人所做的各种尝试和实验倒也确实难能可贵。

二十世纪俄罗斯著名诗人安德烈·安德烈耶维奇·沃兹涅先斯基无疑是一位具有传奇色彩的先锋派诗人,他虽然毕业于莫斯科建筑学院,毕生从事的却主要是诗歌事业,以《抛物线》、《长诗〈三角梨〉里的三十首抒情离题诗》、《镂花巧手》、《反物质世界》等四十多部诗集赢得了广泛的声誉,受到国内外的普遍关注,被他视为师长的著名作家帕斯捷尔纳克为他的成就感到欢欣,英国著名诗人奥顿、美国当代著名诗人罗勃特·布莱等也都出于惊叹而翻译了他的部分诗歌作品,1996年,在巴黎的一个艺术节期间,巴黎的《新观察报》称他为"当代最伟大的诗人"。2000—2003年他的六卷集《沃兹涅先斯基作品集》的出版更是受到评论界的好评。

作为一个"诗歌建筑师",在他的创作中,他所坚持的诗学是他自己所称的"建筑学的缪斯",我们从他广为传诵的著名的抒情诗《凝》中就可以感受，支配他诗歌创作的"缪斯"是一种将视觉艺术和语言艺术巧妙结合起来的相互适应感、和谐感和建筑结构感。其实，翻开俄文版的《沃兹涅先斯基作品集》，映入眼帘的各种符号、名称、图案、电报电文、阿拉伯数字、数学中的分数和带分数等等，一定会使读者一时感到困惑莫解，觉得这些诗确实"时髦"，很有"现代派头"，晦涩朦胧，难以理解，然而诗人所做的各种尝试和实验倒也确实难能可贵，他坚持认为，"诗歌有自己的独立的生命、性格。有时它不顾作者的意志，不遵循语法规则"。他还认为，"诗歌未来的出路在于各种联想"。正因为他的诗联想复杂、隐喻过多，视觉形象过于丰富，所以不易理解。

但在《凝》一诗中，俄罗斯传统的诗学技巧与现代的诗学探索结合得尤为精妙，既有深邃的意境，又有清新的语言，诗歌形象鲜明，既有传统风味，也有"现代"色彩，生动感人，易于领悟。

《凝》是一首情感强烈的爱情诗。标题中的"凝"一词就起到了画龙点睛的效果，该词指的是凝结不动，突出地表现了该诗在视觉方面的艺术追求。沃兹涅先斯基在这首诗的

开头部分写道:

> 用你的双手捧住我的双肩,
> 抱紧!
> 只感到呼吸——唇对唇,
> 只感到大海在背后,浪花飞溅
>
> 我俩的背——两个月光贝,
> 隔绝了背后的外界。
> 他们互相倾听,紧紧连接,
> 生活的公式啊,统一的相对。

诗的第一节,我们通过抒情主人公的言语,可以清晰地感受到在我们眼前呈现出的是一幅栩栩如生的海边的画面:大海拍岸,浪花飞溅,大海的岸边,一对情侣紧紧偎依,仿佛凝结成一尊雕塑。这一景象是较为常见的,但是,诗中"只感到"一词的重复出现,却使该诗的意境得以加深,转换了空间结构,苍茫的宏观宇宙空间变小了(大海在背后),精细的个人的微观世界扩展放大了(唇对唇),仿佛电影镜头由远及近地推移,构成了一个特写镜头和定格的画面。

众所周知，诗与画的关系问题，一直被人们所关注，18世纪的莱辛在《拉奥孔》中经充分的论证，提出了诗画不同质的观点："画凭借线条和颜色，描绘那些同时并列于空间的物体，诗通过语言和声音，描绘那些持续于时间的动作。"但他并没有完全隔绝两者，而是认为："绘画也能模仿动作，但是只能通过物体，用暗示的方式去模仿动作。诗也能描绘物体，但是只能通过动作，用暗示的方式去描绘物体。"沃兹涅先斯基是一个深深懂得这种空间艺术能够寓动于静、时间艺术可以化动为静的诗人。他在第一诗节描绘的凝固不动的海边景象的基础上，又在第二诗节增添了"月光贝"的意象。诗人将这对恋人的背部比做"月光贝"，来隔绝与外部世界的联系，隔绝世事的严峻，而完全沉浸于爱情的欢乐之中，从而只有了精神的沟通和相互的感知，忘却了周围的一切。

沃兹涅先斯基又是一个极为推崇联想和隐喻的抒情诗人，他曾经说："隐喻是形式的马达。20世纪是变化和变形的世纪，今天的松树是什么？是贝纶？是火箭的有机玻璃？诗歌首先是奇迹，感情的奇迹，声音的奇迹和那个'稍微一点点'的奇迹，没有它，艺术就不可思议，它无法解释。"在接下去的三四两节诗中，诗人便充分发挥了自己的联想和隐喻的才能。

> 在人世插科打诨的风前，
> 我们用肩膀严严实实
> 掩护我们间发生的事，
> 像用两只手掌保护一朵火焰。
>
> 据说每个细胞中都有灵魂。
> 如果当真的话，
> 请把你的气窗开大。
> 我的每个毛孔中
> 都会有你被捕获的灵魂
> 像雨燕似的扑腾，拍打！

第四节中，沃兹涅先斯基充分运用自己的艺术想象力，将抽象化为具体，具体化为抽象，虚实相交，相互映衬。诗人用具体的"肩膀"来掩护抽象的"事件"，用可触的"手掌"来保护虚幻的"一朵火焰"，抵挡"插科打诨的风"。

这是一朵纯洁的、炽热的爱情之焰,抒情主人公用生命之手保护着它,免受外部的侵蚀,让这朵爱情的火焰能够永恒地燃烧。在此,诗人以有形的诗句,表现了无形的深邃的境界和闪动着的情丝。

第五节中,沃兹涅先斯基的比喻更加形象化,抽象事物更加具体化,你中有我,我中有你,灵魂也在相互感化、相互渗透。由"细胞"、"气窗"、"毛孔"、"灵魂"、"雨燕"、"扑腾"等意象和词语所锤炼出来的诗句,恰如其分地传达了心灵的沟通、爱情的力量和血性的领悟。这是一种生理的力量,更是一种心理的力量、精神的力量。

当然,爱情的力量有时也会与社会因素形成尖锐的冲突,受到某些社会因素的强大压力,所以,诗中的抒情主人公在歌颂了灵魂的沟通和爱情的力量之后,又在结尾部分发出了担忧的感慨以及面对可能出现的灾难所抱有的坚定的信念:

> 一切秘密终将暴露。
> 难道我们会被口哨的风暴攻克,
> 裂开成为沉默的雕塑,

成为两个不再嗡嗡的贝壳?

尽管压过来吧,闲话和是非,
压向贝壳——我们弹性的背!
至少在目前,只能把我们
压得更近。

让我们睡。

抒情主人公面对人生苦涩的现实,面对"风暴",面对各种流言蜚语,担忧爱情的火焰抵挡不住风暴的侵袭,担忧他们的"月光贝"承当不住太多的重负而迫不得已地从此分裂,变成两片不再嗡嗡作响的、失去生命活力的"贝壳"。

但是,这一担忧之中,更蕴涵着一种坚定的信念,相信他们的爱情能够经受时间和空间的任何考验,即使经历了暴风骤雨,也会归于宁静,也会"压得更近"。

这样,感情的波澜随着心绪的起伏而起伏,感情波澜的一起一伏,都表现了抒情主人公对人生的思考和新的认识。而每一次起伏,都把情感、思想以及对读者的感染力向前推进了一步。诗人还采用反讽的技巧,抒写对逆境的展望,来加强抒情主人公抵抗流言蜚语的决心。此时，抒情主人公不再顾及周围的一切，愿让一切闲言碎语和是非都压过来，即使压得粉碎，他们也心甘情愿。而且至少在目前，只会把他们压得更加亲近，促使他们更加心心相印，凝成一体。这样，反讽的技巧又增强了诗中哲理的深度。

诗的节奏时强时弱，韵式变化多端，激荡着人们的心扉，诗行的音步时长时短，时而完整，时而"短缺"，形成了与诗歌语义相符的情绪结构：在尽情享受爱的欢乐的同时，也潜藏着对严峻生活的一丝忧戚。

可见，沃兹涅先斯基在《凝》这首诗中，不同于《戈雅》等作品中的对声响等听觉形象的关注，而是典型地表现出了"诗歌建筑师"的本色，表现了他对画与建筑的兴趣，尤其在主题和意象的选择方面。因而，他在一定的意义上成了"用文字写出诗歌'雕像'"的"文字雕刻家"。诗中给人造成强烈印象的是视觉效果，通过凝固不动的建筑学意义上的静态形象，来表现极具动态效果的汹涌澎湃的人类情感的波涛。

咫尺短篇写乡思

析"诗翁君王"邓南遮的抒情诗《夏日谣曲》

吕同六

作者介绍

吕同六(1938—2005),江苏丹阳人。1962年毕业于苏联列宁格勒大学意大利语言文学专业。从事意大利文学研究和翻译四十余年,是荣获意大利总统颁发的骑士勋章、爵士勋章和科学与文化金质奖章三大殊荣的唯一一位中国学者。历任中国社会科学院外国文学研究所研究员、常务副所长,《外国文学评论》常务副主编,中国国际文化书院院长,全国意大利文学学会会长等职。

推荐词

一代文学大家邓南遮,以其唯美主义诗歌、小说和戏剧,曾在20世纪初期风靡意大利和西方文坛。他的影响也波及遥远的中国。徐志摩称他为"诗翁君王"、"一代宗匠"。

对于中国读者来说,邓南遮确实是久违了。

一代文学大家邓南遮(1863—1938),以其唯美主义诗歌、小说和戏剧,曾在本世纪初期风靡意大利和西方文坛。他的影响也波及遥远的中国。中国共产党早期领导人张闻天,象征派大诗人徐志摩,虽说他们的政治观、人生观和艺术观大相径庭,却都在20年代不约而同地把目光投向邓南遮。张闻天翻译了他的唯美主义剧作《琪瑰康陶》,徐志摩则选译了他的文风典雅的诗剧《死神》,并都从艺术审美的角度,一致给予很高的评价。张闻天赞赏邓南遮对美有着敏锐的感受和丰富的表现力,善于准确地捕捉和展示自然界的美和色彩。徐志摩称他为"诗翁君王"、"一代宗匠"。这则往事,在中国的文坛和译界可说留下了一段颇有意味的插曲。

嗣后,由于某些原因,中国读者再也没有读到邓南遮的作品。这些年来,我们才有缘重新结识这位艺术大家。

《夏日谣曲》是邓南遮的一首著名抒情诗。诗人在咫尺短篇中,细吹细打,低徊吟唱,着意抒写他的家乡阿布鲁齐农村夏日的景象。

古往今来,众多的中外诗人写下了难以数计的以恋乡为题材的诗章。怀恋乡土,是文学的永恒的母题。因此,若要想在恋乡田园诗这方天地里独辟蹊径,写出新意,实在是一件难事。

至于谈到咏景,一年四季中,诗人们或钟情于烂漫旖旎的春光,或眷恋明净娇秀的金秋,或歌咏银装素裹的冬雪,唯独很少顾及夏日。人们总是习惯地把盛夏同骄阳灼日、炎炎热浪联系在一起,似乎这只是一个让人烦躁、困顿,缺少诗意的季节。

这样,若要抒写家乡的夏日,便愈发是难上加难的事情了。

在《夏日谣曲》中,邓南遮以独特的视角,选取了最不具有夏日的特征,却最能从中开掘出夏日的诗意的两组镜头:微风和夕阳。

诗人把他艺术想象的翅膀,化作了"微风"的"羽翅",于是,盛暑的微风便一扫委顿、浮躁之气,显得活跃起来,徐徐地飞到海边,在柔嫩的沙子上,写下了迷离的文字,款款地光临白色的河堤,抒出呢喃细语。而依旧炽热蒸腾的"夕阳",在邓南遮的笔下,焕发出无限的音籁和光彩,平添恬适、温柔的情致,皴染出一幅生动的美的画面。

邓南遮透过对景物的直观描写,更把人的丰富的感情,灌注了进去。诗中的"微风",不仅"吐出低低切切的絮语",而且把"盈盈秋波传递";"夕阳"又恍若一位行将过去的、容光照人的青春少女,在她的倩影消失以前,蓦然回首,漾出一片粲然、奇妙的浅笑。几笔勾画,几声吟咏,微风和夕阳这两个意象活了,于是,全诗也充盈了生气。诗人不只生动地描画了夏日光彩绚烂的风韵和独特的美,使它具有了鲜活生动的"形",而且完美地传达出了夏日美妙的千姿百态,万千模样,赐予了它楚楚动人的"神"。

抒情诗自然脱不开写景、抒情。但是,优秀的抒情诗人大抵上都能从景与情中生发出一种独特的感悟、一种深层的意蕴。对于邓南遮来说,有声有色的世界中,最常见、最普通的事物,一经他的灵异的感觉的深挖,也是满蕴意义与美妙。诗中的"微风"和"夕阳",是两个底蕴丰厚的意象符号,代表着诗人的一种精神追求,即对人同大自然在现代生存情态中的交融与和谐的追求。

微风同柔嫩的沙子的亲和,向洁白的河堤传递"絮语"和"秋波",夕阳的阴影与光彩的"自由嬉戏",都是诗人以真诚的心灵对大自然的体悟、对大自然的感应、同大自然的交流。这不由使人想起邓南遮在几乎同时写就的另一篇抒情诗《牧羊人》中,抒发他"神游故里",回归阿布鲁齐的牧场的情景,在诗的结尾,诗人慨然叹息:"啊,我为什么不跟我的牧羊人厮守一起?"这里既有对纯朴、本真的大自然的美的赞赏,更有诗人离开贫穷、封闭的阿布鲁齐家乡,来到现代化大都市罗马后的感叹。感叹是一种回归,表示诗人精神上从喧嚣、浮华向宁静、恬美的大自然的回归;这感叹,是一种呼唤,诗人的心灵渴望重建同大自然的平衡;这感叹,是一种追求,诗人希望达到同大自然融汇、物我互渗的和谐境界。因此,这首抒情诗并不是向眷恋乡村文明的后退,它也超越了对家乡之情和夏日之景的唯美的抒写。优雅的诗美中蕴含着深远的意境和诗思,浓烈的诗情中涌动着强劲的现代意识。这正是这首抒情诗深层的、精神层面的意义所在。

邓南遮具有上乘的擒拿文字的本领。全诗写得潇洒自如，遣词造句很是讲究。诗中的辞藻，美艳而不失雅度，馥郁而不失逸致。

邓南遮的诗素以韵的优美著称。《夏日谣曲》堪称楷模。全诗共四个诗节，诗的韵式整齐，前两节均取abc、abc交叉押韵，后两节均取aaa、aaa。这样，韵脚一致，既前后照应，又变化有致，音节清妍典雅。阅读这首诗不只能获得如观赏一幅精美的油画时的视觉美感，也能享受像聆听一支优美的乐曲时的听觉美感。

↘ 原　文

夏日谣曲

微风拍着羽翅，

在柔嫩的沙子上

飒飒地写下迷离的文字。

微风向洁白的河堤

吐出低低切切的絮语，

盈盈秋波传递。

夕阳落进了西山,

无限的音籁,阴影与光彩,

自由嬉戏在你的温存的两腮。

海滩的宽阔、干枯的脸庞,

好像漾出了你的惝恍,

奇妙的浅笑,万千模样。

(吕同六 译)

视野宽广　近心独运

弗罗斯特两首佳作的赏析

方　平

推荐词

1961年1月20日,美国总统肯尼迪在华盛顿举行隆重的宣誓就职典礼,其中有一项仪式打破了惯例:特邀86岁的老诗人弗罗斯特朗读他的诗篇。

人和大地

1961年1月20日,美国总统肯尼迪在华盛顿举行隆重的宣誓就职典礼,其中有一项仪式打破了惯例:特邀86岁的老诗人弗罗斯特朗读他的诗篇。在美国历史上,还没有一位诗人受到过这样崇高的礼遇。这也是美国史上的第一次:千百万美国人民在全国各地,同时倾听一位诗人的声音。在美国人的心目中,弗罗斯特已成为他们的不戴冠的桂冠诗人了。

就职典礼在白宫前举行,那天阳光灿烂,北风凛冽,裹着大衣的弗罗斯特登上讲坛,先朗读一首长诗《为祝贺约翰·肯尼迪总统就职而作》,这样开始道:

> 召唤艺术家出席参加
>
> 国家大典,如此隆盛,
>
> 值得艺术家为此而自庆……

接着他还想说，首先想出这个点子来的人值得用传统的诗句来赞美；可是劲峭的冬风吹乱了他满头白发，又来和他争夺他手中被刮得啪啪响的稿纸。白雪的强烈的反光照耀得他两眼几乎睁不开来，他困难地念了开头几行后，只得扬起稿纸说道："这本是一篇诗的序言，我不一定要读。"于是把序诗放过一边，他站直了身子，用清晰沉着的声音开始朗诵《一无保留的奉献》（The Gift Outright）。

这首无韵诗只有十六行，篇幅虽短，却具有史诗般的宏大气势。诗人用沉思的语调回顾了美国民族意识的觉醒和发扬的过程。在这两行结构对称的诗句里凝聚着多少深厚的历史内容啊：

> 我们占有的还不曾占有我们，
> 我们不再占有的正占有着我们。

这是在追叙两个世纪前的一页历史：新大陆的东部十三州当时只是属于英国的殖民地；早已在那儿扎根创业的人民必须奉海外的英国做宗主国，承认是它的子民。民族和国家之间不可避免地出现了紧张的对立关系。

民族和国家，在诗人的形象化的思维中，就是人和大地的关系。

大地浸透着人的汗水,被开垦的大地是属于人的;而人又离不开哺育他的大地,因此人又是属于大地的。人占有了大地,同时又为大地所占有。大地和人,就像一对不能分离的情人,彼此相互占有;而这相互占有,就是他们的心愿,他们的幸福。

可是有一种外界的政治势力却粗暴地把这对"情人"拆开了,因此出现了这可悲的情景:大地属于人,而人却不能属于大地("我们占有的还不曾占有我们");他的命运必须受海外殖民统治者的支配("我们不再占有的止占有着我们")。新大陆的人民决心要把自己奉献给世代定居的土地,在诗人看来,这就是伟大的美国独立战争(1775—1781)的意义,因此他把这场独立战争称之为"一无保留的奉献"。诗中特别提到马萨诸塞、弗吉尼亚,因为在十三州中,这两个地方最先行动起来反抗英国的统治。

民族自豪感在诗篇的最后几行中透露出来,虽说语气是那么谦逊:"我们,请别嫌弃,无保留地献出自己。"向大地献身的就是这么一个民族,说不上多么好,但是他全心全意的奉献是值得接受的。人是如此,大地也是如此:"还没有传奇,还未经渲染,质朴无华。"美国人民将永远以他们世代生活的土地为自己的骄傲,即使"将来还是这么个她"。

这篇杰作可说匠心独运,它视野宽广,思绪周密,语调始终沉静,并不特别慷慨激昂,却表达了感人的爱国主义精神。想到诗人构思这首诗的时候已是67岁的高龄(1941),更觉令人钦佩。

欢乐的爱情

弗罗斯特在念中学、开始追求他的女同学的同时,也开始了写诗,也许正是他那刚萌发的诗才打动了埃莉诺·怀特的芳心,使这位富家小姐终于接受了一个打零工的穷小子的求婚,诗人的青春之恋是很有些浪漫气息的。可是很奇怪,爱情这一永恒主题出现在他诗篇里的机会却并不多,诗人似乎觉得缠绵优雅的小夜曲不合乎他诗歌的风格。我们只是偶然读到:新郎"只想把她(新娘)的心儿装进金匣,还插上一根银针"(《爱情和一个疑问》),这也许可算是弗罗斯特笔下最艳丽的诗句了。

要是我们以为爱情诗必须浓香扑鼻、娇艳甜腻,犹如施特劳斯的风光旖旎的圆舞曲,那么弗罗斯特可说从没有写过爱情诗。当他在诗歌中悄悄地吐露爱情的幸福感时，笔触是那样明净、轻快，充满着笑意，另有一种天真的情趣，使人仿佛听到了莫扎特的流泉琮琮般的音乐。这里介绍的《去找水》可说是一个很好的例子。

久旱不雨，农家的井水干涸了，正好借此机会到深秋的田野和林子里走一趟：去找水。读者闹不清（直到读完第四节）这自比于小精灵的"我们"是什么关系——是像汤姆·莎耶般淘气的哥儿俩吗？如果读原诗，甚至"我们"包括几个人（译诗有时作"我们俩"）还很难说得清呢。

全诗共六节，只有来到第五节，在那短短的四行诗里，读者才在一瞥之间，看明白了是怎么一回事。诗人写的还是"找水"，并没有谈情说爱（更不必说拥抱和接吻），可是再也瞒不过读者了，原来"我们"是一对新婚夫妇（当然也不妨说：是一对热恋中的情人，如果你愿意这样认为）。这里渗透着多么浓密的感情啊：

> 两双手交叉地叠在一起，
> 竖起耳尖听，却不敢看一眼，
> 在共同创造的肃静中，听到了——

我们知道我俩听到了清泉。

最后一节又说开去，浮现出想象中的涓涓细泉的可爱光景。

在苏联故事片《奥赛罗》（1955）中有一个动人的细节表达了主人公和苔丝德梦娜的新婚的幸福：手的游戏——新娘多情地把丈夫的手合在自己的手掌里，奥赛罗趁势把他的另一只大手盖上去，又夹住了新娘的雪白的小手，她又腾出一只小手盖在大手上面；就这样，两双竞争的手始终交叉地叠在一起。没想到在四五十年前，弗罗斯特仅仅用一个诗行已经创造出这么一个使人难忘的细节了。

这对恋人把双手叠在一起（谁也不许谁动一下），全神贯注地在"共同创造"的肃静中倾听着，而他们果然仿佛听到了那么轻微的一滴水声。诗篇的笔触清淡，然而意在言外，富于暗示性，这一对恋人竖起耳尖来抓住的那一滴水声（在读者的感受里）为他们传来了幸福的音信——因为水，他们俩一起寻找的水，在这里已成了幸福的泉源的象征。诗中只说，他们俩共同创造了眼前的肃静，而读者知道，两颗热烈的心在虔诚的肃静里，共同追求着而且创造着人生的欢乐和幸福。

循环反复　盘根错节

浅谈艾略特的《荒原》及其解读

曾艳兵

作者介绍

曾艳兵,1957年生于湖北,2003年毕业于北京师范大学比较文学与世界文学专业,获文学博士。中国人民大学中文系教授、文艺学教研室主任,兼任天津师范大学博士生导师。出版有著作《东方后现代》、《西方后现代主义文学研究》、《卡夫卡与中国文化》、《吃的后现代与后现代的吃》、《20世纪欧美文学热点问题》等。

推荐词

读《荒原》,曾先生这篇文章用了三个段落来阐述读者的三个过程:一、不懂便是懂;二、全懂未必懂;三、永远在懂与不懂之间。这大概可以说明艾略特是多么难读懂,但也可以说明《荒原》多么有魅力。

传统文学鉴赏告诉我们：作家写作是为了给读者阅读的，并希望读者读后，能接受作品中表达的思想感情，同意他通过形象表现出来的对社会生活的认识和评价。现实主义艺术大师老托尔斯泰说："艺术的全部用心在于努力使自己的作品通俗易懂。""如果我是沙皇，便要颁布一项法令：凡作家用词，本人不解其意者便剥夺他的写作权，并给他一百大板。"然而，令人困惑的是当代西方文学中将被托尔斯泰剥夺写作权的作家不仅大有人在，而且他们还有自己的理论。爱尔兰著名作家乔伊斯说："我在书里设置了许许多多的疑团和迷魂阵，教授们要弄清我到底是什么意思，够他们争论几个世纪的。"卡夫卡说："我写的和我说的不同，我说的和我想的不同，我想的和我应该想的不同，如此下去，则是无底的黑洞。"荒诞派戏剧大师尤奈斯库在他的名剧《秃头歌女》上演时，记者问他，"秃头歌女"是什么意思?他答道,"我要是知道,我他妈的早就说出来了。"剧作家自己也不知道自己写了些什么,观众就更不知所云了。近日屡读艾略特的《荒原》,由不懂到懂,又由懂到不懂,循环反复,盘根错节,在经过一阵困惑与思考后,笔者终于开始能触摸到竖在《荒原》与当代读者之间的独特隔膜。如果顺此"沿波讨源",我们对当代文学鉴赏如何走出困惑或许能摸索到一条有价值的途径。

一、不懂便是懂

据说一位观众在参观一次现代派画展时正好遇上画家本人。观众指着一幅画对画家说,他就是看不懂这幅画的意思。画家答道:这就对了,因为画中并没有什么可以让人看懂的东西。生活、世界原本就是人们无法理解的。因此,你看不懂正好是你看懂了。艾略特的《荒原》发表时也有过类似的经历。《荒原》原稿有800多行,后被庞德大段大段地删,删成现在我们所看到的433行。艾略特竟然毫无意见,他说,"这首诗本来就没有什么构架。"而且,艾略特写作只是要把自己的心里话说出来,在话还没有说出来之前,自己也不清楚会说些什么。而话一旦说出,自己也就不知道是否同自己的本意相符。艾略特声称："在写《荒原》时，我甚至不在乎懂不懂得自己在讲些什么"。这首诗最初发表时，几乎无人能懂，但大家又都被它迷住了。当代著名诗人兼评论家陀伦塔特说，他第一次读《荒原》时，一个字也看不懂，不过他已意识到这是一首伟大的诗篇。

为什么读者在读不懂《荒原》时，反倒能被它迷住，并且体味出它的伟大呢？

这首先须从客观世界去找原因。《荒原》创作于1919年至1921年之间，1922年刊于《日晷》杂志。这个时代是人类自己无法理喻的时代。第一次世界大战不仅从物质上毁灭了欧洲，而且彻底埋葬了人们心中的上帝。人们对理性科学的怀疑，对传统道德文化的失望，对大规模战争的恐惧，对经济危机的焦虑，对现代化生产中人被异化的担忧，汇合成一股汹涌澎湃的潮流，荡涤着昔日的一切，倾斜了人们所有的观念、信仰、思考和结论。伦敦坍塌了，巴黎毁灭了，美国变形了，就像昔日的庞贝城，人们现在所能见到的除了一片荒原之外，还能发现些什么呢？在这一片神秘莫测的荒漠面前，人们又能理解些什么呢？

其次，我们通过研究艾略特的哲学观也能找出答案。艾略特早年在哈佛大学主攻哲学。1910年赴巴黎索尔本大学仍然潜心研究哲学。他听过柏格森的课，学位论文研究的是A.梅农和H.布拉德雷的认识论。1913年他任哈佛大学哲学助教。翌年赴伦敦牛津大学学习希腊哲学，著有关于莱伯尼兹的论文，并潜心钻研印度哲学和梵文。最后，他成为美国哲学家桑塔亚那的门徒。艾略特虽然算不上一个哲学家，但他的哲学修养在文学家中却是出类拔萃的。艾略特的文学创作曾得益于他的哲学，正如他的哲学又制约着他的创作一样。构成《荒原》艰涩难懂的原因部分地源于艾略特的直觉主义认识论和悲观主义的不可知论。前者又源于柏格森，后者源于桑塔亚那。

柏格森是著名的直觉主义者，他认为理智是不可靠的，它把握外部世界是相对的外在的。遗憾的是人们的认识却存在着极大的误解。他们往往把理性、理智归结为分析的活动，以为从世界中找出一定的逻辑关系和规律结构，并使之概念化、定义化，就等于把握了整个世界。理性只要注重清晰化、条理化、精确化就足够了。可是，世界以及自我并不总是清楚的、准确的，它更多的是混乱、变动、不可理解的。生命及其创化是世界的本源，它是存在于时间之中不断变化运动着的"流",即"绵延"。因此,任何人为的使之条理化清晰化的途径都是徒劳无益的。而真正有益的方法是直觉,只有直觉的方式才是绝对的、内在的。因而,文学作品也并不总是可以依据理智来理解的,理解力无能为力之时,往往就是直觉大展宏图的时候。

桑塔亚那的哲学思想从怀疑论出发,主张怀疑一切,甚至怀疑笛卡尔的"我思"。他断言:认识的内容与认识对象并不是一个东西,而是认识主体通过抽象概念的中介认识客体的过程。由于中介的歪曲,人的认识不仅有可能产生错误,而且根本不可能获得客体的真相,从而陷入不可知论。既然客观世界是不可知的,作为客观世界反映的文学作品自然也就不可理解了。

艾略特的文艺观直接源于他的哲学观。艾略特文艺观的最大特点表现在他的"客观对应物"理论之中。他认为特定的事物、情景或事件的组合造成的特定的感性经验,立即可以唤起特定的情绪。这样,作家在作品中表达情感的唯一方法就是寻找、描写这些客观对应物。《荒原》便成了诗人内心状态的"客观对应物"。诗成为一种象征,这样,人们要理解作品就不再只限于了解词的意义,而必须掌握事物的场景的象征意义。艾略特说,诗人应绕开理性主义思想的极度抽象而抓住读者的"大脑皮层、神经系统和消化道"。"诗人不应谈吸引读者的心智:一首诗实际意味着什么其实是无关紧要的。意义不过是扔给读者以分散注意力的肉包子;与此同时,诗却以更为具体和更加无意识的方式悄然影响读者。"因此,艾略特诗中的意义不过是一个骗局,而当人们不理解这一骗局时,自然是以某种无意识的方式理解了艾略特,但这只是一种最初的无意识的理解;反之,当人们自以为把握了艾略特诗歌的意义时,便是人们误入圈套而不自知的时候。

二、全懂未必懂

对于《荒原》,评论家及读者在经过一段长时间不理解的喧闹之后,渐渐沉寂下来,大家借助于艾略特给诗所做的五十多条注释,终于纷纷宣称自己读懂了《荒原》。

首先,有人试图通过艾略特的哲学观和文艺观来解开《荒原》之谜。艾略特的创作具有非常浓厚的非理性色彩,他拒绝作品的意义,而致力于去选择"带有伸向最深层的恐惧和欲望的网状须根"的字词,可以渗入那些"原始"层次的扑朔迷离的意象，在这些层次上，一切男女都具有同样的体验。这便是新批评派倡导的"非人格化"倾向，即个人情绪须转变为宇宙性、艺术性的情绪，才能进入作品。"诗是逃避个性"，诗人无须独立的思想。因此，艾略特竭力寻找集体无意识、永恒的原型，并以神话代替历史。读者只要解读诗中的无意识、原型与神话就能读懂《荒原》。诗中所有的女人只是一个女人，所有的男人都化为一个男人，男女两性又合成一个人——帖瑞西斯。于是，人们把注意力首先投向弗雷泽的《金枝》和魏登女士的《从祭仪到神话》这两部著作。艾略特的第一条注释便是：《荒原》"不仅题目，甚至它的规划和有时采用的象征手法也绝大部分受魏登女士有关圣杯传说一书的启发"。"我还得益于另一本人类学著作，这本书曾深刻影响了我们这一代人。"这就是《金枝》。

然而，这两部书果真能帮助我们读懂《荒原》吗？回答是模棱两可的。它们既能帮助我们理解《荒原》，又常常把我们引入五里云雾之中。通过弗雷泽我们详细了解到有关阿梯士、阿童尼斯、奥西利斯（Attis, Adonis, Osiris）的神话，他们都是人格化的繁殖神，产生于远古民族祈祷丰收的仪式。他们的戏剧性经历可似引起四季更替及植物荣枯。神祇健壮，尤其是他的性能力强盛就导致植物繁荣，而当他受到伤害，性能力被破坏，或者死亡时，整个大地就会荒芜，冬季或旱季就会到来，而神复活时，荒原复生，万物重新繁盛。魏登女士有关圣杯传奇中渔王的故事实际上是古代繁殖神崇拜在教会压力下扭曲变形的文学形式。因此，关于繁殖神崇拜的神话学给《荒原》提供了总的格局和象征语言，"荒原"这个标题也源出于此。但是，形成荒原的原因究竟是什么？神话又是如何转换变形的？这些却扑朔迷离，莫能分辨。又如全诗多次出现第一人称"我"，究竟是谁？一会儿是指莎士比亚《暴风雨》中的费迪南王子，由此转化为骑士的意象；一会儿又是河边垂钓的渔王本人，一会儿又是腓尼基水手，现代的荒原人。"我是谁？"都是又都不是。这时艾略特的注释又需要新的注释了。读者常常被阻隔在诗人设置的神话迷雾里，流连忘返，以致忘了阅读的真正目的。由此，美国评论家F.O.马梯森认为知道典故出处对于我们理解《荒原》并非十分重要，对待艾略特自己加的注释也是同样的道理。的确，艾略特是一个并不注重意义的诗人，在《荒原》中无意义和有意义深深地交织在一起。所以，如果我们一定要读懂诗中的每一典故，那失去的东西同得到的东西往往一样多。

循着同样的思维路线,杰姆逊认为,理解《荒原》有两种不同的方式:(1)通过各种元素来理解;(2)研究诗中代词的作用。这是一首关于水灭、炎热及沙漠的诗,它向我们的肉体而不是心灵说话,我们能直接体会到那种干渴和绝望,也能感觉到远处的雷声。但是仅此而已,我们怎样才能从干渴中得到解脱?我们需要什么样的雨水?有了雨水便果真能拯救我们吗?这些都是不得而知的。同时,选择什么样的元素以及如何理解这些元素也是大可争论的,这会使这首诗有无数的解法。赵晓丽、屈长江撰文《死之花——略论艾略特〈荒原〉的死亡意识》,认为《荒原》的本质就是死亡意识。而这种死亡意识又是"方死方生,已死已生,生命在逝去,生命也在延续"。这实际上已突破了死亡意识的框架而走向生存意识。事实上,《荒原》的全部魅力在于绝望之中对生命的渴望。这是叶维廉先生所说的"死与再生"题旨。赵、屈却为了突出自己所理解的《荒原》,不得不将这一意象淡化、转移或抛弃。

谈到诗中的代词,我们在分析第一人称"我"时已经约略做了些分析。杰姆逊主要对诗的开头一节进行了分析:起首四行没有代词，只是一种陈述，表达了重新回到生命的痛苦。在分析的过程中，为了便于阅读，我们直接将杰姆逊的解释附在左边：

最初的"我们"表现的集体性是最古老的，类似一个种族的集体无意识。	冬天使我们温暖，大地给助人遗忘的雪覆盖着，又叫枯干的球根提供少许生命。
突然转化为具体的一小群人，或一群朋友，相互做伴，用不同的语言交谈。	夏天使我们惊讶，在下阵雨的时候来到了斯丹卜基西；我们在柱廊下躲避，等太阳出来又进了霍夫加登，喝咖啡，闲谈了一个小时。
转入欧洲19世纪一个贵族之家，他随着大革命时代的到来已一去不返。	我不是俄国人，我是立陶宛来的，是地道的德国人。而且我们小时候住在大公那里
一个女孩童年的记忆。	我表兄家，他带着我出去滑雪橇，我很害怕。他说，玛丽，

有了性别。	玛丽,牢牢揪住。我们往下冲。
泛指人。不指任何特定的人。	在山上,那里你觉得自由。
指一位读者的封闭意识。 泛指人。	大半个晚上我看书,冬天我去南方。 "你!虚伪的读者!——我的同类——我的兄弟。"

杰姆逊说:"在这些代词的变化中,我们经历了一系列的意识状态,而这首诗也就是用这种方式来扩展的。其他的东西都可以溶进这个基本框架。首先诗里有一种'深层意识',这也许就是一个种族的集体性深层意识,而这正是诗中神话的来源,然后是一个'贬值了的集体',这就是工业化的社会中的人们;还可以认为诗中有另一种类型的个人,他们经历了一场精神危机,在最后的雷声和即将到来的雨水中他们或许能感到一些生命的欢乐。艾略特相信,不论是'深层意识',还是'贬值了的集体',都必须经过'死亡

的焦虑'的洗礼而达到净化"。毋庸置疑，杰姆逊的理论是有助于我们理解《荒原》的，但诗中的代词常常和各种时代混杂一起，并不容易理出头绪。而且，不无遗憾的是译成中文后的代词，失却了原语言的主格、宾格以及大小写，因此显得更加混沌一团了。

显然，许多读者并不满足于通过揭示神话原型以及集体无意识的意义来把握《荒原》的主题，他们更多的是去捕捉这首诗的象征意象。人们首先发现了贯穿于《荒原》中的"水"的双重象征。水既是土地肥沃农业丰收的根本保证，又是由繁殖神崇拜引申而来的，以性欲为代表的人类各种欲望的象征。荒原缺水，要等待水来解救，这时水是"活命之水"；资本主义社会人欲横流，水太多了，窒息了生命，这时水是"死亡之水"。这里闪耀着辩证法的光辉：希望不可无，否则荒原永无生机；欲望忌太滥，否则同样会溺毙生命。因此，万物繁荣是艰难的，甚至是不可能的；而死亡却是必然的，荒原是永存的。进而人们由此概括出《荒原》的主题，即该诗用干涸不毛、缺乏生机的"荒原"象征西方社会，从多方面揭示了资本主义社会的黑暗和丑恶：人们卑劣猥琐的生活、萎靡枯竭的内心世界和知识分子的幻灭、绝望的情绪。现在荒原一词已超出了文学的范围,它代表了西方现代文明的悲观失望状态。这种总体的把握自然不无道理,不过,这样一来,最后一节"雷霆的话"就有点不好解说了。"乌黑的浓云在集合",我们不敢说这里一定会下雨,同样我们也不敢贸然肯定:这里一定无雨。另外,艾略特用以支撑他的"断垣残壁"的片断也被忽略了,而这种无为而为的向宗教求助的精神原是艾诗中至关重要的精神。因此,对于这样一首矛盾复杂的诗,任何总体的概括都不免有简化、误解之嫌。

也有些学者通过比较的方法来把握《荒原》。这首先是影响比较,影响艾略特的作家我们可以列一张长长的表格:荷马、维吉尔、但丁、莎士比亚、拉佛格、波德莱尔、乔伊斯、庞德……但这种影响比较的研究,更多的只会发现艾略特与前辈的联系,而难发掘艾略特的独特性与创造性,而艾略特是特别注重后者的。《荒原》原稿中曾有很长一段诗描写海滩,后来他遵从庞德的意见将它删去了。"别人已经写得很好的东西,没有必要再去写。"我国年轻的博士辜正坤将《荒原》与郭沫若的《凤凰涅槃》做了平行比较。辜文认为在"水火与生死"的意象中,艾诗重在表现生存即死亡的主题，突出水的意象，写人类欲死不成的残酷生存状态；郭诗旨在写死亡里的新生，突出火的意象，抒发死后更生的欢乐情绪。因此，两首诗虽然都是哭骂文学，但是哭声和骂声却大有区别："《凤凰涅槃》的哭是志士刎颈前凛然悲壮的哭，《荒原》的哭却是天涯乞儿日暮途穷的哭；《凤凰涅槃》的骂是慷慨淋漓、义正词严的骂，《荒原》的骂却是闪烁其词、无可奈何的骂。"自然，这种比较除了突出我们已知的《荒原》的某些特征之外，并没有更多的创新与突破。而艾诗与郭诗原本是风马牛不相及的，尽管辜文找出了两诗绝无仅有的渊源，如《奥义书》和泛神论，但它们的相同较之它们的相异，明眼人更是一目了然。

以上各种解读《荒原》的方法虽然各有千秋，并且也确有帮助我们理解《荒原》的价值。但是，它们在博大精深、古奥神秘的原作面前都显得笨拙而有失偏颇。即使将它们全部综合起来解读《荒原》，也不能避免同样的局限，因为各部分的相加并不等于整体本身。那么，比较可取的方法是什么呢？

三、永远在懂与不懂之间

我们初次读到《荒原》时，不懂是一种直觉，虽然这同诗的内容很相吻合；当我们进行了认真的分析和研究，将《荒原》肢解成各种神话、原型和象征，我们自以为读懂了诗，其实往往离艾略特的精神较远；一旦我们再从诗中跳出来，重新陷入不可理喻时，这时的不懂便是建立在理智的基础上，这是一次飞跃，同时又是一个新的起点。因此循环深入，不可遏止，这使得读者永远处于懂与不懂之间。

构成这一状况的原因，我们可以从四方面入手考察。

第一，这是由象征主义诗歌特征决定的。象征主义的总根子是唯心主义。他们认为"世界是我的表象"。客观世界是虚妄的，是不可知的，只有主观世界才是真实的，客观万物不过是主观精神的种种暗示和象征。文学便是借助暗示与象征来表现"心灵最高的真实"。艾略特说："通过艺术形式表现情绪的唯一方法是寻找一个'客观对应物'，换句话说，一套事物，一种情况，一串事件，都是表现特定情绪的公式，这样，当获得了与感情经验相应的外界事实时，情绪就立即被唤起来了。"心理活动是稍纵即逝、千变万化的，客观世界也是错综复杂、瞬息万变的。因此，要想迅速准确地捕捉到"客观对应物"，并非轻而易举的事。象征主义的这种神秘性、易变性、丰富性便构成了读者阅读的障碍。

其次,从认识论来看,在一定的历史时代,人们对无限的物质世界的认识,只能达到一定的深度和广度。文学作品一经出版,就成为一个客体,但它又不是纯粹的客体,它灌注了作者的思想感情,这使得人们对文学作品的认识变得尤为复杂。同时我们还不可忽略读者方面的时代、历史、阶级、兴趣等因素。因此,要想绝对正确地把握文学作品几乎是不可能的。辩证唯物主义认为,真理是客观的,同时又是绝对的和相对的。而象征主义者却夸大了真理的相对性,无视真理的绝对性。因而,认识只能接近真理,永远也不会达到真理。对文学作品的理解也只能处于这种状况之中。

再次,新批评家勇敢地打破了伟人文学论。他们认为作者写作时的意图即使可以被发现,也与解释他或她的作品毫不相干。特定读者的感情反应也不应与诗的意义混为一谈。艾略特七十高龄时曾有记者访问他,说:"有些批评家认为《荒原》是'一个时代的幻灭',你否认这种说法,你否认这是你的本意。李维斯说这首诗没有进展。可是,最近一些批评家研究了你后期的诗作之后,发现《荒原》里具有基督教的精神。不知道这是不是你的本意?"艾略特答道:"不,这不是我自觉的本意。我不晓得'本意'一词究竟是什么意思！我只是要把心里的话说出来，在话还没有说出来之前，我也不太清楚会说出什么来。我不会把'本意'这个词肯定地用在我或其他诗人的作品上。"就连艾略特自己也不能明确地说出自己所要表达的意思，读者就更加不知所云了。

最后，研究艾略特诗歌发展理论也能帮助我们理解现代诗歌的"懂与不懂之间"的境界。艾略特认为最早的诗歌是用于宗教仪式，其中许多纯粹用于念咒、避邪、治病、驱魔。以后有了宗教赞美诗和醒世诗，譬如维吉尔的《农事诗》，这是一篇关于古罗马农民的工作和生活的诗篇，描写农业、园艺、畜牧和养蜂等等，其宗教、道德和实用目的令人一目了然。以后又有了讽刺诗和滑稽诗，比如雪莱和拜伦的诗，他们反对什么、提倡什么也是十分清楚的。至此，诗歌时刻都在执行着类似传递有关新经验的信息，或者阐述已知经验的职能，只有到了现代，诗歌才愈来愈多地着重于表达我们用言辞难于表达的某种感受。艾略特说："如果诗人很快就能赢得非常多的欣赏者，那么这种状况无疑是令人怀疑的；我们不得不做这样的假设：这种诗人实际上没有提供任何新的东西，他们只不过是把读者早已习惯了的，读者在以前的诗人那里早就知道的东西又给了读者。真正重要的倒是，应该使人获得与其相称的不多的同时代的欣赏者。真正伟大的创作家的诗歌具有不立刻显露的特征。"这可作为解读《荒原》这类诗歌的又一注脚。

在上面分析的基础上，我们说，解读《荒原》，不应因为读不懂而懊丧，或者指责谩骂艾略特，因为在你不懂的同时，你已经登堂入室，开始触摸到《荒原》的蕴意了，同时，我们也不能因为掌握了某一解读方法，就自认为抓住了长诗的本质，可以玩弄它于股掌之间，殊不知这时最易误解艾略特。比较明智的方法是：在不懂时，思索不懂的原因，寻找入门的途径；在懂了的时候，多设疑问，以免坠入另一种迷雾和偏见之中。在懂与不懂之间，最大可能地接近《荒原》的本意，这既不是作者的"本意"，也不是读者的"本意"，而是作品本身的"本意"。

以上分析虽然皆由艾略特的《荒原》所引发，但对解读所有的现代派文学作品，我想都会有所裨益。

将精神与物质融入诗中

爱默生的两首名诗赏析

苏福忠

作者介绍

苏福忠，人民文学出版社编审。

推荐词

他提出的"每一种自然现象都是某种精神现象的象征物"、"人就是一切，自然界的全部法则就是你自身"、"奔向生活的千万民众绝不能永远靠外国宴席上的残羹剩菜来喂养"等哲学思想，对美国的思想与文化产生了很大影响，被认为是美国这块新大陆产生了自己的思想并开始独立的标志。

拉尔夫·沃尔多·爱默生（Palph Waldo Emerson，1803—1882）的作品在我国多有介绍，拥有大量读者。包括《论自然》、《散文集》和《散文续集》、《诗集》以及《英国人的品性》和《生活的行为》等重要作品，是他就美国当时的历史背景和社会发展思考的结晶；他提出的"每一种自然现象都是某种精神现象的象征物"、"人就是一切，自然界的全部法则就是你自身"、"奔向生活的千万民众绝不能永远靠外国宴席上的残羹剩菜来喂养"等哲学思想，对美国的思想与文化发生了很大影响，被认为是美国这块新大陆产生了自己的思想并开始独立的标志，宣告了年轻的美国向欧洲思想与文化学习的学徒期已经结束。随着美国自身文化的逐步成熟和完善，爱默生的文化与文学地位越来越高，其作品成为一代代后人研读的经典，被誉为"集智者、才子和诗人于一身"的划时代作家。

爱默生的诗歌具有独特风格，一反过去模仿欧洲诗歌的模式，不求形式和华丽辞藻，一切服从思想与内容的表达，因而包含了深沉的内容。以下就他两首名诗进行粗浅的赏析。

辩护

别把我想得孤冷和野俗
看我一个人走在树林与幽谷；
我要去寻找森林的神明
听取他送给人们的叮嘱。

别指责我行为慵懒
看我两臂交叠伫立溪边；
每一朵浮在天空的云彩
都会写一个字母在我的书间。

勤劳的一族，别把我骂，
看我带来了悠闲的鲜花；
我手中的每一朵紫苞
都带着一个思想回家。

世间要说有什么秘密

全都藏在花朵里；

还要说有什么秘密历史

是鸟儿在巢穴里唱出的。

一次收获来自你的田地

那是强壮的耕牛带往家里；

你田地的第二次收获，

却是我在一次歌唱中收集。

一首田园抒情诗，诗中形象便是诗人。诗人与自然交流时是什么样子？诗的前三节分别作了交代：一个人走在树林与幽谷——两臂交叠伫立溪边——带着悠闲的鲜花。三个情景中诗人与自然交流的形象，至少在作者看来就是这样的。诗人要吟唱自然，哪能不与自然打成一片？但在不同阶层的人看来，这样置身于大自然中而毫无实用价值的活动，就会有另外的看法：一个人在树丛与幽谷里闲荡是孤野的行为——站在小河边无所事事地发愣是懒惰的表现——一个大老爷们儿甩着一把野花成何体统？

作者通过这样一反一正的描述，不仅揭示了不同的人对人与自然的亲近关系的大相径庭的看法，而且也交代了作者所处的时代背景。美国是一个很年轻的国家，在过去的二百年历史间，至少有一百六七十年是用来开发那块富饶的大陆的。从世界各地迁往美国的移民，无一不是抱着向大自然索取生计而去的。他们背负着不同背景与不同传统，抱着一分耕耘一分收获的信念，在美国这块新大陆上求生存，求发展，发家致富。他们没有错。他们是把美国这块荒野的新大陆改造成一个欣欣向荣的崭新的国家的生力军。

作为美国一代思想家的爱默生，这些认识自然是先决的，毋庸置疑的。然而，新的国家必须有自己的思想体系、民族观念和凝聚力。这正是爱默生更深一层的思考。在爱默生的思想里，尊崇自然是重要一环。作者认为，只要悉心聆听大自然的心声，遵循大自然的法则，那便是美国这块新而神奇大陆的天人合一。作者在《辩护》这首诗里，辩护的正是这样的内容。诗中的"我"当指爱默生时代的文人学者，知识阶层；诗中的"你"则指劳动阶级，开拓新大陆的生产力。诗中听取森林之神的旨谕、浮云往书中写字与鲜花带思想回家这三辩，不仅写得生动感人，充满诗情画意，而且雄辩有力，深深揭示了人与自然的和睦关系。第四节是全诗的纲,是辩护的结论:秘密就在这里;又把结论转而告示世人:鸟儿就能唱出世间的秘密。

最后一节落在了"你"与"我"的关系上:"一次收获来自你的田地/那是强壮的耕牛带往家里;/你田地的第二次收获,/却是我在一次歌唱中收集。"一次收获是基础,是物质基础;这个物质基础是身体强健的劳动者流血流汗辛辛苦苦积累起来的。这种劳动在美国这块新大陆上,尤其来之不易;那是开拓者的收获,是人类不断进取的收获。而"我"正是有感于这种精神,有感于这种精神带来的丰厚收获,才有了"我"在你田地里收集到的第二次收获。这是一种质的飞跃,是新的国家赖以成长、发展与壮大的思想、观念和凝聚力;同时也宣告美国土生土长的知识阶层不仅产生了,也成熟了,而爱默生就是这个知识阶层中的代表人物之一。

日子

时间的女儿啊,这些伪善的日子,

包裹着哑巴着像赤脚的苦修僧侣,

单独地行走在无尽的行列里,

用它们的手带来王冠和柴米。

> 按其愿望向每个人贡献厚礼,
>
> 面包,王国,星星,还有包罗万象的天际。
>
> 我,置身这修剪有致的花园,观看园中的华丽,
>
> 忘记了我早上的种种愿望,匆匆急急
>
> 摘取几束青草和苹果,而这日子
>
> 却早转身并默默离去。我,很迟很迟,
>
> 在她肃穆的头带下看见了一脸的鄙夷。

"日子"的英文是"days"。"days"是一个复数形式。单数"day",应译为"日"与"天",又可转译为"节日"与"白昼"等。"days"这个复数形式,常译作"时代"。全诗一气呵成,但细细品读,却是两层思想,而这两层思想,也正是通过"days"和"day"区分开的。从这个角度看,"days"译为"日子"更贴近诗中的取向,虽然如同爱默生的绝大多数诗的名字一样,均含有多层意义。

当代科学论证时间也不是永恒的,但爱默生的时代仍认为时间是永恒的。把日子比喻为时间的女儿,新颖,生动,也贴切。凡是女儿都是要出嫁的,是娘家想留也留不住的,且是一嫁出去就不是娘家人了。有言道,天要下雨女儿

要出嫁。这话中讲的就是一种规律,一种有去无回的流动的规律。但后半句"这伪善的日子"乍看比兴不当,但读下去便明白作者是在指"日子"永远不会是赤裸裸的、单一模式的,它们总是把自己包裹得严严实实,以不同的面貌向世人供给着不同的内容。"单独地行走在无尽的行列里"一句,形容日子一个接一个地过去,不知不觉中把复数化作了单数,既指没完没了的多个日子,又指过了一日少一日的单个日子,为下面的内容作了伏笔,写得巧妙而流畅。"王冠"和"柴米"既代表不同阶级的不同追求,也揭示日子为世人慷慨地既奉送精神又奉送物质。接下来的两句是对前面四句的回应和强调,进一步说明日子的慷慨大方和巨大能量;潜在的含义是指每个人在生活中的追求和付出不同,所得收获也是截然不同的。

  下面的五句具体到"我"。先写我一味享受日子里的花团锦簇与虚荣浮华,在诱人的世俗生活中流连忘返,早上许下的各种愿望到了下午便忘到脑后。这里的"早上"也指年轻的时候。等"我"明白自己应该干什么的时候,日子却已在不知不觉中溜走了。少小不努力,老大徒伤悲。这里的"日子"在原文中是大写的,是单数,有特指的意思,也是对上面无数个日子的呼应。日子要一天一天地过，一个日子对一个人也许显得不怎么重要，但如果"我"稍不留神，无数个日子便会无情地不告而别；既然无数的日子都会悄然溜走，那么由可数的"日子"构成的一生，就更是弹指一挥间的事了。"我"可当诗人阅读，可当世上的每个人阅读，也可以当读者本人阅读。总之，诗到这里写出了"逝者如斯夫"的感慨，写出了一种紧迫感。

最后一句是全诗的重点。诗人指责日子伪善，无原则地慷慨，过分入世的俗气，蔫蔫地不告而别，仿佛一个人没把日子过好，全是日子的错。然而，等到诗中的"我"把多少光阴浪掷过去后，才猛然看见了日子"一脸的鄙夷"。诗写至此才向读者揭示了劝诫的谜底：日子是慷慨的，但也是无情的，待到后悔时，"日子"已离去！日子人人有，全看你怎么过。

这首诗最初发表于1857年11月号《大西洋》杂志，历来被认为是爱默生最完美的抒情诗之一。

观察的精确等于思考的精确

读史蒂文斯《观察黑鸟的十三种方式》

伊甸

作者介绍

伊甸，1953年生，浙江海宁人，原名曹富强。先后任教于海宁第二中学、嘉兴教育学院、嘉兴学院文学院。浙江省作协全委会委员，嘉兴市作协副主席。著有诗集《红帆船》、《在生存的悬崖上》、《石头·剪子·布》，散文集《疼痛和仰望》、《别挡住我的太阳光》，小说集《铁罐》等。

推荐词

《观察黑鸟的十三种方式》是一首名诗，充分显示了诗人的美学观念和艺术特点。首先是诗人观察的精确和对美的敏感。诗人画出了那么清纯那么富有魅力的画面。色彩的鲜明对比，线条的简洁明晰，境界的澄碧高远，特写式镜头的意味深长：这是诗人创造的自然，剔除了杂质、赘物的纯粹和艺术化的自然，心灵的自然。

华莱士·史蒂文斯是在美国现代诗歌史上与庞德、艾略特、威廉斯并列的重要诗人,被称为"诗人中的诗人"。他的诗常围绕一个主题:想象与现实,艺术与自然的关系。他的诗接近于纯粹艺术,他曾强调"去寻找那纯粹诗人的纯粹目的"。但什么是纯粹目的呢?他的回答是:"提供对生活的新鲜生动的感觉。"他认为生活之外无美可言。因此他非常重视对生活的观察和感受,他主张人类应尽量开放自己的感官以充分领略世界上的美。从他的创作实践来看,他又是以自己的经验和想象作为立足点来观照生活(现实和自然)的。他认为艺术和生活的关系在现代显得至关重要,人们失去对上帝的信仰以后,心灵便转向自己的创造物,因而艺术想象能赋予生活一种崭新的秩序。

《观察黑鸟的十三种方式》是一首名诗,充分显示了诗人的美学观念和艺术特点。首先是诗人观察的精确和对美的敏感。诗人画出了那么清纯那么富有魅力的画面（史蒂文斯的诗非常讲究现代绘画效果）。色彩的鲜明对比，线条的简洁明晰，境界的澄碧高远，特写式镜头的意味深长：这是诗人创造的自然，剔除了杂质、赘物的纯粹和艺术化的自然，心灵的自然。诗人把黑鸟放在十三种境界里，其实是通过他的十三种想象，完成某种形而上的思考。

一、肃穆、庄严的二十座雪山中间，唯一动弹的是黑鸟的眼睛，周围一片明亮、寒冷的寂静，整个世界仿佛已被冻结。恰恰在这一片凛然的寂静中，唯一动弹的那双黑鸟的眼睛，让我们强烈地感到了生命（或者某种富有生命力的事物）的珍贵和美丽。气势磅礴的二十座雪山和小小的黑鸟眼睛的对比是惊心动魄的：如此的巨大与微小、纯白与深黑、静与动的强烈对比，不能不造成某种艺术的震撼力，将我们的灵魂紧紧抓住。我们不能不久久地沉浸在这一个奇异境界中，一步步深入它内部的层层意蕴，就像走入一座渐次展开其辉煌、庄严的奥妙无穷的宫殿。

二、一棵树与三只黑鸟，这是有强盛生命力的两种事物在互相衬托，互相增强对方的美与活力。如果三只黑鸟是三种思想，那么这棵树是什么呢？不言而喻。

三、哑剧通过动作带来启示,那么黑鸟在秋风中无声地盘旋,令我们密切关注的就是黑鸟的飞翔姿态和轨迹。换句话说,飞翔是黑鸟最本质的生命形式。

四、生命与生命一旦构成某种联系,就是一个祸福相关的整体,哪怕只是一个瞬间的整体,也是一种新的秩序、新的形态,从而产生新的美感、新的意义。一个男人和一个女人和一只黑鸟的整体,跟一个男人和一个女人的整体相比,自然是另一种境界。

五、黑鸟啼鸣和啼鸣乍停之际,各有其美。也许鸟鸣乍停之际,那种突然的静谧更能撩动人的思绪,当是"别有幽愁暗恨生,此时无声胜有声"的境界。

六、人的情绪肯定与黑鸟的影子有关。但究竟在哪一点上有关,又是模糊的、难以辨认的。

七、男人们为什么看重梦想中的金鸟,而对现实的美丽的黑鸟不屑一顾呢?

八、一切声音——铿锵的或者透明的,当然也包括温柔的、忧郁的、沉重的,都与黑鸟有关。

九、黑鸟不停地朝远方飞去,它留下了它画出的圆圈——它所创造的世界。

十、只知道按音符歌唱的古板的老鸹,看见黑鸟的飞翔也会惊叫起来。多么活泼泼的生命力量,多么激动人心的生活和艺术的诗意啊?谁能不受黑鸟的诱惑?

十一、错把马车的影子看成黑鸟,黑鸟突然卧在地上爬行,不是令人惊恐吗?不过把马车的影子看成黑鸟,也是生命和艺术的方式之一,正如恐惧是生命和艺术的内容之一。

十二、河在流,黑鸟肯定在飞。对这幅画面的理解可参照对一棵树与三只黑鸟的理解。不过树为静的生命(庄严、慈祥的静),河流为动的生命(奔腾不息的雄壮的动),作为隐喻,它们自有不同的意蕴和意味。

十三、在雨下个不停,并且还会下个不停的暗沉沉的天气里,黑鸟一直静静栖息在落满花的松枝上。其安详之美,其飘逸之美,其孤寂之美,让我们顿悟生命和艺术,心灵与现实的一种默契,一种和谐。

这首诗中的黑鸟、雪山、树、河流等等意象究竟暗示什么?我想还是不要把它们看作确定的简单的象征。诗人在对生活和自然作精确观察的基础上,运用自己的经验和想象创造出意味无穷的艺术境界,读者也应该运用自己的经验和想象进入阅读、感受和领悟。我以为把黑鸟理解为生命、艺术、艺术想象力或者某种富有生命力的事物，都是可以的。

史蒂文斯的诗富于形而上的思考。但他的思考从来不是概念化的。他说："诗必定不是思想概念，它必得是自然的启示。概念是人为的，直觉是本质的。"他把思考完全融化在现代人的感性之中。他的美学观念和哲学冥想，像盐溶于水那样渗透于直觉形象，以至我们只看到水，而看不到盐。但在我们品尝的时候，盐的味道又无所不在。"观察的精确等于思考的精确"，这句话可谓诗人对自己艺术经验的高度概括性的总结。

《观察黑鸟的十三种方式》在直觉、想象与思考的结合上非常完美，天衣无缝。对于史蒂文斯来说，诗歌语言就是直觉，就是想象，就是思考。他在这方面的天才实践，使这首诗以及其他许多优秀作品，成为对我们的一种永久的启示和诱惑。

原　文

观察黑鸟的十三种方式

一

周围，二十座雪山，

唯一动弹的

是黑鸟的眼睛。

二

我有三种思想

像一棵树

栖着三只黑鸟。

三

黑鸟在秋风中盘旋。

它是哑剧的一小部分。

四

一个男人和一个女人

是一个整体。

一个男人和一个女人和一只黑鸟

也是一个整体。

五

我不知道更喜欢什么

是变调的美,

还是暗示的美,

是黑鸟啼鸣时,

还是鸟鸣乍停之际。

六

冰柱为长窗

镶上野蛮的玻璃。

黑鸟的影子

来回穿梭。

情绪

在影子中辨认着

模糊的缘由。

七

噢,哈达姆瘦弱的男人,

你们为什么梦想金鸟?

你们没看见黑鸟

在你们身边女人的脚下

走来走去?

八

我知道铿锵的音韵

和透明的、无法逃避的节奏;

但我也知道

我所知道的一切

都与黑鸟有关。

九

黑鸟飞出视线,

它画出了

许多圆圈之一的边缘。

十

看见黑鸟

在绿光中飞翔

买卖音符的老鸨

也会惊叫起来。

十一

他乘一辆玻璃马车

驶过康涅狄格州。

一次，恐惧刺穿了他，

因为他错把

马车的影子

看成了黑鸟。

十二

河在流，

黑鸟肯定在飞。

十三

整个下午宛如黄昏。

一直在下雪，

雪还会下个不停。

黑鸟栖在

雪松枝上。

（西蒙　译）

诗意浓郁　狂放不羁

哈非兹的加泽尔诗四首评析

飞　白

推荐词

哈菲兹的抒情诗于浪漫主义时代传入欧洲，对欧洲诗人有很大影响。歌德、拜伦、普希金等诗人都十分崇拜这位波斯抒情诗大师，歌德不仅表示了甘当哈菲兹门徒的心愿，还仿效哈菲兹的风格写了抒情诗集《苏莱卡之书》。可以说，哈菲兹热烈奔放的抒情诗，早在浪漫主义出现的五百年前就为浪漫主义运动树立了模仿的典范。

哈菲兹（Hafiz，1320—1389）是伊朗文学史上的三大诗人之一，也是世界诗歌史上的一位超群拔萃的抒情诗大师。他生在伊朗南方名城设拉子，当时诸侯割据，封建势力与宗教势力沉重地压在人民头上，哈兹菲站在人民一边，激烈地反抗封建和强权，在他成名之后也拒绝进宫。他一生清贫，在妻儿死后竟至托钵化缘。在宗教方面他属于富有反抗精神的苏菲教派，但他并不承认来世信仰，而是热情歌颂和肯定现世生活。

哈菲兹的诗有浓烈的浪漫主义气质，以歌唱醇酒和爱情为中心主题，显得放荡不羁，但其性质并非颓废，而主要是对宗教教义的战斗性的反抗。他的诗深受群众喜爱。

哈菲兹的抒情诗于浪漫主义时代传入欧洲，对欧洲诗人有很大影响。歌德、拜伦、普希金等诗人都十分崇拜这位波斯抒情诗大师，歌德不仅表示了甘当哈菲兹门徒的心愿，还仿效哈菲兹的风格写了抒情诗集《苏莱卡之书》。可以说，哈菲兹热烈奔放的抒情诗，早在浪漫主义出现的五百年前就为浪漫主义运动树立了模仿的典范。

哈菲兹传下来的诗以加泽尔体为主，共有加泽尔体615首，大都诗意浓郁，热情奔放，因此哈菲兹被称为"加泽尔大师"。哈菲兹和加泽尔，这两个名词已紧紧地连在一起了。

这里，让我们先对哈菲兹习用的诗体——加泽尔体作一介绍。加泽尔这种诗体自阿拉伯的克希得体发展而来，其主要题材是吟唱醇酒美人，而其形式则有如下特点：1.每首包含7—12对偶句，偶尔也有少至5对或多至15对的；2.一韵到底，第一、二行押韵，以下逢双行押韵，单行不论；3.有趣的是最后一对偶句要点明主题，同时还要用进诗人自己的名字。本文文后选译了哈菲兹的加泽尔诗四首，这里逐一加以评析。

《心着火了！》以报火警的方式开始全诗，而以"烛火"隐喻点燃心房的美人，构思十分新奇，而且要在读了几行之后，才能弄清这一隐喻的谜底。

哈菲兹在此诗中对美人的赞颂，也用了很巧妙高超的手法。首先，诗人为了写出美人的绝色和自己恋情的热烈，采用了迂迴的、旁敲侧击的手法：极为渲染心中烧起的无名之火——由艳羡而生的妒忌之火。按照常规,妒忌应当是有妒忌的对象即情敌的,然而现在却没有对象,诗人表现为只是漫无目标的妒忌:如此美人,我怎能忍受她成为别人心上的欢喜?从第一行开始,诗人就连用"谁家的烛火"、"谁人心上的欢喜"、"谁是她家中人"、"她躺在谁怀里"等疑问句,一口气竟追问了十二个"谁"。正是这一串火急火燎的追问,把"心着火了"的心理状态刻画得淋漓尽致,同时也衬托出了美人的绝色。

其次,诗人在第四行中还写出了"我信仰和理智的大厦呀,已因她毁圮"这样强烈的词句。对中古时代来说,对教徒来说,宗教信仰应当是至高无上的,然而诗人却让信仰被爱情击败,在爱情面前瓦解,这真是离经叛道之举。同时,在诗艺上,这也是一种旁敲侧击的手法,与乐府《陌上桑》中的"来归相怨怒,但坐观罗敷"有异曲同工之妙。

到下半首中,诗人才正面描写了美人的容貌。我们注意到,与中国美人的峨眉花容不同,波斯美人的典型形象是面如明月、唇如红玉,这是波斯文学的一种常规。此外她鬓角还必然垂着发卷,脸上还必然有一颗美人痣。

诗的结尾是诗人与美人的两句对话。按照加泽尔体的规格,其中点明了作者的名字,也点明了主题是哈菲兹为美人心烦意乱,而美人却以妙语推脱。她的回答幽默轻灵,既没有断绝诗人的希望,也没有解除诗人的焦虑。十二个问题的悬念依旧,然而全诗却因这么一点化而变得轻松活泼,富有喜剧情趣了。

第二首诗《那又如何》在显示哈菲兹狂放不羁方面,是很典型的,表现了诗人大胆追求爱情而不理会教义禁制和舆论非议的气概。

诗人以反问的口气贯串全诗,为传统道德观念看作不正当的行为一一翻案,并作为正当行为理直气壮地一一列举出来。传统观念认为私摘爱情果实是罪恶,为教义所不容,哈菲兹却说:"摘一枚果,那又如何?"哪怕是在涉及宗教信仰这样严重的问题上,哈菲兹也不在乎"我的信仰会遇上你么"。

除了与信仰的矛盾以外,哈菲兹的追求与市人的狂热追求也发生矛盾。市人全部在热心追求王公贵人的青睐,不以为耻反以为荣,从来没听到对此提出非议;那么我哈菲兹不求贵人眷顾而只求美人倾心,为什么就该受到非议?诗人在这里提出了两种价值观念,这两种价值观念显然谁也说服不了对方,那就各行其是好了。最后两行点明:即便"哈菲兹自知我是这样的我",哈菲兹也坚持自己的价值观念,不思悔改,依然故我。

这首诗中,不断重复的叠句"那又如何?"是画龙点睛之笔。一句"那又如何?"使得哈菲兹那种毫不在乎的豪气溢于言表。尽管哈菲兹"追逐醇酒美人",看起来似乎格调不甚高雅,但他的追求显然含有解放个性、肯定现世、冲击教义的积极的核心,而他的狂放不羁也表现了他豁达可爱的性格。

有一部分加泽尔体诗在韵脚之后附加衬词或叠句,如这首即是。需要说明的是,此诗的叠句"那又如何"并非韵脚,真正的韵脚已经前移到诗行中间,从而不再是韵"脚"了。本诗译文按原诗韵式,在第1、2、4、6、8、10、12、14行的腰部(即叠句"那又如何"之前)押韵,押的韵字是"果、火、刻、合、么、渴、果、我"。这是加泽尔体的一种特殊风格。

《葡萄女儿走失了》是一首仅有5对偶句的加泽尔体小诗,是热情与巧智、幽默与狂放的巧妙结合。这首诗作于禁酒令颁布之后,由于这样一种特定背景,哈菲兹惯常的歌颂醇酒美人的主题翻出了有趣的新意。

"葡萄女儿"就是葡萄酒,就是葡萄酒仙子。因为颁布禁酒令,就使得葡萄女儿失踪了。

有趣的是诗人正话反说,在每句诗中都放进了表面的和真正的两层意思。

表面上,这是配合禁酒令的一篇"葡萄女儿"通缉令,通篇是对葡萄女儿的反面评价和辱骂之词。在市场"大声宣布",是发布通缉令的做法;说"她能剥夺聪明才智",是说明被通缉者的危险性;悬赏缉拿和追进地狱,是表示疾恶如仇和捉拿的决心。这样一篇檄文,证明哈菲兹拥护禁酒令比谁都激烈,当局还能挑出什么毛病来呢?

然而我们再看看诗人真正的意思:葡萄女儿的初衷是与我们永结同心的,如今不幸而走失,这并非她的本意;她"头戴泡沫花冠,身披红玉长袍",这是描绘葡萄女儿的美色;而"泼辣的、玫瑰色的、彻夜浪荡的"形容,其实还是寄褒于贬。更有趣的是,对葡萄女儿的追捕,其实与禁酒令的意图恰恰相反,是出自哈菲兹对她的热恋。她失踪"几天工夫",已令诗人无法忍受,悬赏缉拿和追进地狱,都是表明不顾一切禁令要与她团聚的决心。——你们禁酒,你们说葡萄女儿有种种罪恶,那么好吧,你们都反对她好了,把她捉拿归案，送交"放浪的哈菲兹"好了！

正话反说，本是诗法巧妙之一端，而哈菲兹这首诗对此运用得尤为高明，全诗用辱骂葡萄女儿来表现对她的歌颂，读来风趣盎然。

还有一点需要指出的是，哈菲兹在诗中歌颂的葡萄女儿，并不单纯是酒的代名词，她在广义上可以看作哈菲兹浪漫主义思想的象征。从诗的开端，诗人把此诗的听众定为"在游戏人生的市场"即"情场"居民，以及从诗人对葡萄女儿的形象和性情描绘，都可以说明这一点。

最后一首是《请不要问》。在哈菲兹众多的爱情诗中，这是比较缠绵宛转的一首。全诗极言思慕之苦，而以衬词"请不要问"贯串全诗。"请不要问"字面上似乎是限制思路通行，其实用意恰恰相反，是引起悬念或引起逆反心理，有意让读者去探究其中的难言之隐、难尽之情。轻轻的一声"请不要问"，大大开拓了诗的空间，给读者留下了无限参与创作的余地。

诗人从诉说"为爱情受了多少委屈"开始，然后聚焦到"一位魔女"身上，诗人对她思慕之苦，竟至思慕她"门口的尘土"的地步。其实，诗人诉说自己"经受了多少凄风苦雨",诉说自己作为"爱之路上的流放者","已走到了哪一步田地",已经把自己的相思表达得淋漓尽致了,但诗人还不满足于这样的表达,而要用"请不要问"来进一步引向深处,使诗句余味无穷。如果删去"请不要问",这首诗的韵味就要消失过半了。

在此诗中,诗人虽然在诉怨,但其实并不悲观,因为诗人昨晚已经从"她"的口中听到了某种程度的秘密的许诺。这里的人称代词时而用"她",时而用"你",所指其实是一人,波斯诗中人称运用相当灵活,这类情况并不罕见。

这首加泽尔体诗也在行末用衬词叠句,而把韵押在诗行中间(即"请不要问"的前面),与《那又如何?》一诗形式相同。

在欣赏了哈菲兹的四首加泽尔之后,我们一定会感觉到:在中古伊朗的封建制度和教权控制下,哈菲兹唱出这样的浪漫主义音调,确实是很大胆的。因为这些诗到处传诵无法禁止,宗教人士就设法把哈菲兹作品诠释成宗教象征诗或宗教寓言诗,试图把它纳入正统经典。怎么诠释法呢?这里略举一二:诗人自称"放浪者",注为"看破红尘的忠诚信徒";"酗酒放浪",注为"宗教狂热";"酒店",注为

"礼拜堂";与情人会合,注为"与神合一",注为"不可分割的一";"红玉的唇",注为真主的旨意;如此等等。不错,苏菲教派从神秘主义和离经叛道的立场出发,的确把醇酒看作神的灵感,把酒店看作比伪善的清真寺更好的礼拜堂,哈菲兹是在此基础上加以发挥的。但是若要把哈菲兹的一词一句都穿凿附会成宗教语言,却不禁要令人哑然失笑了。

原 文

哈菲兹诗四首

心着火了!

心着火了!主啊,那是谁家的烛火引起?
看主的面上,问问这是谁人心上的欢喜?

真想知道谁是她家中人,她躺在谁怀里?
我信仰和理智的大厦呀,已因她而毁圮。

那红宝石般的嘴唇,让谁人尽情啜饮?
命运啊,让斟酒人把她斟到了谁的怀里?

人人向她施用爱的符咒,但谁也不知
她精细而挑剔的心俯就了谁的咒语。

她神态如女皇,面如明月,领如维纳斯,
神啊,她是谁的稀世珍珠、无价宝玉?

她那无人饮过的红宝石酒,已使我狂醉,
美人啊,她为谁注满酒杯?她与谁为侣?

快在主面前问问吧:命运究竟判给了谁——
与那欢乐之光结为伴侣的最大的福气?

我叹道:"没有你,哈非兹的心如此烦乱!"
她偷笑着答:"你寻烦恼,与我有何关系"?

那又如何?

如果从你花园里摘一枚果,那又如何?
如果我试图点燃你的灯火,那又如何?

主啊,如果我在情火之中熊熊燃烧,
让我在翠柏荫下稍歇一刻,那又如何?

啊,那吉祥的红宝石印作为努力的报酬,

但求有一次与我唇的印章相合,那又如何?

我的理智已神不守舍,如果酒是如此醉人,
真不知我的信仰会遇上什么?那又如何?

尽管市人热心追求的是王公贵人的爱,
可我只对美人的爱如饥似渴,那又如何?

我为追逐醇酒美人用去我宝贵的生命,
却不知这会带给我什么后果,那又如何?

连官府也知道我如此多情而未加指责,
就算哈菲兹自知我是这样的我,那又如何?

葡萄女儿走失了

在游戏人生的市场上,快去大声宣布:
"听着,情场的居民!听着,为了主的缘故!"

"葡萄女儿走失了,离开我们已有几天工夫,
她竟违背初衷,遗弃了我们这批贪欲之徒。

"她头戴泡沫的花冠,身披红玉的长袍,

她能剥夺聪明理智,千万不能麻痹马虎!

"不论谁把这坏丫头交给我,我都将厚赏,
哪怕她躺进地狱,你们也要追进去搜捕!

"她是个泼辣的、玫瑰色的、彻夜浪荡的姑娘,
抓到了她,请一直送到放浪的哈菲兹住处!"

请不要问

我为爱情受了多少委屈,请不要问,
我吞了多少离恨别绪,请不要问。

我浪游天下,找到了一位魔女,
她有何等迷人的魅力,请不要问。

我在她门口思慕,思慕门口的尘土,
我眼泪滴落了几许,请不要问。

我这只耳朵昨晚从她的口中
听到了什么甜言蜜语,请不要问。

你为何对我咬着嘴唇,叫我别作声?

我是如何咬碎了红玉,请不要问。

以前没有你,我在乞丐的寒舍里
经受了多少凄风苦雨,请不要问。

爱之路上的流放者——哈菲兹呀,
已走到了哪一步田地,请不要问。

(飞白 译)

译者附注:哈菲兹的作品在欧洲译本很多,以上四诗译自白培恩的英译本《哈菲兹全集》。这个译本比较严谨,饶有印欧语的古风,且注意模仿了原诗的语言和格律。诗题是中译者加上的。

精雕细刻 出人意料

诺奖女诗人申博尔斯卡诗作赏析

杨德友

推荐词

1996年诺贝尔文学奖授予波兰女诗人维斯瓦娃·申博尔斯卡,因为"她的诗有精辟的见解,能从历史学和生物学的角度观察人类现实世界",还有,申博尔斯卡坚持自己的信念,即:"任何问题都没有那些天真朴素的问题来得有意义。"

1996年10月3日，从瑞典首都斯德哥尔摩传来消息：1996年诺贝尔文学奖授予波兰女诗人维斯瓦娃·申博尔斯卡（Wislaw a Szymborska）。她是荣获此奖的第四位波兰人（前三位是1905年获奖的小说家亨利克·显克维奇、1924年获奖的小说家伏瓦迪斯瓦夫·莱蒙特和1980年获奖的诗人柴斯瓦夫·米沃什）和荣获此奖的第九位女性。瑞典文学院在评奖说明中说，申博尔斯卡获奖，是因为："她的诗有精辟的见解，能从历史学和生物学的角度观察人类现实世界"，还有，申博尔斯卡坚持自己的信念，即："任何问题都没有那些天真朴素的问题来得有意义。"

维斯瓦娃·申博尔斯卡于1923年7月2日生于波兰波兹南省的库尔尼克，战争期间参加了克拉科夫市秘密学习小组。1945—1948年在位于克拉科夫市的雅盖隆大学学习波兰文学和社会学，1952年起，和《文学生活》编辑部开始合作。她

1945年开始发表诗作,迄今共发表了九本诗集:《我们为什么活着》(1952)、《自问》(1954)、《向雪人呼吁》(1957)、《盐》(1962)、《百事乐》(1967)、《任何情况》(1972)、《大数字》(1976)、《桥上之人》(1986)、《结尾与开端》(1993)和一本散文集《选读札记》(1992)。

波兰的文学评论家们认为,申博尔斯卡虽然不是多产诗人,但是,不谈她就无法评论现代和当代波兰诗歌。半个多世纪来,她一直活跃在波兰文坛。写作很慢,长时间地修改;她时时躲避宣扬,不情愿接受采访,不做报告和演说,只偶尔参加一些文学活动。然而,她的名字十分响亮,她的影响见于20世纪几代波兰诗人的作品。

我们先来看看本刊选登的申博尔斯卡的五首诗。先要说明的一点是,诗作原文是无韵诗,所以汉语译文也并不特别讲究押韵。

《我们对世界了如指掌》写于1945年。变波兰为废墟、夺走四分之一波兰人口生命的"二战"刚刚过去。战争是"把肮脏的沙子撒进了我们的眼睛"之历史的一部分。对于永远不可尽知的世界,经常被随意打扮的历史,我们只能持以辩证的、达观的态度。世界可以被看做是小小环球,也可以被视为无限宇宙,无论如何,我们都是脱离不了的,只好用双手拥抱,我对其中之千变万化一笑置之,念叨着古老真理并倾听其回声好了。小诗富哲理性,颇为符合我华人之思考方式,第一、三段的重复颇具匠心。

《致友人》于1957年发表。对外层空间的理解和征服之艰难程度,远远不如理解和对付"从地面到头顶这一空间",亦即人生之艰难。寻求真理可能会耗尽青春;真理常常是像喷气机掠过之后才传到我们耳中的声音,不过这种"传播"可能在多年之后才告成功。往日的虚度、迷惘、错误的认识之产生,原因并不在我们,"我们是无辜的!"然而,时过境迁,老年将至,代代新人未必理解、未必愿意理解我们,顶多表示惊愕,说出:"啊,真的吗?"或者:"那又怎么样?"而已。横向的人生难以理解,纵向的更难理解。只要我们追求过真理,又何必顾及其他呢?这是一首别开生面的赠诗,或致友人书(西方人极少像中国人那样动辄以诗作赠礼)。

《哀悼》发表于1967年。在当今社会,人人忙碌,急于求成,很多人心态浮躁。一部分人有了余钱(或有了机会)

便去旅游：出门、出省、出国。所到之处不外乎名山大川、名城古镇、名胜古迹——当然包括种种博物馆、古今英雄和名人之纪念碑、故居等等，而新潮式游乐园也是少不了的。多数旅游人士少有时间和兴趣参观博物馆、名人故居之类，顶多在门口照一张照片以示"到此一游"。所以，本诗中的游客居然在外国一小城中专门瞻仰英雄纪念碑并且专访英雄母亲，聆听她的倾诉，实在是难能可贵的了。然而，虽然他是能从旅游中增长见识、提高修养的少数人之一，却也逃脱不出这浮躁而浅薄的时代氛围，依然"消失在成群结队的游客里"。这首诗原文几乎全部用了无人称、或称无主语句，泛指一切人，跳跃性强，十分活泼。

《空想》发表于1976年。古今中外，思想家、哲学家、作家、诗人都免不了有些空想，空想的内容虽然不同，但共同点都是极其合理的社会结构。《空想》中的空想，呈现为一个海岛，在这里事事合情合理：正确推理、理解、要义、深刻信念、牢不可破的实在，都被拟人化，冠以大写字母，表明这一切主宰着社会。然而，"美景虽多"，却可以看到"细碎的足迹，无一例外，都向大海走去……沉入无法索解的生活。"这是为什么呢？ 这样的社会没有给人的思维、追求、努力、想象留下一点余地；而人如果不思维，没有追求、探索，则恐怕是生活不下去的。所以人宁愿走向充满未知数、未必合情合理、甚至非理性的生活之深渊中去追求、探索。更何况，那空想中的海岛社会根本就不存在。非常值得注意的是，诗人描绘空想，目的在于否定空想，愿人们以积极态度对待生活。

《1973年5月16日》发表于1993年。过去的这一具体日期，用以泛指过往岁月中的每一天。的确，一般地说，我们是不可能记住过去的每一件事的，有许多天，许多月，甚至一连数年，在我们的记忆中都似乎是一片空白，似乎当时什么事都没有发生。我们的倾向是不去注意、更不着意记忆生活中的一切，对一切持以冷漠态度，"即使当时附近有歹徒杀人害命——我也提不出不在场的证明"，夕阳西下，地球转动等事更是司空见惯，在日记中是绝对只字不提的。这是一个象征：我们自己都不记得自己的大事和细事，又怎能企望他人记得？进一步地说，社会公民如果连自己民族古代、近代、现代、当代的历史大事和某些细事都不清楚，岂不是愧对"公民"之称号吗？一个民族没有正确、健全的历史感，一个个人不能从过去经历中吸取教训，就不易前进，不然,即使不会变成"幽灵",也会变成为飘忽东西的行尸走肉吧。

从这几首诗中可以看出,申博尔斯卡的诗所涉及的题材都是重大的:人生、历史、世界、生活态度等等,而且语气强烈,颇具讽刺意味和哲理性。1980年诺贝尔文学奖荣获者,波兰诗人米沃什说:申博尔斯卡"如果保持一种缓和的语调,就不会忠实于自己时代的种种色彩了。说实话,她的诗是十分苦涩的"。但并不悲观,是激人奋进的。她反思、思考,要成为思想家诗人、伦理学家诗人。评论家米哈乌·乌卡谢维奇说:"苏格拉底的'我知道我是无知的'和笛卡尔的'我只知道我在思考'经常出现在她的诗中。"

申博尔斯卡的每一首诗,都能代表她诗歌的创作特点,都是一个自主的世界,有其主题和"情节"和常常是出人意料的结尾,读起来绝不枯燥,就连诗歌修养不足、对抒情诗不十分敏感的读者,也会感兴趣。

申博尔斯卡的诗歌语言朴素、口语化,像是散文语言,但是,她是以纯诗歌的方式使用口语语言形式的,是时时加以推敲、选择、反复修改的。

总之,申博尔斯卡的诗内容具体,发人深省;在形式方面，形象鲜明，具象（或曰：绝不抽象，令人费解），文字通俗平易，可读性强。她虽然已73岁，但并不落后于时代，一直保持着旺盛的创作力量和热情，精雕细刻，以质量取胜，活跃于文坛。而她个人品格的魅力，则见于她深居简出、不计名利，见于她绝不张扬自己、绝不轻狂骄躁和口出狂言。申博尔斯卡荣获诺贝尔文学奖一事又一次提醒我们，文学，尤其是诗歌，依然是应该以健全的社会效果为目标的。

↘ 原 文

我们对世界了如指掌

我们对世界了如指掌：

世界很小，可以用双手拥抱，

世界轻易，可以用一笑来描写，

世界平凡，像祈祷中那些古老真理的回声。

历史没有用凯旋的号角声迎接我们：

历史把肮脏的沙子撒进了我们的眼睛。

我们面前曾是遥远和迷蒙的路途，

苦味的面包，投了毒的水井。

我们的战利品是对于世界的新的认识:

世界很大,却可以用双手拥抱,

世界艰深,却可以用一笑来描写,

世界奇异,却像祈祷中那些古老真理的回声。

(发表于1945年《波兰日报》第72期)

致友人

我们熟悉从地面到星际

层层的空间,

我们在从地面到头顶

这一空间中迷惘。

由惋惜到泪水

隔着行星间的距离。

在从错谬走向真理的路上

你的青春将会耗尽、消亡

喷气式飞机嘲笑我们:

在起飞和"创世界纪录"

这句话之间

那寂静十分短暂。

曾经有过更为快速的起飞——
那滞后的声响
把我们从睡梦中拉出
已是在许多年之后。

有呼喊声传来：
"我们是无辜的！"
是谁的呼声？我们奔跑
把窗户打开。

那声音突然停止。
有星星在窗外
陨落，就像枪炮轰鸣之后
灰泥从墙皮上震落。

（选自1957年出版的诗集《向雪人呼吁》）

哀悼

在英雄诞生地之小城

观看纪念碑，称赞那石碑高大，

吓跑了空荡博物馆门前的两只母鸡。

打听到了英雄母亲的住地。

敲了一下,推开吱吱呀呀的屋门。

母亲停立不动,缓缓梳头,正面对着客人。

客人说自己来自波兰。

彼此寒暄问候。提问题,声音很大很清楚。

是啊,她很爱他。是啊,他一直是那样。

是啊,当时她在监狱大墙下站着。

是啊,她听到了射击的枪声。

可惜没带来录音机和照相机。

这些东西,她当然已经熟悉。

她曾在电台朗读他最后的一封信,

在电视台唱过古老的摇篮曲。

有一次她甚至在电影院里做报告,对着照明灯

热泪盈眶。是啊,记忆令她激动不已。

是啊,她有点累了。是啊,一切都会过去的。

客人起立、致谢。告别。走出门去。

消失在成群结队的游客里。

(选自1967年出版的诗集《百事乐》)

空想

这是一个岛屿,在这里,一切都
能够得到解释。

在这里,可以依靠真凭实据。

除了成功之路,别无其他道路。

连荆棘也因为回答满意而频频行礼。
在这里成长着正确推理的大树,
枝叶繁茂纷披。

理解之树挺拔,引人注目,
长在名为"啊对是呀是的"泉水之边。

越是深入森林,就越宽阔地展现出
显然情理之平原。

如果有疑惑出现,风会立即将其吹散。

不需引发的回声开始言语,
欣然详释大千世界的秘密。

右方是驻留着要义的山洞。

左方是深刻信念之湖泊

真理离开湖底,轻轻升扬浮出。

平原上方高悬着牢不可破的实在,

从它的顶峰流溢出万物的本质。

美景虽多,这岛上却不见人的踪影,

而在海岸上可以见出细碎的足迹,

无一例外,都向大海走去。

似乎都从这里离开

一去不返,沉入深渊之底。

沉入无法索解的生活

(选自1976年出版的诗集《大数字》)

1973年5月16日

这是许许多多日期中的一天,

这些日期对我都已沉默无言。

这一天我到了哪里,

做了什么——已经无从说起。

会见了谁,谈到了什么——
无论如何已经记不起。

即使当时附近有歹徒杀人害命——
我也提不出不在场之证明。

阳光闪烁,旋即熄灭,
也不在我注意的范围之内。
地球不停地转动,
笔记本里只字不提。

如果设想我曾短时间地死亡,
也比设想我虽不断地活着
却一事也不记得
容易得多。

我当然不是一个幽灵,
我一直呼吸,一直吃东西,
四处行走,

脚步声都可以听到,

而且,我的手指也必定在

屋门把手上留下印记。

我常常对着镜子审视自己。

脸上有点异常的颜色。

肯定被几个人看到了。

这一天我也许找到了

早已遗失的一件东西。

也许丢失了以后又找到的一件东西。

种种情感和印象曾充满我的胸怀。

而今,那一切的一切

都已化为删节号点点点。

当天我藏在哪里,

当天我留在哪里——

就连这么一点点无所谓的信息,

也已消失,渺无踪迹。

我猛烈抖动记忆——

记忆的枝枝丫丫当中

也许有沉睡多年的某事

咯吱咯吱地崩裂出来。

根本就没有。

显然,我的要求过高、过多。

因为回忆不出有内容的哪怕一秒。

(选自1993年出版的诗集《结尾与开端》)

巨大的幻想和深刻的哲理错综交融

博尔赫斯《虎的金》鉴赏

唐晓渡

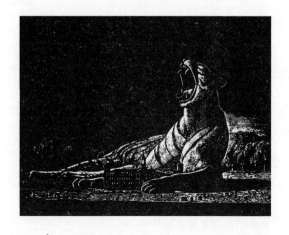

作者介绍

唐晓渡，1954年生，江苏仪征人，1982年毕业于南京大学中文系，同年到中国作家协会《诗刊》编辑部先后任编辑、副编审。现为作家出版社编审、北京大学新诗研究中心特约研究员。著有诗论集《不断重临的起点》、《唐晓渡诗学论集》等。

推荐词

博尔赫斯的诗很少从正面触及现实，它们是巨大的幻想和深刻的哲理错综交融的产物——似乎高蹈于现实之上，但又跃动在其最深的隐秘处。

豪尔赫·路易斯·博尔赫斯（1899—1986），现当代拉美最重要的诗人、小说家之一。他的小说哺育了整整一代拉美作家，终于形成60年代的"拉美爆炸文化"，其独创的"魔幻现实主义"亦随之风靡了整个世界。博尔赫斯的诗虽然不像他的短篇小说那样受到重视，但随着时光的流逝，也越来越被证明是世界文化宝库中的不朽的精品。

博尔赫斯的诗很少从正面触及现实，它们是巨大的幻想和深刻的哲理错综交融的产物——似乎高蹈于现实之上，但又跃动在其最深的隐秘处。在他的诗中反复出现一些带有强烈梦幻色彩的原型意象，"老虎"就是其中之一（其他还有迷宫、镜子等）。和《虎的金》一起收入同题诗集的还有一首《另一只老虎》。此外还有《蓝老虎》等。

《虎的金》可大致分为三个语义单元。1—6行为第一单元；7—13行为第二单元；13行以下为第三单元。

在第一单元中，"虎"的形象被置于前景。这是一只"雄强的孟加拉虎"。"沿着它命数的路来回踱步"。以下三句使我们想到德国诗人里尔克的名作《豹》。在那首诗的第一节，诗人极写豹被拘囿的痛楚："它的目光被那走不完的铁栏/缠得这般疲倦，什么也不能收留。/它好像只有千条的铁栏杆，/千条的铁栏后便没有宇宙。"而在博尔赫斯的笔下，同样的命运呈现为不同的境界："在铁栏后面/并未察觉这是它的牢狱"，"并未察觉"在诗中表现的是一种歧义的心态。从字面上看，它更多自在的意味；然而于此之下，却分明还包含着一份诗人的激赏。这只虎的"雄强"是"命数的路"和"铁栏"所无法限制的；或者说，它正是通过对"命数"和"铁栏"的"并未觉察"而益显"强"。"并未察觉"句，王央乐先生的译本作"毫不怀疑这就是它的牢笼"，虽语义出入甚大，但境界并不相悖，可以参看。

再细细品味一下即可发现，博尔赫斯的"虎"和里尔克的"豹"不仅境界不同，它们作为能指代码各自所居的层次也不同。里尔克的"豹"是有具体所指的。它就是巴黎动物园中的那只豹。诗人以同情的态度设身处地，深入其内心，再把那种被命运纠缠的疲倦感作为普遍的审美情绪投射为诗。而博尔赫斯的"虎"则没有具体所指。"多少次我将会看到"句证明,这不是一只呈现于诗人眼前的虎,而是如同诗人在《另一只老虎》一诗中所写的:

> 我的心灵里,黄昏越来越宽广,
>
> 我想着,我诗句中渴念的老虎,
>
> 是老虎的一个鬼魂,是一个象征,
>
> 是一连串文学的比喻,
>
> 是百科全书里看到的记忆,
>
> ……

更准确地说,它是虎的幻象,或幻象的虎。在这个意义上它更接近海明威《老人与海》中那只常常出现在桑提亚哥幻觉中的狮子——虽然在上下文中旨趣同样判然有别。如果说二者都是象征,都突出了雄强的品格的话,那么,海明威的"狮象"可被直接"征""往""象"外,"征"往那日益远离桑提亚哥而去,却又被他牢牢抓住不放的生命和意志的力量,而博尔赫斯的"虎象"则不可作这样直接的征引,它似乎刻意要止于自身,或者说,它期待着被"征"往另一个"象",即"金"的意象。

这一意象在第一单元中事实上已经通过第一句的氛围暗中传达出来了。此句在王译本中作"金黄的夕阳落山之前";如是,则彼此烘托交融的效果更加鲜明强烈。不过,应该说诗人在第一单元中的旨趣仍在于虎。只是到第二单元中,"金"才作为一个独立的动机呈现于前景。

这其间诗人增加了一个新的环节。他通过"随后会出现别的虎"句,引进了"布莱克的火之虎"。所谓"布莱克的火之虎",指18世纪英国诗人威廉·布莱克在其名作《老虎》中创造的虎的形象。那首诗劈头两句就是:"老虎!老虎!火一样辉煌,/燃烧在那深夜的丛莽。"博尔赫斯在一篇文章中曾经谈到,如同我们"命中注定地"把夜莺的形象和济慈结合在一起一样,我们也"把老虎结合于布莱克",可见布莱克的老虎在他心目中的分量。布莱克那首诗的旨趣在于赞叹造物主的神力,而博氏专取其中刻画老虎本身的超现实意象,不仅凌空借得一片"辉煌",使诗更增其色,而且由"火"及"金"也显得更加自然。

金子在古今中外诗人的笔下历来是纯粹、昂贵、稀罕、至高无上的象征,在西方艺术传统中似更为所重。19世纪德国浪漫主义作曲家瓦格纳的著名歌剧《尼伯龙根指环》的第一幕就是《莱茵河的黄金》，而叶芝在其晚期名作《驶向拜占庭》中更是把"金"所象征的艺术境界当做他的终极理想：

> 一旦我超脱了自然，我再也不要
>
> 从任何自然物取得体形，
>
> 而是要古希腊时代金匠所铸造
>
> 锻金或铸金的体型……

相比之下，博尔赫斯似乎要节制些。他在他与金子之间保持着一段视觉距离。但是，他所看到的金子甚至更加古老和神奇——他看到的是"宙斯化成的爱之金"！宙斯是希腊神话中最高的天神。荷马在《伊利亚特》中称他是"众神和人类之父"，是"明亮的闪电和黑云之神"。他"无所不见"，"全知全能"。据研究，"宙斯"一词原为"明亮的天空"之意。因此，这一意象一方面强烈、奇特到了匪夷所思的地步，另一方面，却又紧扣着第一单元中"日落的黄昏时辰"的景观：明亮的天空下夕阳和布莱克的"火之虎"一起燃烧，如此暴烈而又如此亲切，当真是"宙斯化成的爱之金"。

"那指环"以下三句充满着神秘的气息，令人想起他小说中的中国皇宫或中国式的"交叉小径的花园"。"九"这个数字及"九九相生"、"生生不息"的观念也是地地道道中国式的。"指环"这一意象出现得相当突兀。根据手头有限的资料。笔者当不能肯定它与宙斯有什么关系，不过，考虑到宙斯的儿子之一赫淮斯托斯是世间空前绝后的金属加作匠，想象他曾为父亲打制过一只变幻无穷的指环也不是十分牵强的事；它也可能部分影射着前面提到的"尼伯龙根指环"；此外还可以使人联想到它古老的、神与人或人与人之间的契约内涵；不管怎么说，关键在于，当它和数字"九"及"九九相生"等在中国传统文化中象征着最高天道（恰与"金"的至高无上呼应）的词语结合在一起时，它所绘出的，实是一幅"生生不息"的天（人）道运行图（当然不是"天行健"式的，而是迷宫式的——据认为这是诗人宇宙观的核心）。

在通过一个小小指环进行了如此巨大的扩张后，诗人的感情急剧收缩。第三单元的前五句经由时空的高速驰掠（"其他美丽的彩色/与岁月一起离我流逝"）而凝聚为

"朦胧的光、紧缠的影/和一元初始的金"。"一元初始"四个字斩钉截铁,口气极为决绝独断,它突出了"金"的核心地位。以下突然放松,一连三个以"哦"领头的,抒情色彩非常强烈的咏叹句式,造成了一种广泛的弥漫感;而"西方"、"虎"、"神话和史诗的辉煌"、"更美更贵重的黄金"等意象的相叠,又把地域、自然、历史和文化等不同层次和方面的因素综合在一起。这四个意象之间存在着一系列复杂的交叉对应和彼此折射的关系("西方"——"虎"、"神话和史诗的辉煌"——"更美更贵重的金";"西方"——"更美更贵重的金"、"虎"——"神话和史诗的辉煌";"虎"——"更美更贵重的金"、"西方"——"神话和史诗的辉煌",等等);两个波次的咏叹看似平行,暗中却实现了两种功能:一方面,以"西方"、"神话和史诗的辉煌"统领起全篇,使"虎"和"金"呈现为同一主题的不同动机,或者说,把"虎"和"金"的不同动机整合成同一主题;另一方面,又再现了在1—2单元中业已巧妙完成了的动机重心的转移(由"虎"及"金"),从而最终把这两个动机复合成一个意象(如题所示:"虎的金"),把前者所具有的生命象征内涵及其动感提升、融入一个更高的境界

（在此意义上，这首诗与叶芝的《驶向拜占庭》确有异曲同工之妙）。

把最后一行单独留出来解读，是想趁便交代一个情况。此诗选自1972年出版的同题诗集，彼时距离诗人双目失明，已经整整20个年头了。在这样一片黑暗的背景下，诗人以其灵视所"看到"的"雄强的孟加拉虎"、"布莱克的火之虎"、"宙斯化成的爱之金"、"一元初始的金"便益显其辉煌。但是这还不够。诗人还向往着"更美更贵重的金"，把这种矢志的向往突然转换成一个渴求爱抚的意象，使我们立刻感受到了他心中充塞的巨大孤独；但正是这种孤独，推动着他不断抵近那最高和最后的艺术——"虎的金"的艺术。"这双手"和失聪后的贝多芬在乐谱上摸索的手是同一双手，和伟大的苏俄诗人曼德斯塔姆写下这不朽名句的手是同一双手，他说：

黄金在天上舞蹈，

命令我们歌唱！

↘ 原　文

虎的金

直到日落的黄昏时辰

多少次我将会看到

雄强的孟加拉虎

沿着它命数的路来回踱步

在铁栏后面，

并未察觉这是它的牢狱。

随后会出现别的虎，

布莱克的火之虎；

随后会出现别的金，

宙斯化成的爱之金，

那指环，每九夜

生出九个指环，然后又

九九相生，生生不息。

其他所有美丽的彩色

与岁月一起离我流逝，

如今伴我留下的

唯有朦胧的光、紧缠的影

和一元初始的金。

哦,西方,哦,虎,

哦,神话史诗的辉煌,

哦,更美更贵重的金啊——

这双手渴求着你的金发。

(飞白 译)

诗与思的审美结合

细读泰戈尔《诗选》三首

侯传文

作者介绍

侯传文,1959年出生,山东泰安人,青岛大学文学院教授,中国印度文学研究会理事。长期从事东方文学与东方文化方面的教学和研究,出版有著作《东方文化通论》、《佛经的文学性解读》、《多元文化语境中的东方现代文学》、《寂园飞鸟——泰戈尔传》、《泰戈尔诗选导读》等。

推荐词

泰戈尔有许多哲理诗和宗教抒情诗。这样的诗歌由于不易理解,所以往往被视为神秘主义。然而这样的诗往往蕴涵着诗人更多的人生思考,凝结着深厚的印度传统文化精神。

泰戈尔既是诗人，又是哲学家，因此他的诗作常常是诗与思的结合，特别是一些哲理诗和宗教抒情诗，更具有诗与思的审美张力。《诗选》是泰戈尔逝世以后，他的朋友为他编选的诗集，共收入诗人的130首诗。这些诗歌选自泰戈尔创作的各个时期，但主要侧重于后期的创作。泰戈尔的诗歌创作一般分为三个时期：1900年以前为前期，创作主题以生命、爱情和自然为主；1901—1915年为中期，以宗教抒情诗为主，另外政治诗和儿童诗也占重要地位；1916—1941年为后期，以爱国主义和国际主义的政治抒情诗为主，另外关于时间与生命、自然与人生的主题，以及怀旧、赠答等方面的诗歌也很有分量。本集选诗既然侧重后期，那么与诗人的其他诗集相比，表现爱国主义和国际主义思想的诗歌的分量更重一些，但其中仍有许多哲理诗和宗教抒情诗。这样的诗歌由于不易理解，所以往往被视为神秘主义。然而这样的诗往往蕴涵着诗人更多的人生思考,凝结着深厚的印度传统文化精神。忽略了这些诗歌,我们虽然避免了思想和灵魂的紧张,却错过了一座美的殿堂,失去和伟大的诗人深度对话的机会。

下面细读诗人泰戈尔的三首诗,需要特别指出的是,这里依据的是谢冰心的翻译。当然,对翻译过来的外国诗歌的欣赏,只能侧重于品味其思想、意象与境界。无论多么高超的翻译,原作的形式之妙和韵律之美都是很难传达的。

第6首

我曾在百种形象百回时间中爱过你,

从这代到那代,从今生到他生。

我的爱心织穿起来的诗歌的链子

你曾仁慈地拿起挂在颈上,

从这代到那代,从今生到他生。

当我听着原始的故事,

那远古时期的恋爱的苦痛,

那古老时代的欢会和别离,

我看见你的形象从永生的

昏暗中收集起光明

像永远嵌在"万有"记忆上的星辰呈现着。

我俩是从太初的心底涌出的

两股爱泉上浮来。

我俩曾在万千情人的生命中游戏

在忧伤的充满眼泪的寂寞中,

在甜柔的聚合的羞颤中,

在古老的恋爱永远更新的生命里。

那奔涌的永恒的爱的洪流,

至终找到了它的最后完全的方向。

一切的哀乐和心愿,

一切狂欢时刻的记忆,

一切各地各时的诗人的恋歌

从四面八方到来

聚成一个爱情伏在你的脚下。

这首诗原题为"永恒的爱情",写于1889年8月,收入

1890年出版的诗集《心灵集》。《心灵集》是诗人泰戈尔第一部真正的成熟之作,体现了诗人的独特创作个性和精神气质。这首《永恒的爱情》便是其中最有代表性的作品。

第一节有五行诗,前两行为一句,总括全诗大意。诗人将自己的爱情与宇宙万有的永恒相联系,"百种"、"百回"都是极言其多。"从这代到那代"即世世代代。"从今生到他生"则不是一般的时间概念,而是一种轮回转生思想。轮回转生是印度传统宗教理论之一,认为人有前生、今生和来生,其间生命主体以不同的形式、在不同的个体中不断生死流转,生生不息。诗人借用这种思想表现爱情的永恒性。本诗节的后三行为一句,诗人把世世代代所有的爱情诗都看作是自己的作品,而那位被爱者也都接受了("链子""挂在颈上")。

第二节六行诗只有一句,着重写爱情在时间上的永恒。诗人听着"原始"、"远古"、"古老"的爱情故事,就看见了自己的情人的形象,而且这个形象如光明的星辰镶嵌在昏暗的万有记忆的太空。"星辰"意象既象征光明,又象征永恒。

第三节有六行诗,前两行为一句,用"泉水"的意象表现爱情的源远流长。后四行为一句,以"生命"的意象表现爱情的鲜活,充满生机活力,才能永葆青春、永不衰竭。

第四节有七行诗,前两行为一句,由分而合,将诗意引向主旨。最后五行为一句,总括全诗的所有意象,总括世间所有的爱情,像百川归海一样,汇聚成诗人自己的爱情,献给情人。

把这首诗视为一首优美的爱情诗也无不可,然而它不是一首普通的爱情诗。他把世界上曾经存在和现实存在的一个个具体的爱,像水滴汇流、百川归海一样归入一个伟大的爱。《心灵集》中爱的对象是什么?诗人曾在给友人的一封信中谈到,那是心灵的情人,是他用艺术之手创造的第一个"神"的形象。印度古代宗教文学中有以爱颂神的传统,认为通过爱可以达到与神合一的最高境界。泰戈尔深受这种传统的影响,常常以情人关系象征人神关系,这在后来的《吉檀迦利》等诗集中有进一步的表现。

第11首
我的存在的主,在我身上你的愿望满足了么?
没有服务的白日过去了,没有爱的黑夜过去了。

> 花儿落在尘土里也没有采集起来求你接受。
>
> 你亲手调整的琴弦已经松弛,失去了音调。
>
> 我睡在你的花园的浓阴中却忘了替你浇灌花木。
>
> 时间已经过去了么,我的情人?我们已经到了这游戏的终结么?
>
> 那就让别离之钟敲起,让早晨来使爱恋重新清爽。
>
> 让新生之结在新的婚证中为我们打起吧。

这首诗原题为"生命之神",作于1896年2月,原载《缤纷集》。原诗较长,译成英文时大大压缩,篇幅不到原诗的一半。这是一首表达诗人自己的神秘感受的诗,一般人难以理解,经过改写压缩之后更难把握。全诗出自一个深沉的认识,诗人自己是神所创作的一个作品,他的所有忧愁和欢笑、工作和游戏,都和这个创造活动有关。他似乎是站在远处进行自我观照,发现自己正在被那个创造者所制作,那种制作的活动,那种创造,是一个艺术家的艺术品。于是他问那位创作者:"我的存在的主,在我身上你的愿望满足了么?"或者说,你想在我身上创造的东西,已经完成了吗?你对你的作品满意吗?

从接下来的几句诗看,诗人自己似乎对这部"作品"不太满意。第二句说诗人没有像一般信徒那样每天每夜膜拜神、侍奉神。第三句说诗人没有像一般信徒那样采集鲜花拿来给神献祭,以至于让鲜花枯萎在尘土里。神对诗人的这些缺点错误是否能够宽恕?

诗人认为,神创造诗人是为了让他歌唱,是要通过诗人这根"琴弦"奏出美妙的音乐。但是诗人却没能满足神的愿望,没有唱好神的歌曲。所以第四句诗说:"你亲手调整的琴弦已经松弛,失去了音调。"

第五句诗人自比园丁。在《园丁集》第一首诗人用了类似的意象,表现得更为明确和细腻:一个仆人要求做女王花园里的园丁,其职责是"保持你晨兴散步的草径清爽新鲜,你每一移步将有甘于就死的繁花以赞颂来欢迎你的双足"。在这首诗中,诗人感觉神创造他是为了让他侍奉花园,但他没能尽到责任,"忘了""浇灌花木"。

第六句中诗人称神为"情人",这是宗教抒情诗的传统。诗句中"游戏"这一意象内涵比较丰富。在诗人看来,创造人是神的游戏,正如诗人创作一首诗。造物主与人的交往也是一场游戏。当然,这里的"游戏"是指一种自由自在、令人心醉神迷的活动，而不是不负责任的游戏人生。

　　游戏的"终结"意味着人的死亡，但面对死亡，诗人并不悲哀，因为生命循环不已，只有旧的，才会产生新的。因此诗人呼唤："那就让别离之钟敲起，让早晨来使爱恋重新清爽。"表示诗人渴望新生。然而"新生之结"需要在"新的婚证中"打起。联系上文"我的情人"的称呼，联系诗人的其他作品[①]，可以将"婚证"理解为死亡。因为只有通过死亡，人才能真正与神相会，也只有通过死亡，才能获得新生。在这里，诗人是渴望尽弃故我的人格升华，像凤凰涅槃一样，通过死亡获得新生，使自己更加完美，使创造者的意志得到更好的体现。

第127首

最初一天的太阳

问

存在的新知

你是谁，

[①] 如《吉檀迦利》第91首，诗人将自己比作新娘，将神比作新郎，将死亡比作婚礼，即诗人试图通过死亡实现与神的结合。

得不到回答。

一年又一年过去了,

这天的最后的太阳

在静默的夜晚

在西方的海岸上

问着最后的问题——

你是谁

他得不到回答。

这首诗原题"太阳",是诗人去世前十天口述,身边的人记录的。诗人去世后收入《最后的作品集》出版。这里有对时间的感悟、对生命的思考和对终极问题的追问。据说古代印度和古代希腊的哲学家都曾经提出过"认识你自己"的哲学命题。我是谁?我从何处来?向何处去?几乎是所有思想者都会遇到的问题。认识自我,从而实现自我,也是现代人的精神追求。然而对"自我"的认识,仍然是我们必须面对的一个哲学难题。这大概也是诗人泰戈尔临终之前所苦恼的问题。

时间永恒,生命短暂。诗人想象他出世那天,太阳曾经问他:"你是谁?"他不能回答,别人也无法回答。当诗人就要离开人世的时候，正在西下的太阳又向诗人提出了这一问题："你究竟是谁？"虽然度过了漫长的一生，经历了人世沧桑，经过了风霜雨雪，诗人还是回答不出这个问题。要么是还有许多困惑，要么是虽然有所认识，有所领悟，却无法用语言表达，所以那位提问者仍然"得不到回答"。

诗人的沉默乃无言之美。在这样的问题面前，任何答案都显得非常幼稚；在历代哲人的思考之后，任何回答都难免重复；在百思不解的时候，钻牛角尖式的苦思冥想更显得愚蠢。所以那个被问者始终没有回答，或者干脆不予回答。

然而作为既是诗人又是哲学家的泰戈尔，真的一点回答都没有吗？不会的。中国古代有思想家说过，"言不尽意，立象以尽意"。诗人泰戈尔深得其中三昧。诗人的答案就在诗的意象的象征之中。"太阳"在人类文学史上是一个具有原型意义的意象，它象征着永恒时间中的生命循环。初升的太阳与初生的婴儿对话，落山的夕阳与将死的老人聊天。太阳有起有落，人有生有死；太阳有落又有升，生命的旧的形式死亡还会以新的形式出现。人和太阳一样，是一个赤条条的生命，是生命循环中的一个链条，是宇宙循环中的一个环节，是一个不解释的存在。

诗境辽阔　意象交错

特朗斯特吕姆诗歌鉴赏

伊甸

推荐词

他在诗中一而再再而三地把人们引向赋予生命无限活力的大自然。对立的人间意象与大自然意象的极富艺术魅力的运用,使诗歌上升到哲学的高度。

托马斯·特朗斯特吕姆是当代瑞典最杰出的诗人。他以大诗人的胸襟，把超现实主义、象征主义、意象主义、表现主义及其欧洲传统抒情诗熔于一炉，诗境辽阔、深邃、神秘。他是一位心理学家，因而对于人类灵魂有更尖锐的穿透力。他对现代机器文明中人类刻板僵死的生活方式和沉重的精神重负，有极其深刻的感受和巨大的忧虑，他在诗中一而再、再而三地把人们引向赋予生命无限活力的大自然。对立的人间意象与大自然意象的极富艺术魅力的运用，使诗歌上升到哲学的高度。在这里，我们试着进入他的两首短诗，来寻找打开他的诗歌迷宫的钥匙。

尾曲

我沉到世界的深底，像铁锚。

抓住的一切都不是我所需求。

> 倦怠的愤慨，灼热的退让。
>
> 刽子手抓起石头，上帝在沙上书写。
>
> 寂静的房间。
> 月光下，家具站着欲飞
> 穿过一座没有装备的森林
> 我慢慢走入我的躯体。

喧嚣的世界，现代人几乎忘了为什么活着，大家在生活的激流中拼命挣扎，拼命抓住一切能够抓住的东西，可是最终发现抓住的一切都不是自己真正需要的。于是心灰意冷，只剩下倦怠、愤慨、退让。刽子手（一个隐喻）已用巨石砸碎一切美好纯粹的事物。上帝的许诺犹如写在沙滩的字，顷刻被潮水抹去，一切是虚无，一切不可相信。即使回到寂静的房间，房间里的家具也试图摆脱人类，远远飞去。

在现代文明中，人已脱离了人自己（人的异化），人成为机器或别的物质，人的生存已失去意义。只有在没有现代装备、没有人工痕迹的森林里，在保留了原初的新鲜与和谐的大自然中，人才回归自己，成为真正意义上的人。

短短的八行诗包容如此复杂的感受，显示了诗人巨大的艺术功力。意象的交错汇合与大幅度跳跃,给这首诗留下了辽阔的空间。一连串隐喻的设置(世界的深底、刽子手的石头、家具、没有装备的森林),超现实主义手法的巧妙运用("我慢慢走入我的躯体"),使诗句产生了极大的张力。但是,诗没有因此而变得晦涩,它依然是透明的。"我讲的透明,意思是在某个具体事物后面能够透出其他事物,而在其之后又有其他,如此延伸,以至无穷。"(奥·埃利蒂斯《光明的对称》)我们在这首诗的意象深层,能够看到诗人内心所感受的一切。我们发现了某种真正的现实,它给我们带来警告和启示。

徐缓的音乐

大厦今天不开放。太阳从窗玻璃挤入
照暖了桌子的上端
坚固得可负载别人命运的桌子。

今天我们到户外,在宽阔的长坡上。
有人穿暗色的衣服。你要是站在阳光里闭上眼睛
你会感到像被慢慢地吹送向前。

> 我太少来到海边。可现在我来了,
> 在有宁静背部的石子中间。
> 那些石子慢慢倒退走出海。

紧张而单调的、迪斯科旋律般让人晕眩的工作终于告一段落,今天是星期天,不需要办公。平日里天天按照某种条条框框处置别人的命运,这样的工作多么沉重,心事多么沉重(像那张负载别人命运的桌子般沉重)。

今天来到户外,把自己投进大自然。尽管仍旧有人穿暗色的衣服(隐喻:难以完全摆脱的某种沉重),但假如站在阳光里闭上眼睛,不去回顾那些沉重的事物,让精神处在放松状态,全身心领略阳光的温暖,就会感到说不出的轻盈和舒畅,好像被阳光慢慢地吹送向前。多么温柔而善解人意的阳光啊!

于是后悔以前太少来到海边。接着又庆幸自己毕竟来了。看着那些有宁静背部的石子慢慢倒退着走出海(退潮),自己的心灵也感到了一种宁静和从容,像石子走出海一样,心灵也走出了尘世的喧嚣、命运的沉重,与自然达成了美好的默契。

这首诗的艺术特色，除了一如《尾曲》那样的意象交错汇合、跳跃以及隐喻的巧妙设置之外，更精彩的还在于诗人的极敏锐极奇特的感受力："你要是站在阳光里闭上眼睛/就会感到像被慢慢地吹送向前"，这样的句子，只有高度的想象力、非凡的感受力与深刻的生命体验完美结合的诗人才写得出来。而"石子慢慢倒退走出海"，表面上看来与"路走我"、"鞋子搬运我"这类句子一样，是事物的另一种机智的说法，其实这句话的意义已远不止于退潮，石子变被动为主动，便开掘出精神摆脱尘俗羁缚而与大自然融汇一体的深层意蕴。

现代人被机器文明扭曲的灵魂，只有在大自然的医治下才能恢复其本来的活力和尊严。作为一个深谙艺术奥秘的诗人，特朗斯特吕姆尊重自己最深切的内心感受，通过大量富有表现力的形象来暗示这一庄严的主题。他兼收并蓄现代诗歌和传统诗歌各种最有艺术功效的手法，天衣无缝地融合到自己的作品中，他的诗歌因而具有独特的魅力。他对现代人生存危机和精神危机的揭示，使他成为一个世界性的优秀诗人。他正如自己在一首诗中所描绘的那样——

从乳白色的夏日天空洒下一片雨。

我的感官仿佛与另一个生命结合在一起。

它同样顽强地活动着

如同体育场上披着光的赛跑者。